Ronso Kaigai
MYSTERY
225

ニュー・イン三十一番の謎

R. AUSTIN FREEMAN

THE MYSTERY OF 31 NEW INN

オースティン・フリーマン
福森典子［訳］

論創社

The Mystery of 31 New Inn

1912

by R.Austin Freeman

目次

主要登場人物

ジョン・イヴリン・ソーンダイク……法医学者、法廷弁護士
ジャーヴィス……ソーンダイクのジュニア・パートナー
ポルトン……ソーンダイクの助手
H・ヴァイス……謎の家の主人
グレーヴズ……ヴァイスの友人
ミセス・シャリバウム……ヴァイスの家政婦
ジェフリー・ブラックモア……東洋学者
ジョン・ブラックモア……ジェフリーの兄
スティーヴン・ブラックモア……ジェフリーとジョンの甥
ミセス・ウィルソン……ジェフリーとジョンの姉
マーチモント……事務弁護士
ウィルウッド……事務弁護士、マーチモントのパートナー
ドクター・スティルベリー……一般診療医
ミラー……ロンドン警視庁の警視
ジュリエット・ギブスン……ジャーヴィスの婚約者

ニュー・イン三十一番の謎

「わが友　バーナード・E・ビショップに」

序文

わたしはかつて初期の作品のひとつについて、あくまでも一般的にあり得ることに忠実であろうと留意し、現実に実践できる捜査法しか使わないように心がけたと主張したことがあった。これに対してある批評家が、物語が楽しくなるのなら、そんなこだわりはまったくどうでもよいと発言した。

彼に賛同する人は、まずいないのではないだろうか。ほとんどの読者にとっては、それも、この人達を楽しませるためなら徹底的にこだわりたいと作者に思わせるような読者にとっては、出来事や捜査法の完全なリアリズムこそが、探偵小説を面白くする必須要素であろう。そこで、本書の第二章および第三章の中でソーンダイクが軌跡図を作成する方法が、現実に利用されているものだという点に触れておきたい。これは、もう何年も前にわたし自身が考案した方法を修正したものだ。当時のわたしは（フリーマンは一八八七年から九一年まで陸軍の外科医としてアフリカに赴任していた）、アシャンティ帝国（一九〇二年まで現在のガーナにあった王国）を横断してボンドークー（現在のコートジボワールの都市）を目指していたが、内陸深部のボンドークーがどこにあるのか、まだほとんど情報がなかった。わたしが受けた命令は、そこにある町、村、川、山のすべての位置をできるだけ正確な地図に描くことだった。だが、一帯に密集する森林の中では通常の測量技術が使えないとわかり、わたしはあの単純で一見乱暴な方法を採用しながら、可能な限り天文観測によって距離を割り出した。

その結果として描き上げた軌跡図は驚くほど正確で、それは往路と復路の図が一致した点からも立証された。この軌跡図は王立地理学会によって発行され、さらに戦争省の情報部が編集した当該地域の地図にも取り入れられ、またわたしの著書『アシャンティとジャマンの紀行と生活』に添付された地図の基礎にもなった。そういうわけで、ソーンダイクの計画はかなり実践的な方法として受け入れるべきものなのだ。

この物語の背景となった〝ニュー・イン〟は、四百年以上も維持され続けた法曹院内の住居棟の生き残りの一つだったのだが、つい最近取り壊された。それでもストランドに立ってそちらを眺めれば、絵のように美しかったホールや寄宿舎や中庭のかわりに新しく建ったスケートリンクの鉄製の屋根の奥に、今でも壊れかけた古い家屋が何軒か（ひょっとすると、あの謎めいた三十一番も）見えるかもしれない。ヒュートン・ストリートにあった裏門も残ってはいるが、アーチ内をレンガで塞がれてしまった。最近その門の前を通りかかったとき、このような簡単なスケッチをしてきた。外部とは遮断された、古きよきロンドンの平穏な一区画がかつて存在した唯一の名残だ。

ＲＡＦ

グレーブセンドにて

第一章　謎多き患者

ジョン・ソーンダイクと過ごした年月を振り返るとき、ビッグベンの鐘の音が届く範囲に暮らすロンドン市民のほとんどには、けっして味わうことのできない冒険や奇妙な体験の数々が思い出される。そうした経験について、わたしはすでにいくつも書き残してきた。だがどうやら、数ある思い出の中でもおそらく最も信じがたく、驚くべき一件についてはまだ記していなかったようだ。博学で才能豊かな友人ソーンダイクの元で正式に働く出発点となっただけでなく、不満と不遇ばかりだった人生の一時期に終止符を打った点においても、わたしにとっては特に思い出深い一件について。

ソーンダイクとの奇妙な体験の日々をさかのぼるように思い出をたどっていくと、とある狭くみすぼらしい部屋に行き着く。ロウワー・ケニントン・レーンのウォルワース寄りの端に建っていた家の、一階にあった部屋だ。壁に額縁入りの卒業証書が二枚かかっていることと、書きもの机の上にスネレン視力検査表と聴診器が放り出されているのを見て、ようやくそこが診察室だとわかるような部屋だった。そしてその書きもの机の奥で丸い背もたれの椅子に座っていればこそ、わたしもそこの医者らしく見えるのだった。

間もなく午後九時になるところだった。暖炉の炉棚の上の小さくてやかましい置時計が九時前を指しながら、わたしに負けないぐらい診察時間が終わるのを待ちわびて、急き立てるようにチクタクと時を刻んでいるようだった。わたしは泥で汚れたブーツを物憂げに見下ろし、そろそろあの古ぼけたソファーの下から恥ずかしそうに顔を覗かせているスリッパに履き替えてもかまわないだろうか、などと考えていた。それどころか、上着のポケットに収まっているパイプにまで思いを馳せていた。あと一分だけ待てば、診療所のガス灯を消し、外扉を閉めてしまってもいいだろう。じれったくなった小さな時計が「オホン！　紳士淑女のみなさま、いよいよ九時になりますぞ！」と先走るように、咳払いか、しゃっくりのような音を立てた。ちょうどその瞬間、診療所の給仕がドアを開けて首だけ突っ込み、言葉少なに告げた。「紳士が一人」

単語を極限まで削って話せば、伝えるべき意味は曖昧になりがちだ。だが、わたしは彼の意図を理解した。ケニントン・レーンには、単に〝男〟や〝女〟と呼ぶべき人間はほとんどいない。〝紳士〟ばかりなのだ――淑女と子どもを除けば。大将しかいないと揶揄されたリベリア陸軍のようだ。煙突掃除人、肉体労働者、牛乳配達人、行商人――その誰もが家にお抱えの給仕を雇い、〝騎士の鎧持ち〟を意味する〝アルミゲル〟と呼んでいた。その夜お越しの騎士様は、貴族の気晴らしとして辻馬車か大型馬車を運転するのが趣味と見える。診察室に入ると帽子に手を当てて会釈をし、慎重にドアを閉めてから、〈ドクター・スティルベリー〉と表書きされた手紙を無言でわたしに差し出した。

「言っておくけど」わたしは封筒を開ける前に言った。「わたしはドクター・スティルベリーじゃないよ。彼が留守のあいだ、代わりに患者を診ているだけだ」

「かまやしません」男が答えた。「先生で結構です」

それを聞いて、わたしは封筒を開けて手紙を読んだ。ずいぶんと短く、一見したところ特に注目すべきものではなかった。

拝啓（と書き出してあった）我が家に滞在中の友人の往診に来ていただけませんか？　この手紙を届けた者が詳細についてお伝えし、先生を拙宅までお連れいたします。

敬具

H・ヴァイス

紙面には住所も日付もなく、差出人の名前にも覚えがなかった。

「この手紙には」とわたしは言った。「詳細をあなたから聞くようにとあるね。どういう事情だい？」

使いの男はばつが悪そうに髪を撫でた。「くだらない話なんですがね」小ばかにしたように笑いながら言った。「わたしが主人の立場なら、放っておくところですよ。病人はミスター・グレーヴズとおっしゃるんですが、とにかく医者嫌いでして。かれこれ一、二週間ほど病に伏せってるのに、頑として医者に行かないって言うんです。主人は彼を説得しようとあの手この手を尽くしたんですが、無駄でした。どうしても医者に行ってくれないんです。ところが主人は、それなら勝手に医者を呼んでくるって言いだしましてね。とにかく、ご友人の具合をひどく心配されていまして。すると、ようやくミスター・グレーヴズも折れたんですよ。ただし、条件があると。家から遠い診療所に往診を頼むこと、名前や住所はもちろん、自分についての情報を一切その医者には明かさないこと。主人がその条件を守ると約束するなら、医者を呼ぶのを承知するってね。それで主人はそのとおり約束し、そんなわけで、それを守らなきゃならないってわけです」

「でも」わたしは笑みを浮かべながら言った。「あなたはすでに患者の名前を言ってしまったよ――

グレーヴズというのが本名だとしたら」

「本名かどうかは、先生がご判断くだされぱいい」馬車の御者が言った。

「それに」とわたしは重ねて言った。「どこに住んでいるか教えてもらわなくても、行けばわかるよ。目は見えるんだから」

「先生の目に何が見えるかは、やってみなくちゃわかりません」男が答えた。「今問題なのは、先生が往診を引き受けてくださるのかってことです」

そうだ、たしかにそれは問題だ。わたしは返事をする前に考えてみた。われわれ医者は、〝医者嫌い〟と呼ばれるタイプの人間についてはよく承知しているし、できるだけ関わりになりたくない。どうせ恩知らずで、言うことを聞かない患者に決まっている。不快な会話、非協力的な態度、治療に対する不満。わたしが開業医であったなら、即座に断わっていたところだ。だが、ここはわたしの診療所ではない。わたしはあくまでも代診医だ。気が進まなくても、留守を頼んでいった医者の利益となる依頼をむげに断わることはできないのだ。

どうすべきかとあれこれ考えながら、なかば無意識のうちにその訪問者をじろじろと、相手が気まずく感じるほど観察していた。彼の用件だけでなく、そのいでたちもどうにも気に食わなかった。明かりは机と患者用の椅子に向けられていたため、ドアのそばを離れようとしない男がたたずんでいる辺りは薄暗いままだった。その薄暗がりの中に、どことなく狡猾そうで好ましくない顔と口髭《くちひげ》だけが見えていた。馬車屋で働くには似つかわない、ワックスを塗った赤い口髭《くちひげ》だ。いや、それはわたしの偏見かもしれない。男は鬘《かつら》をかぶっていて――それが不名誉というわけではないが――脱いだ帽子を持つ手の親指の爪には怪我で変形した後遺症――それもまた、不気味ではあっても彼の人柄を表しているわけではない——が見てとれた。そして何と言っても、不安と意味ありげな満足感とが入り混じった視線でこちらをじっと見つめているのが、わたしをひときわ不快にさせた。総じて、その男からは悪い印象しか受けなかった。見た目はまったく気に入らない。それでも、わたしはその依頼を引き受けることに決めた。

「どのみち」わたしはようやく口を開いた。「患者さんがどこのどなたであろうと、わたしには関係ないことだ。でも、どうするつもりだい？　洞窟の奥にある山賊の隠れ家まで引き立てていくように、わたしに目隠しでもするのかい？」

男はかすかににやりと笑い、明らかにほっとしたように見えた。「いいや、先生に目隠しなんざしませんよ。外に馬車を停めてあります。それに乗っていただくと、外はまったく見えません」

「わかった」わたしはそう答え、彼に外で待つようにとドアを開けた。「すぐ支度する。患者さんの具合について、あらかじめ何か教えてもらうわけにはいかないんだろうね？」

「ええ、何も申し上げられませんね」それだけ言うと、男は外の馬車へ向かった。

わたしは鞄の中に応急処置用の薬品を何種類かと診察器具をいくつか詰め込み、ガス灯を消して診察室を出た。馬車は御者が道の縁石に寄せて停めてあり、診療所の給仕が興味津々の様子で見ていた。わたしはと言えば、好奇心と嫌悪感が入り混じった思いで馬車を眺めていた。御者席が外についた大型のブロアムの箱形四輪車だったが、移動セールスマンがよく使うタイプのように、車内に積み上げた商品サンプルの箱が外から見えないようにガラス窓の代わりに板の鎧戸が取りつけてあり、扉は忍錠で外から鍵がかけられるようになっていた。

わたしが家から出てくると、御者がその錠を開けて馬車の扉を開いた。

「どのぐらいで着くのかな?」わたしは馬車のステップに足をかけたままで尋ねた。

御者は少しのあいだ考えてから答えた。

「そうですね、わたしがこちらへ伺うのに、三十分近くかかりましたかね」

そいつはなんとも結構じゃないか。片道三十分かけて往復し、患者の手当てにさらに三十分。この分だと、戻ってくる頃には十時半を回っているだろうし、そのときにはきっと間の悪い別の訪問者がドアの前でわたしの帰りを待っていることだろう。まだ見ぬミスター・グレーヴズと、臨時代診医という不安定な己の生き方に対して密かに呪いの言葉を吐きながら、わたしはその不愉快な馬車に乗り込んだ。御者がすぐさま音を立てて扉を閉めて鍵をかけたので、完全な暗闇の中に閉じ込められた。

慰めになるものが一つだけあった。ポケットにパイプが入っていたのだ。苦心しながら暗闇の中でパイプに煙草の葉を詰め、蠟軸マッチで火をつけた後、その明かりを利用して牢獄の中を調べてみた。車内は粗末な造りだった。青い布製の座席は虫食いだらけで、長く使われていないことを物語っていた。床に敷いた油布は穴が空くほど擦り切れている。通常ならついているはずの備品類は一つもない。だがこの奇妙な車両には、どうやら今回の目的のために細心の工夫を凝らしてあるらしいことは見てとれた。扉の内側の取っ手はたぶんわざと取り外してあった。木製の鎧戸は開かないように固定されている。そして両側の窓の下に貼りつけてある怪しげなラベルは、馬車の元の持ち主だった馬車業者なり廏舎なりの名前や住所を覆い隠すためのものではないかと思われた。

こうした観察の結果は、さまざまな空想を掻き立てる材料となった。ミスター・グレーヴズとの約束を守るために、ここまで常軌を逸した工夫を凝らすべきだと考えたのなら、そのミスター・ヴァイスとやらは過剰なほど誠実な男にちがいない。約束をただ文字通り守るだけでは、彼の良心は満たされなかったと見える。あるいは、友人が素性を明かしたがらない理由に彼も共感したのか――なにせ、秘密を隠すための段取りが患者本人によるとは思えないのだから。

その推論から導かれる数々の考えが、わたしを不安にさせた。どこへ、何の目的で連れて行かれるのだろう？　これから強盗の隠れ家に連れ込まれて、何かを盗られるか殺されるかもしれないという発想は、笑いながらすぐに打ち消した。こんなひどい貧乏人から金を盗むために、ここまで緻密な計画を立てる強盗などいるはずがない。そういう意味では、貧乏にも利点はあるものだ。だが、ほかの可能性も考えられる。経験に裏打ちされた空想力は、いともたやすくさまざまな状況を頭に呼び起こした。連行された医者が、力づくかどうかは別にして、何らかの違法行為の目撃者、あるいは実行者にさえさせられる数々の状況だ。

不快ながらもそうした考えにすっかり耽っているうちに、奇妙な馬車の旅は進んでいった。そのうちほかにも気になることができて、退屈さが薄らいだ。たとえば、人は五感のいずれかを奪われると、それを補おうと別の感覚が強烈に高められることに大いに興味を覚えた。座席でパイプを吸っているわたしは、火皿の中で煙草の葉が燃えるわずかな明かりを除けば完全な闇の中にいて、外の世界について何ひとつわからない状況にあるやに思われた。だが、そうではない。固いスプリングと鉄の輪金を嵌めた車輪によって伝わる車体の振動から、道の特徴がはっきりと的確に浮かび上がってくるのだ。花崗岩の敷石を通るときには激しく揺れ、砕石舗装では優しく飛び跳ね、木塊舗装では細かく震え、路面電車の線路を渡るときには車輪をとられるように大きく傾く。どれもすぐにそうだとわかったし、それらを合わせれば、今どのような場所を走っているのかを大まかに思い描くことができた。そのうえ、耳から入る情報がさらに詳細を補ってくれた。引き船の汽笛が聞こえると、川に近いことがわかった。唐突に空洞に入ったように、ほんの短いあいだ音が反響していたのは、きっと鉄道の鉄橋をくぐったからだ（これは目的地に着くまでに何度かあった）。それに、聞き慣れた列車見張り員の笛に続いて、車輪をきしませて走る機関車のシュッシュッという音を聞いたときには、駅を出ていく重厚な旅客列車の姿が、まるで明るい日の下で見ているかのように目に浮かんだ。

ちょうどパイプを吸い終え、ブーツのかかとに叩いて灰を床に落としたとき、馬車が速度を落とした。音がうつろに反響するようになったということは、どこか屋根のある小道に入ったらしい。続いて後方で重そうな木製の門が音を立てて閉まるのがわかり、やがて馬車の扉の鍵を開ける音がして扉が開いた。わたしは目をしばたかせながら、敷石で舗装された屋根つきの私道に降り立った。その先には馬屋があるのだろう。だが辺りが真っ暗なうえに、詳しく観察する暇はなかった。と言うのも、馬車は建物の通用口の前に停まっていて、開いたドアの奥に蠟燭を持った女性が待っていたからだ。「ドクトルですか？」彼女は明らかにドイツ語訛りのある発音でそう言いながら、蠟燭の炎が消えないように手で覆い、こちらをじっと見た。

わたしがそうだと答えると、彼女は大声で言った。「よく来てくださいました。ミスター・ヴァイスも安堵されることでしょう。どうぞ中へお入りください」

女の後について暗い通路を抜けて同じく暗い部屋に入ると、彼女は蠟燭を簞笥の上に置いて出ていこうとした。と思うと、ドアのそばで立ち止まってこちらを振り向いた。

「お客様をお通しするにはふさわしい部屋ではありませんね」彼女は言った。「今はすっかり散らかってますけど、どうぞお許しください。とにかくお気の毒なミスター・グレーヴズの容体が心配でかかりきりになっておりましたので」

「では、しばらく前から具合が悪かったのですね？」

「ええ、少し前から。周期的に悪くなられましてね。少し良くなったり、また悪くなったり」

そう話しながら彼女は後ろ向きにゆっくりと通路へ出ていったものの、すぐに立ち去る様子は見せなかった。そこでわたしは質問を続けた。

「ほかの医者には診てもらっていないのですね？」

「そうです。医者は絶対にいやだと一貫しておっしゃるものですから。そのせいで、ほとほと困っていたのです。ミスター・ヴァイスはとても心配なさっていました。先生が来てくださったとわかったら、それは喜ばれることでしょう。これから伝えてまいります。どうぞこちらでおかけになって、今しばらくお待ちください」そう言い残して、主人を探しに立ち去った。

病人を抱えて心配でたまらず、急いで医者を呼んだというのに、どうしてミスター・ヴァイス自身が出迎えに来なかったのだろうかという違和感がちらりとよぎった。もう何分か待っても主人が一向に姿を見せなかったので、その違和感はいっそう強くなっていった。馬車に詰め込まれた後だけにじっと座っている気にはなれず、ぶらぶらと部屋の中を眺めながら待つことにした。たしかに、そこはなんとも奇妙な部屋だった。飾り気がなく、汚れて手入れが行き届かないうえに、明らかに普段使われている様子がない。色あせた絨毯が一枚、床の上に無造作に敷いてある。部屋の真ん中に小さな古ぼけたテーブルがぽつんと置かれ、その奥にある三脚の馬毛織りのカバーの椅子と箪笥以外には家具がなかった。かび臭い壁には絵の一枚もなく、鎧戸を閉めた窓にカーテンもかかっておらず、天井からいくつも垂れ下がった暗い布のような蜘蛛の巣は、蜘蛛たちが長らくここを思うままに支配し続けてきた証しであるとともに、この部屋が何ヵ月も使われないまま放置されてきたことを物語っていた。

一番手近にあり、蠟燭に一番明るく照らされているという理由から、わたしは簞笥——ダイニングルームと思われる部屋に置くには不似合いな家具——に注目した。黒に近い色合いのマホガニー材でできた古く立派な造りで、ひどく傷ついて今にも壊れそうだったが、元は上等な逸品のようだ。こんなにぼろぼろになるとはもったいないと思いながら、興味を引かれて眺めると、簞笥の下の角に〈ロット番号二〇一〉と印字された小さなラベルが貼ってあるのを見つけた。ちょうどそのとき、階段を降りてくる足音が聞こえ、間もなくドアが開くと、戸口に立ったままの誰かの暗い影が見えた。

「こんばんは、ドクター」その見知らぬ人物の深く静かな声にも、明らかに、とは言えそれほどひどくはないドイツ語訛りがあった。「お待たせして申し訳ありません」

わたしは少しむすっとしたまま謝罪を受け入れてから尋ねた。「ミスター・ヴァイスというのは、あなたですか？」

「そうです、わたしがヴァイスです。哀れな友人の馬鹿げた条件をすんなりと受け入れて、こんな夜遅くにはるばるご足労いただいてありがとうございます」

「お気になさらず」わたしは答えた。「医者の仕事というのは、いつ、どこであれ、呼ばれたら駆けつけるもので、患者さんの個人的な事情を詮索することではありません」

「まったくおっしゃるとおりです」男は心から賛同した。「先生がそのようにお考えくださって、本当に感謝しています。友人にもそう言ってやったのですが、理屈の通らない男でして。極端な秘密主義のうえ、疑い深い性格なのです」

「どうやらそのようですね。それで、病状についてですが、重症なのですか？」

「ああ」ミスター・ヴァイスが言った。「それこそ、こちらが先生にお訊きしたいところです。彼の病状については首をひねるばかりでして」

「どんな具合ですか？　患者さんはどういう症状を訴えているんですか？」

「本人はほとんど何も言いませんが、明らかに病気です。実のところ、ずっと半分眠っているような状態なのです。朝から晩までうつらうつらと、意識が朦朧としているのです」

それはなんだかおかしな話だと思った。患者が頑なに医者を呼ぶなと訴えていた話とまるきりそぐわない。

「患者さんがはっきりと覚醒することはまったくないのですか？」

「ああ、ありますとも」ミスター・ヴァイスが急いで答えた。「ときどき目を覚まして、そのときにはとても理性的で、お察しのとおり非常に頑固になるのです。そこが奇妙で、わたしにはよくわからないのです。つまり、意識朦朧の状態とほとんど正常で健康な状態を行ったり来たりするのが。とにかく、直接診てご判断いただいたほうがいいと思います。つい今しがた、結構大きな発作を起こしたばかりですから。どうぞついて来てください。階段が少し暗いのでお気をつけて」

少しどころか、階段は非常に暗く、カーペットはおろか油布すら敷いていなかったので、まるで空き家の中を歩くように足音が陰鬱に響いた。手すりを頼りに、主人の先導に従って危なっかしい足取りで階段をのぼっていった。二階に着くと、先ほどとよく似た広さの部屋に案内された。ほとんど何もない部屋だったが、階下ほどには荒れ果てていなかった。部屋の奥に一本だけ蠟燭が灯っていて、ベッドに横たわった人物に弱々しい光を投げかけているほかは、部屋じゅうが薄暗かった。

ミスター・ヴァイスが足音を忍ばせて部屋に入ると、一人の女性――一階で話をしたあの女だ――

がベッド脇の椅子から立ち上がって、別のドアから静かに出ていった。案内役のミスター・ヴァイスが急に立ち止まり、ベッドの人物をじっと見つめてから呼びかけた。

「フィリップ！　フィリップ！　ドクターが診察に来てくださったよ」

しばらく待っていたが、返事がないのを見てわたしに言った。「いつものように眠っているようです。そばに行って、診てやってくださいませんか？」

わたしがベッドのそばまで近づいても、ミスター・ヴァイスは入ってきたドアのそばに残り、ベッドから遠い薄暗がりの中で静かにゆっくりと行きつ戻りつしていた。蠟燭の明かりに照らされた年配の患者は整った顔をしており、上品で知的で、魅力的ですらあったが、極度にやつれ、肌は血の気がなく土色をしていた。かすかにわかる程度に胸が上下しているのを除けば、身動きひとつしない。両目をうっすらと閉じ、顔の筋肉を緩ませたまま、実際に眠っているわけではないのだろうが、何らかの麻酔薬を投与したかのようにとろんと眠たげで気だるそうな様子だ。

一分ほど患者の様子を観察しながら、そのゆっくりとした呼吸を懐中時計で計った後、いきなり彼の名前をはっきりと呼んでみた。かすかに瞼を開ける程度の反応しかなく、ぼんやりとした目でわたしを見つめたかと思うと、ゆっくりと元どおりに瞼が閉じていった。

次に身体所見を行なった。まずは脈拍だ。昏迷状態から覚めることを期待して、わざと乱暴に手首を握ってみた。拍動は遅く微弱で、わずかな不整脈も認められる。どのみち一目瞭然ではあったが、これらの情報は患者の生命機能が全体的に低下していることを示していた。注意深く耳を澄ませて心音を調べると、やせ細った胸の薄い皮膚越しにごく小さな鼓動が聞こえたが、弱々しく不安定な点を除けば、特に異常は見つからなかった。続いて、両目の診察に移った。虹彩全体が見えるようにいくぶん強引に瞼を押し上げ、蠟燭の光と検眼鏡を利用して入念に調べた。敏感な器官を乱暴に触れられたと言うのに、患者は抵抗する様子がなく、蠟燭の炎を眼球から二インチまで近づけても不快感を示さなかった。

　だが、より詳しく観察していくうちに、明るさへの異常な耐性の理由がわかった。瞳孔が極限まで引き絞られていて、灰色の虹彩の中心にはごく小さな黒い点が見えているだけなのだ。だが病人の目の奇妙な異常点はそれだけではなかった。あお向けに横たわった彼の右の虹彩がゆっくりと目の中央に下りてきたとき、その表面がかすかに窪んでいるのが見えたのだ。さらに、患者の視線をわずかに、だが素早く動かそうと試みると、目が振動するような動きが見られた。これは虹彩振盪《こうさいしんとう》と呼ばれる症状で、白内障の治療のために水晶体を摘出したり、打撲によって水晶体脱臼を起こしたりした結果、虹彩が固定されずに不安定になるときに見られる。この患者の場合、瞳孔は無傷であることから、通常の水晶体摘出手術を受けていないことは明らかだったし、最近は少数派になった〝墜下《ついか》法（針で眼球を突き、水晶体を眼底に落下させる白内障の治療法）〟の針の跡も見当たらない。このことから、患者は外因による〝水晶体脱臼〟を起こしたと推察された。さらに、彼が右目の視力をほとんど、あるいは完全に失っていることも推察されるのだった。

　この結論に至ったのには別の根拠もあった。鼻梁に眼鏡をかけていたと思われる深い窪みと、耳の裏に眼鏡の〝巻きツル〟という曲がった針金による痕が残っていたのだ。耳に〝巻きツル〟を引っかけるタイプの眼鏡はたいてい常用目的であり、鼻に残っている凹みもこれに合致する。ちょっと読書をするのに老眼鏡をかけたにしては、窪みが深いのだ。片目しか見えないのなら、片眼鏡をかければ済むじゃないかと思われるかもしれない。だが、そうとは言えない。片眼鏡を常にかけ続けることは、巻きツル付きの眼鏡よりもはるかに不便だからだ。

　患者の病因について、考えられる可能性は一つしかなさそうだ。これは明らかに典型的なアヘンもしくはモルヒネ中毒だ。すべての症状が完全にその結論を示していた。耳元での大声の呼びかけに応えようと、震えながらのっそりと口元から覗いた舌を覆う舌苔《ぜったい》。黄ばんだ皮膚に生気のない表情。収縮したままの瞳孔。どれほど乱暴に触れられてもほぼ覚醒しないものの、完全な無感覚ではない程度に昏迷した意識。これらすべてが明白に一貫した一つの症例を構成し、原因となる薬物の種類を特定するだけでなく、その摂取量が圧倒的に過剰なことまで示している。

　だがこの結論は、実に気まずく難しい疑問を浮かび上がらせるものだ。もしも大量に――致死量に近いほどの――薬物を摂取したのだとしたら、いったいどのような方法で、そして誰の手によって投与されたのか？　患者の両手足を丹念に調べたが、注射針を刺したような痕跡は一つも見つからなかった。この男は明らかに、よく見るタイプのモルヒネ依存者とはわけがちがう。無数に刺した注射痕がない以上、患者本人が自らの意思で薬物を摂取したのか、他者に投与されたのかの判別ができないのだ。

　おまけに、それがまったくの誤診にすぎない可能性もまだ残っていた。自分の診断には自信があった。だが、賢者はどんなときも疑いを忘れぬものだ。そしてこの件においては、患者の状態が明らかに重篤なだけに、万が一誤診だったらと考えると心が大きく掻き乱された。実のところ、聴診器をポケットにしまって、身動きもせず静かに横たわっている患者を最後にもう一度見下ろした後、わたしはきわめて困難で複雑な立場に立たされていることを痛感した。一方では――当然ながらこの訪問にまつわる常軌を逸した環境のせいで――湧き上がる疑念から慎重にならざるを得ない。だがもう一方では、患者を救う可能性があるのなら、どんな情報も伝えるのがわたしの使命にちがいなかった。

わたしがベッドから離れると、ドアのそばをゆっくりと往復していたミスター・ヴァイスが立ち止まってこちらを向いた。蠟燭の弱い光がちょうど彼に当たり、初めてその姿がはっきりと見えた。いい印象は受けなかった。ずんぐりとした猫背の男で、典型的なゲルマン人らしく、亜麻色の髪をワックスで撫でつけ、もじゃもじゃの砂色の顎髭《あごひげ》に覆われた顔立ちは粗野で派手だった。大きな太い鼻の先は丸くふくらんで赤紫色を帯び、その赤みが頰にまで広がっていた。太い眉が窪んだ目の上に高く突き出て、眼鏡をかけた顔はフクロウを思わせた。その外見に魅力を感じないだけでなく、わたしは彼自身に対して悪い印象を抱きがちな精神状態にあった。

「それで」彼は言った。「いかがでしたか?」

わたしは躊躇した。警戒心をとるべきか、率直さをとるべきか。わたしに求められた相反する二つの対応の板挟みになって戸惑った挙句、ようやく答えた。

「とても悪い状態だと思います、ミスター・ヴァイス。かなりの重症です」

「ええ、それは見ればわかります。ですが、病気の原因は突き止められましたか?」

その質問は、不安と同時に抑えつけたような真剣さを秘めていた。状況を考えれば自然なのかもしれないが、それを聞いて疑念が軽減するどころか、わたしの中で警戒心が勝《まさ》った。

「今はまだはっきりとした見解は申し上げられません」わたしは用心深く答えた。「症状はどれもかなり曖昧で、いくつかのちがった疾患が考えられるのです。脳鬱血《うっけつ》によるものかもしれませんし、ほかに説明のつく原因が見つからなければ、そう診断することになるでしょう。もう一つの可能性は、何らかの薬物中毒です。たとえばアヘンとかモルヒネとか」

「でも、そんなはずはありませんよ。家の中にはそんな薬物はないし、この部屋を出られない以上、彼が外で手に入れてくるのは不可能ですから」

「使用人たちはどうです?」

「家政婦以外に使用人はおりません。それに、彼女は完全に信用できる人物です」

「患者があなたの知らないところに隠し持っているのかもしれませんよ。長時間一人きりにしていませんか?」

「ほとんどつきっきりですよ。できるだけわたしが一緒にいるようにしていますが、それができないときには、家政婦のミセス・シャリバウムが付き添ってくれています」

「今のように朦朧としていることは多いですか?」

「ああ、しょっちゅうですよ。実のところ、これがいつもの状態だと言えるでしょう。時おり目を覚ますと、すっかり正気で自然な状態が、そうですね、一時間ほど続きます。でも、やがて再びぼんやりしだして居眠りを始め、それから何時間も続けて眠るか、半分寝たような状態になるのです。そのような症状を引き起こす病気をご存じありませんか?」

「わかりません。わたしの知っている限り、これらの症状に完全に一致する病気は一つもありません。ですが、アヘン中毒にはとても似ているのです」

「お言葉ですが、先生」ミスター・ヴァイスは苛立ったように反論した。「明らかにアヘン中毒であり得ない以上、何か別の病気のはずです。いったいどんな病気でしょう? 先ほど脳鬱血とかおっしゃっていましたが」

「ええ。ですが脳鬱血だとすると、周期的にほぼ完全に回復するというのが当てはまらないのです」

「ほぼ完全にというほどではありません」ミスター・ヴァイスが言った。「普段の状態に比べれば回復するというだけです。頭がはっきりして言動は正常になりますが、それでもぼんやりとだるそうにしています。たとえば、外へ行きたがる様子はありませんし、この部屋すら出ようとしません」

わたしは落ち着かない気持ちで、その矛盾するような証言について考えてみた。ミスター・ヴァイスは明らかにアヘン中毒という案を受け入れるつもりがないらしい。患者にアヘンが投与されていたことをまったく知らないのであれば、その反応は当然と言えるだろう。だが――

「先生はもちろん」とミスター・ヴァイスが言った。「〝睡眠病〟の患者さんも診たことがあるのでしょうね？」

その質問にはドキリとした。そんな患者は診たことがなかった。いや、そんな経験のある医者など、ほとんどいなかっただろう。実際のところ、当時はその病について何もわかっていなかったのだ。病理学上非常に珍しいケースで、アフリカの奥地にいる数人の医者を除けば知る者はいなかったし、教科書に記載されることもまずなかった。まさかトリパノソーマの寄生する昆虫が媒体になっていると疑う者はまだ誰もおらず、そのときのわたしにはその病がどんな症状を引き起こすものなのかさえ見当もつかなかった。

「いいえ、診たことがありません」わたしは答えた。「病名を聞いたことがあるだけです。でも、どうしてそんなことを訊くのですか？　ミスター・グレーヴズは海外にいらしてたんですか？」

「ええ。この三、四年は旅続きで、最近は睡眠病が発生するという西アフリカにしばらく滞在していたと聞いています。実のところ、初めてその病気について聞いたのは、彼の口からでした」

これは新事実だ。自分のくだした診断に対する自信が大きく揺らぎ、先ほどから感じている疑いを再検討すべきかと思った。ミスター・ヴァイスが嘘をついているのだとしても、わたしは明らかに不利な状況に立たされていた。

「どう思われますか？」彼は尋ねた。「これが睡眠病だという可能性は？」

「その可能性があってほしくはないですね」わたしは答えた。「睡眠病は、わたしにとって未知の病に等しいのです。わたし自身、イギリス以外で医療行為を行なったことがありませんし、そのような疾病について学ぶ機会もありませんでした。睡眠病については、もう少し調べてみなければ見解を申し上げるべきではないでしょう。とは言え、ミスター・グレーヴズがいわゆる〝覚醒期〟に入ったタイミングで診察することができれば、もう少しはっきりしたことがわかると思うのですが。それは可能だと思われますか？」

「可能かもしれません。そのタイミングで診ていただくのが重要だということはわかりますし、できる限りやってみましょう。ですが、彼は気難しい男なのです。非常に気難しい。これが睡眠病でないことを切に願いますよ」

「どうしてですか？」

「どうしてって——彼から聞いた話ですが——睡眠病というのは必ず死に至る病だからです、遅かれ早かれ。治療法がないらしいのです。もう一度診ていただいたら、はっきりと診断がつくと思われますか？」

「そう願っています」わたしは答えた。「情報を集めて正確な症状を調べておきましょう——現在わかっているものに限られますが。ただ、おそらく情報はほとんどないかと」

「それまで、どうすればいいですか？」

「全般的な症状に対処する薬をさしあげましょう。できるだけ早いうちにもう一度診察させてください」もしかすると薬を与えるだけで患者の容体は改善されるかもしれないと言おうとしたが、わたしがやろうとしていたのはモルヒネ中毒の治療だったので、そのことは黙っておくことにした。そこで、ミスター・ヴァイスには患者の看病についての一般的な指示をいくつか伝えるにとどめ、彼はそれを熱心に聞いていた。「もう一点」とわたしは言った。「アヘンの問題をただ否定してしまってはいけません。この部屋の中を注意深く探し、患者をしっかり見張ってください。特に彼が目覚めているあいだは」

「よくわかりました、先生」ミスター・ヴァイスが答えた。「あなたのおっしゃったことは全部守ります。そしてできるだけ早くまた馬車を迎えに行かせます、先生が気の毒なグレーヴズの馬鹿げた条件を受け入れてくださるのなら。さて、診察費をお支払いしたら、薬の処方箋を書いてくださっているうちに、帰りの馬車を回すように言ってきます」

「処方箋の必要はありません。わたしが薬を調合して、御者の方にお預けしますから」

ミスター・ヴァイスはこの提案に異議を唱えたい様子だったが、わたしにも譲れない理由があった。最近の処方箋は読みやすくなっていたので、そこから患者にどんな治療を施そうとしているかをミスター・ヴァイスに知られたくなかったのだ。

一人になると、わたしはすぐにベッド脇へ戻って、身動きしない患者をもう一度見下ろした。見ているうちに、わたしの中の猜疑心が再び湧き上がってきた。やはりこれはモルヒネ中毒に非常に似ている。さらに、もしもモルヒネ中毒だとしたら、通常の治療用の容量をはるかに越えて投与されている。わたしは鞄を開いて注射器のケースを出し、中からアトロピン錠入りのガラス管を取り出した。

ガラス管を振って極小の錠剤を二粒手のひらに取ると、患者の下唇を引き下ろして口を開け、舌下にその小さな錠剤を滑り込ませた。それから急いでガラス管をしまい、ケースを鞄の中に放り込んだ。その瞬間、ドアがそっと開いて、あの家政婦が入ってきた。

「ミスター・グレーヴズの具合はいかがでしたか?」彼女は小さな声で尋ねた。意識昏迷な患者の状態を考えれば、不必要なほど声を落としているように思えた。

「非常に症状が重いようです」わたしは答えた。

「そうですか!」彼女はそう言ってから付け加えた。「お気の毒に。わたしたち、ずっと彼のことをとても案じているのです」

彼女はベッド脇の椅子に腰を下ろし、蠟燭の光が患者の顔に——そして自分の顔にも——当たらないように置いてから、腰に提げたバッグから編みかけのストッキングを取り出し、ドイツ人の主婦お得意の技を駆使して静かに編み物を始めた。わたしは彼女をじっと見つめた(と言っても、暗がりの中にいた彼女の顔はぼんやりとしか見えなかった)が、その姿はもう一人の家人同様に、わたしにはまるで魅力的に映らなかった。なにも見かけが悪いというわけではない。非常にスタイルがよく、どこか上流階級の人間らしい雰囲気を漂わせている。顔の造作はまあまあ整っているし、肌の色が珍しいとは言え、白くてきれいだと思った。ミスター・ヴァイスと同じように、彼女も金色の髪を真ん中で分けて下ろし、まるで塗料で髪を塗ったオランダ人形にのように、グリースできれいに撫でつけてあった。眉毛はまったくないように見え——毛の色が薄すぎるせいにちがいない——瞳の色が茶色なのか濃い灰色なのかよく見えなかったが、その目のおかげでますます人形のような顔に見えた。奇妙なことに、神経質の子どもによく見られるような〝習慣性痙攣《けいれん》〟が見られた。まるで帽子の紐か垂れ下がった髪が頬にかかったのを振り払うかのように、周期的に首を素早く傾けるのだ。年齢は三十五歳ぐらいだと推察した。

すでに待機していると思われた帰りの馬車は、準備に時間がかかっているようだった。わたしは座ったまま病人のやわらかな呼吸音と家政婦の編み針がカチカチと鳴る音を聞きながら、次第に苛立ちを募らせていた。早く帰りたかった。単に自分のためではない。患者の容体は重く、一刻も早く薬を投与すべき状態だったからだ。だが時間は無駄に過ぎていくばかりで、これはひと言言ってやろうと思ったそのとき、階段の上の呼び鈴が鳴った。

「馬車のご用意ができたようです」ミセス・シャリバウムが言った。「階段の下まで蠟燭で照らしましょう」

彼女は立ち上がって蠟燭を手に取り、先に立って階段の前まで歩くと、そこで立ち止まり、蠟燭を持った手を手すりの上から差し伸ばした。わたしはその明かりを受けながら階段を降りて、開いたままの通用口に向かって通路を進んだ。通用口のすぐ外の屋根つきの小道に馬車が停まっているのが、遠くなった女の蠟燭のかすかな明かりの中に見えた。その仄明かりで、暗がりの中に立っている御者の姿がぼんやりと見えた。どこかにミスター・ヴァイスも待っているんじゃないかと辺りを見回したが、彼が現れる様子はなく、わたしは馬車に乗り込んだ。と同時に、扉がバタンと閉じて外から鍵がかけられ、門の重々しい門が引かれる音に続いて、門扉が開く蝶番の大きなきしみ音が聞こえた。馬車はゆっくりと動きだしたかと思うと止まった。後ろで門扉がガチャンと閉まる音がした。御者が馬車の外側の席にのぼるのに合わせて車体が傾いたかと思うと、馬車が前進した。

帰りの道すがら、あれこれと思い返したが、まったく心地が悪かった。得体の知れない怪しげな出来事に巻き込まれているんじゃないかという疑念を払うことができなかったのだ。こんなもやもやとした気持ちになるのは、言うまでもなく、この一件を取り巻く奇妙で秘密めいた環境のせいだ。つまり、ごく普通の状況下で往診していたなら、あの患者の症状を見ても、特に疑念や警戒心を掻き立てられるものは感じなかったのではないか。いや、たしかにそうかもしれないが、そのせいだと思おうとしても気分は晴れなかった。

だが、わたしの診断がまちがっている可能性だってある。結局のところ、あれは脳内圧迫を伴う何らかの脳疾患なのかもしれない。たとえば進行の遅い脳内出血か、膿瘍、腫瘍、あるいは単なる鬱血。こうした疾患には判別の難しいケースもある。だがそのどれをとっても、今回の患者の所見と症状が一貫して合致するものはない。睡眠病については、たしかにほかの疾患に比べれば可能性は高いのかもしれないが、より多くの情報を集めるまでは、そうだともちがうとも判断のしようがなかった。一方、実は患者の症状はすべて、モルヒネ中毒とぴたりと合致するのだった。

だが仮にそうだとしても、明白な犯罪行為の証拠は何もない。ひょっとするとあの患者は常習的なアヘン依存症で、あの症状の数々は確信的な偽装なのではないか。そういう哀れな人間のずる賢さはよく知られているし、また同じぐらいに秘密主義で嘘がうまい。あの患者が、誰かが見ているあいだだけ重い意識昏迷のふりをして、数分ほど一人きりになった隙にベッドを飛び出し、どこかに隠してある薬物を好きなだけ貪っていることだって充分に考えられる。そうだとしたら、医者に行きたくないと抵抗したり、自分の素性を明かしたがらなかったりすることも説明がつく。とは言え、わたしにはそれが真相だとは思えなかった。ほかにいくらでも可能性が考えられるというのに、わたしの中にはミスター・ヴァイスと、あの風変わりで寡黙な女に対する疑念が湧き上がるばかりで、どうしても消えないのだった。

とにかく、この事案を取り巻く何もかもが怪しいのだ。この馬車の改造からも推察される慎重な準備の数々。急ごしらえにしか見えない住まい。お抱えの御者を除いては、使用人が一人もいないこと。ミスター・ヴァイスとあの女がじっくり姿を見られるのを明らかに避けようとしていた態度。そして何よりも、ミスター・ヴァイスが意図的についた嘘。そうだ、彼は絶対に嘘をついている。ほぼ途切れることなく意識昏迷状態が続いていると言っていたが、それでは患者が頑固で強情だという話とはまったく相容れないし、患者の鼻に残っていた眼鏡の跡が深く、比較的新しいのも、それ以上の矛盾を示している。あの患者は二十四時間以内に眼鏡をかけていたにちがいない。昏睡に近い意識状態なら、そんなことはしなかったはずだ。

馬車が止まり、考え事が中断された。鍵を開けて扉が勢いよく開かれると、わたしは自宅の前に停まった暗く狭苦しい監獄から外へ出た。

「すぐに薬を準備してくるから」わたしは御者に向かって言った。玄関の鍵を開けて中に入る頃には、頭の中身はこの一件の全体像から患者の重篤な病状へと素早く切り替わっていた。もっと積極的な手を使って患者を覚醒させ、弱った生命力を回復させてみればよかったと、早くも後悔の念が湧いた。何と言っても、御者が薬を持ち帰る前に病状が急変し、死んでしまったら大変だ。その憂慮すべき考えに急き立てられるように、わたしは大慌てで薬を調合し、その薬瓶を急いで包んで外へ戻ると、御者は馬の顔のそばに立っていた。

「大至急これをご主人に届けてくれ」わたしは言った。「この小瓶に入った飲み薬を一刻も早く患者に与えるように、ミスター・ヴァイスに伝えるんだ。詳しい指示はラベルに書いてあるから」

彼は無言のままその紙包みを受け取り、御者台にのぼって馬に鞭を当てると、ニューイントン・バッツの方向へ馬車を走らせた。

診察室の小さな置時計の針は間もなく十一時を指すところだった。くたびれ果てた一般診療医にとっては、そろそろベッドに引き上げる時分だ。だが、わたしはちっとも眠くなかった。つましい夕食を摂りながら、いつの間にか再び一連の考えに耽ってしまい、食後に診察室の暖炉の小さくなった炎の前でパイプを吸っていると、あの一件の奇妙で不吉な点が次々と勝手に頭の中に飛び込んできた。睡眠病について何か情報はないかとドクター・スティルベリーの小さな資料棚を調べたが、〝ごく稀にかかる原因不明の疾病であり、現時点ではほとんど何も解明されていない〟ことしかわからなかった。モルヒネ中毒についても調べてみたところ、やはりわたしの診断は正しかったのだと自信を強めた。普通の状況であれば、もっと喜んでいいはずなのだろうが。

なにしろ、あの患者の病状が気にかかるのは、単なる医学的好奇心からではない。わたしは実に難しく、責任の重い立場に立たされていて、判断の選択を迫られているのだ。いったいどうすればいい？　暗黙のうちに守らざるを得なくなった職務上の秘密について、口をつぐみ続けるべきか？　それともさりげなく警察に知らせるべきか？

そのとき突然、純粋な安堵感とともに、かつて学友だった古い友人、今や法医学の分野では名の知れた存在となったジョン・ソーンダイクのことを思い出した。以前ある事件の調査に、一時的に彼の助手として携わったことがあり、その幅広い知識、鋭さ、それに驚くような解決能力に深い感銘を受けたものだ。ソーンダイクは今、幅広い分野を扱う法廷弁護士をしているから、わたしがどうすべきかを法的観点から即断してくれるにちがいない。時間を見つけてテンプルに住む彼を訪ね、この一件の説明を聞いてもらいさえすれば、今抱えている疑念や困難はすべて解決するはずだ。

　はやる気持ちで予定帳を開き、翌日の往診の約束を確かめた。多忙というほどではなく、午前中ならもう一、二ヵ所回れる余裕があったが、やはり受け持ちの地域を遠く離れるのは難しそうだ。そう思ったとたん、ページの一番下に、バートンという名前を見つけた。そのミスター・バートンという患者はブーバリー・ストリートの東側に建ち並ぶ家々の一軒に住んでおり、そこはキングズ・ベンチ・ウォークにあるソーンダイクの住居兼事務所から歩いて五分と離れていない。そのうえ慢性の患者だから、往診の順番は最後でも大丈夫だ。ミスター・バートンの診察を終えたら、ちょうど病院から戻ってくるはずの友人をつかまえられそうだ。それなら彼と長く話せるし、その後で辻馬車を拾って帰れば夕方の診察に充分間に合う。

　やれやれ、ひと安心だ。その判断力に絶対の信頼を寄せられる友人に、自分の責任を分かち持ってもらえると思うと、抱えていた困難が一瞬にして体の中から消え去った気分だった。予定帳に明日の訪問について書き入れると、すっかり晴れやかな心持ちで立ち上がり、パイプを叩いて煙草の火を落としたと同時に、小さな置時計が待ちきれないとばかりに大きな鐘の音を鳴らして真夜中を告げた。

第二章　ソーンダイク、陰謀を企てる

チューダー・ストリートの門を通ってテンプルに入ると、その眺めは懐かしい感覚を呼び覚ました。かつてわたしはここで、新聞が〝赤い拇指紋事件〟などと勝手に名づけた、かの有名なホーンビイ事件に関連してソーンダイクに協力し、何時間も素晴らしいときを過ごしたのだった。最愛の女性に出会ったのもここだったが、その話はすでに別の機会に書いたとおりだ（東京創元社『赤い拇指紋』参照）。そういうわけで、わたしにとってはここは幸せな思い出が詰まった場所であり、ここへ来ると、この先も幸せな出来事が起きそうな気がしてくるのだ。それも、そう遠くない未来に。

ドアのノッカーを元気よく鳴らすと、ほかでもない、ソーンダイク自身が出てきた。温かく出迎えられて、わたしは誇らしく感じるとともに、面目ない気分になった。ずいぶん長いあいだ訪ねなかっただけでなく、手紙さえ送っていなかったからだ。

「放蕩息子のご帰還（新約聖書『ルカによる福音書』より）だぞ、ポルトン」ソーンダイクは家の中を振り返って、大声で言った。「ドクター・ジャーヴィスだ」

彼に続いて部屋に入ると、中にはポルトンがいて――ソーンダイクが絶大な信頼を寄せる使用人であり、実験助手であり、熟練工で、そのうえ彼のいわゆる〝右腕〟だ――小さなテーブルの上にトレーを置いて紅茶の用意をしているところだった。心のこもった握手で出迎えてくれたその小柄な男は、笑みを浮かべようとして、慈悲深いクルミの実のように顔をくしゃくしゃにした。

「先生のことはたびたび話題にのぼっていたんですよ」ポルトンが言った。「ちょうど昨日も博士が、ジャーヴィスはいつここへ戻ってきてくれるのだろうかと話しておられたばかりです」

わたしは彼らが期待している意味で〝ここへ戻ってきた〟わけではなかったので、胸がちくりと痛んだが、ポルトンの前では心の内を見せないように当たり障りのない返事をした。ポルトンが実験室からティーポットを運んできて、暖炉の火を強めて部屋を出ていくと、ソーンダイクとわたしは、かつてそれぞれが使っていた肘掛け椅子に腰を下ろした。

「そんな恰好をして、いったいどこから来たんだい？」ソーンダイクが尋ねた。「往診にでも行ってきたみたいじゃないか」

「まさしく、往診の帰りだよ。ロウワー・ケニントン・レーンに診療所があるんだ」

「そうか！　では〝かつて通りし道に立ち戻った（ノーベル賞詩人キプリングの詩より）〟というわけだね？」

「そう」わたしは笑いながら言った。「〝かつて通りし道、あの長き道、だがそれは、常に新たに通る道〟さ」

「そして、どこにも通じていない道だな」ソーンダイクは険しい顔をして付け加えた。

わたしはまた笑ったが、それはうわべだけの笑いだった。と言うのも、友人のその言葉は厳しい真実を突いており、わたし自身が身をもってそれを証明してきたからだ。資産がないために一時的にほかの開業医の留守を預かるしかない代診医など、いくら年月を重ねたところで、増えるのは白髪と不満の残る体験ばかりだ。

「そんなこと、いつまでも続けていちゃいけないよ、ジャーヴィス。そうとも、やめるべきだ」ソーンダイクは少し間を空けてからまた口を開いた。「きみほどの教養と医学的功績を備えた人間が臨時雇いだなんて、実に馬鹿げている。第一、たしかきみは素晴らしく魅力的な女性と婚約しているんじゃないのか?」

「きみの言うとおりだね。ぼくは道を誤っていた。でも、これからは本気で改心するつもりだ。いざとなったらプライドを飲み込んで、診療所を開くための手付金をジュリエットに出してもらうよ」

「その決意は、実に適切だね」ソーンダイクが言った。「これから夫婦になろうとする二人のあいだで、プライドや遠慮などくだらない。だが、どうして診療所なんて開くんだい? ぼくの申し出は忘れてしまったのか?」

「まさか。そんな恩知らずじゃないぞ」

「よかった。では、改めて言わせてもらうよ。ぼくのジュニア・パートナーになってくれないか。法廷弁護士の資格を得る勉強をしながらぼくと一緒に働けば、才能あるきみのことだ、なかなかいいキャリアになると思う。きみの力が必要なんだよ、ジャーヴィス」彼は熱を込めて言った。「依頼がどんどん舞い込んできているから、是が非でもジュニア・パートナーは欲しいところだが、ぼくはきみでなきゃいやなんだ。きみとは長い付き合いで気心も知れている。一緒に働いた経験もある。お互いに好感と信頼を抱いているし、ぼくの知る限り、きみ以上にふさわしいやつはいないんだ。うんと言ってくれ。それ以外の返事は聞かないよ。さあ、最後通告だ」

「いやだと言ったらどうする?」彼のあまりの勢いに、わたしは微笑みながら尋ねた。

「どうもこうもない。きみはイエスと言うんだから」

「どうやらそのようだね」わたしは高まる感情を抑えられずに言った。「きみの申し出がどれだけ嬉しくてありがたいか、言葉にならないよ。でも、最終的な取り決めは次に会った時――一週間先になるかな――にしてくれ。と言うのも、あと一時間で戻らなきゃならないんだが、その前に非常に重要な問題についてきみの助言がほしいんだよ」

「わかった」ソーンダイクが言った。「次に会うまで、正式な契約について検討するのは保留しよう。それで、ぼくの意見を聞きたいというのはどんな話だい？」

「実を言うと、ぼくは今ひどく難しい板挟み状態に陥っていてね。どうしたらいいのか、きみの考えを聞かせてほしいんだ」

ソーンダイクは無言のままわたしのティーカップに紅茶をつぎ足しながら、明らかに不安そうな目でこちらをちらっと見た。

「どろどろとした話じゃないだろうね」

「まさか、ちがうよ、そういうことじゃない」わたしは彼の婉曲的な言い方に思わず笑みを浮かべていた。それほど体裁の悪くない若い医者にとって〝どろどろとした話〟と言えば、たいていは女性がらみのトラブルを指すものだ。「ぼく個人とはまったく関係のない話だよ」わたしは説明を続けた。「医者としての責任感が問われているんだ。まずは何があったかを、ぼくの見たまま順に全部話したほうがいいんだったね。きみはデータを集めるとき、いつも発生順に秩序立てて話を聞きたがるから」

そこで、わたしは謎に満ちたミスター・グレーヴズを訪ねたいきさつについて、どれほど些細なことであろうと、思い出せる限りを省かずにすべて伝えた。

ソーンダイクは最初から神経を集中させて話に聞き入っていた。これまでに見たことがないほど無表情な顔だった。普段からブロンズの仮面のように、何を考えているのかさっぱり読めない顔をする男だ。だが、彼をよく知るわたしの目は、何かしらのサイン――顔色がさっと変わるとか、少しだけ目を輝かせるとか――を見逃すことはない。それは彼の好奇心が刺激され、捜査への情熱がむくむくと湧き起こっている証拠なのだ。ところが今は、わたしが妙な馬車に乗せられて、風変わりで秘密めいた家に連れて行かれた話を聞きながら、彼が心底困惑しているのがよくわかった。わたしがすべてを語り終えるまで、ソーンダイクは座ったまま彫像のように動かなかった。明らかにすべてを、些細な情報の一つひとつまでを記憶に刻みつけていた。そしてわたしが話を終えた後もしばらくのあいだ、彼はひと言も発することなく、身動きひとつせずにじっとしていた。

ようやくわたしを見上げて言った。「きわめて異常な出来事だね、ジャーヴィス」

「そうさ、きわめてね」わたしは同意した。「そしてわたしを苛《さいな》んでいる疑問は、これからどうすべきかってことなんだ」

「そうだね」ソーンダイクはぼんやりと答えた。「問題はそこだ。しかも、類を見ないほど難しい問題だ。だがその答えを出すには、その前に解決しなければならない疑問がある。その家の中で、いったい何が起きているのか、だ」

「きみは何が起きてると思うんだい？」わたしは尋ねた。

「慌てちゃいけないよ、ジャーヴィス」彼は答えた。「慎重に法的な面と医学的な面を区別して、わかっている事実と単なる推測とを混同しないよう注意しなければならない。さて、まずはこの件の医学的な面から見てみよう。最初に立ち向かわなければならない問題は、睡眠病、あるいは〝黒人《ブラック・》の嗜眠病《レサージー》〟とも呼ばれる病気についてだ。ここで早速壁にぶち当たったわけだね。この疾患に関する充分な知識がない。ぼくも、おそらくはきみも、実際に発症した患者を診たことがないし、現存する情報はお粗末だ。ぼくの知る限り、症状は今回の患者と合致する。不機嫌な言動をとるらしいことも、徐々に長くなる嗜眠状態と明白な回復状態が交互に現れることも。だが反対に、この病は黒人以外はかからないと言われている。もっともそれは、今までのところ病を引き起こす環境にさらされているのが黒人だけだからだとも言えるのだろうがね。さらに重要なのは、あくまでもぼくの知る限りだが、患者の瞳孔が極限まで小さく引き絞られるというのは睡眠病の症状にないことだ。つまり総合すると、睡眠病である可能性は低いが、ぼくたちの乏しい知識では完全に排除することもできないというわけだ」

「実際に睡眠病である可能性はあると思うのか?」

「思わない。個人的にはそんな可能性は考えるまでもないと思う。だが今は、ぼくたちの見解は切り離して事実だけを考察しているんだ。睡眠病かもしれないというのは、理論的に考え得る仮説であることを受け入れなければならないよ。なぜなら、絶対にちがうと証明できないからだ。それだけのことさ。ところが、モルヒネ中毒を仮説に考えると、話は変わってくる。患者の症状はすべてモルヒネ中毒症と完全に合致する。例外や不一致は一つもない。よって、モルヒネ中毒を暫定的診断とするのが常識的判断だ。きみがやったとおりにね」

「そうだね。とにかく何かしらの治療を始める目的で」

「そのとおり。きみは医学的な目的を果たすために、より可能性の高い見立てを選択し、低いほうを捨てた。論理的な行動だ。だが法的な目的のためには、両方を慎重に吟味しなければならない。なぜなら、中毒であれば重大な違法行為の可能性をはらむ一方、病気なら法律を犯していないからだ」

「それじゃ助言にならないじゃないか」わたしは指摘した。

「慎重にかかれと言ってるんだ」ソーンダイクが鋭く切り返した。

「たしかにそのとおりだ。でも、きみ自身はこの一件についてどう思う?」

「そうだな」彼は言った。「事実を順序立てて検討しよう。あくまでも仮定の話だが、ここに致死量に近いモルヒネによる中毒患者がいたとする。すると、ある重要な疑問が生じる。その薬物は彼自身が摂取したのか、それとも別の人物によって与えられたのか? もし自分で摂取したのなら、何の目的で? きみが聞いてきたいきさつから、自殺目的という可能性は完全に排除される。だが患者の容体を考えれば、モルヒネ依存症である可能性も同じく完全に排除していいだろう。常習者は意識を失うほど過剰摂取しないものだ。薬物耐性がついた自分の摂取限界を、常に下回る安全な量に留めるはずなんだ。結論として、薬物は誰か別の人間によって投与されたのだと、ぼくは思うよ。そしてそれはきっとミスター・ヴァイスにちがいない」

「モルヒネを毒薬として使うなんて、珍しくないか?」

「とても珍しい。それに、殺すなら一度に致死量を与えるのでなければ、扱いがとても厄介だ。モルヒネはすぐに薬物耐性ができるから。だが、時間をかけてゆっくりと中毒を引き起こすことが何よりも求められる、そんな特殊なケースもある。薬物の作用を利用して相手の意思を弱め、判断力を乱し、体力を消耗させて、何らかの法的な証書や文書、たとえば遺言書か不動産や財産の譲渡証明書などを作成させるのが目的である場合だよ。実際に殺すのはそれを果たした後で、何か別の方法を使えばいい。これがどれほど重大な意味を持つか、わかるかい?」

「つまり、死亡証明書のことだね?」

「そうだ。たとえばミスター・ヴァイスが相手の男に大量のモルヒネを与えたとしよう。それからきみを呼び寄せて、睡眠病じゃないだろうかなどと提案する。きみがその考えをすんなり受け入れるようなら、ミスター・ヴァイスの身はひとまず安泰だ。その後もモルヒネを与え続けて相手を死に至らしめ、きみに死亡証明書を書かせさえすれば、もう誰にも殺人だとはわからなくなる。実に巧妙な計画だ——ちなみに、これは複雑な犯罪を犯す者の特徴でもあるんだよ。頭の切れる犯罪者というのは往々にして、犯罪計画を立てるのは天才的なくせに、その実行となるとすっかり間抜けになるものだ——ちょうど今回の犯人のようにね。ぼくが彼のことを見誤っているのでなければ」

「間抜けのような行動って、どこがだい？」

「いくつかあるよ。まず、往診を依頼する医者をもっと慎重に選ぶべきだった。人がよく、活力と自信にあふれたぐらつかない人物ならぴったりだったはずだ。つまり、もっともらしい診断に飛びついたが最後、けっして揺らがないタイプだよ。あるいは、大酒飲みの無知で不健康な医者か。わが博学の友のように、慎重で科学的思考力のある一般診察医に当たってしまうとは、衝撃的な悪運だったね。それから言うまでもないが、あそこまで秘密主義を押し通すなんて馬鹿げているにもほどがある。そんなことをすれば、用心深い人間は警戒心を高めるに決まっているし、事実そのとおりになった。ミスター・ヴァイスが犯罪者だとすれば、彼はその実行をひどく誤ったんだ」

「きみは彼が犯罪者だと思っているようだね」

「深い疑念を向けている。だが、彼について一つ、二つ教えてほしい。彼の発音にはドイツ語訛りがあったと言ったね？　英語力はどうだった？　語彙は豊富だったかい？　ドイツ語特有の慣用句を使っていなかったかい？」

「いいや。彼の英語は完璧だったと言わざるを得ないし、イギリス人でも舌を巻くほど正しい表現を使っていたよ」

「きみの目から見て、どこか作りものめいたところはなかったか？　つまり、変装しているような？」

「わからないな。どこもひどく薄暗い照明ばかりだったんだ」

「たとえば、彼の瞳の色は見えなかったか？」

「見えなかった。グレーだった気がするけど、確信は持てない」

「では、御者はどうだ？　鬘《かつら》をかぶっていたと言ったね。彼の瞳の色は見えたかい？　あるいは、彼だと見分けられるような特徴は？」

「右手の親指の爪が変形していた。御者について言えるのはそれだけだ」

「どこかヴァイスと似たところはなかったのかな。声とか、顔つきとか」

「まったくないよ。さっき言ったとおり、御者の男ははっきりとしたスコットランド訛りがあったんだ」

「どうしてこんなことを訊くかと言うと、もしもヴァイスが誰かに薬物中毒を起こさせているのだとしたら、その御者はまずまちがいなく共犯者で、もしかすると親戚なのかもしれない。次の機会があれば、是非注意して観察してくれ」

「そうするよ。これで最初の質問に立ち返ったわけだね。つまり、ぼくはこれからどうしたらいいのか。この件を警察に知らせるべきだろうか？」

「ぼくは知らせるべきだとは思わない。証拠と呼べるものがほとんどない。もちろん、ミスター・ヴァイスが〝違法かつ意図的に〟毒を与えていたのなら、それは重罪に当たり、一八六一年の刑法統合法によって懲役十年が科される。だが、きみに宣誓の元に提供できるような情報があるのかは疑わしい。ヴァイスが毒物を投与したかどうかなんてきみには知りようがないし――毒物が投与されたとすればだが――教えられた名前も本名かどうか当てにならない、住所に至ってはまったくわからないんだよ。おまけに、睡眠病の疑いが残っている。きみは医学的な目的を優先してその可能性を却下したが、法廷に立ってあれが睡眠病ではないとはっきり誓うことはできない」

「そうだね」わたしは認めた。「それはできない」

「それならば、警察はこの件に介入するのを断わるだろうね。きみはただ、ドクター・スティルベリーの診療所に無意味な醜聞を招くだけだ」

「じゃあきみは、ぼくに何もするなと言うんだね」

「今のところはね。もちろん医者としては、できる限り法の順守に協力する義務がある。だが医者は刑事じゃない。出しゃばって、警察の仕事に手を出すべきではない。医者の務めとしては、目と耳をしっかり働かせつつ、原則的に余計なことは言わないほうがいいとは言え、重大な違法行為と思われることがあれば、注意深く記録する。お節介に犯罪捜査を開始する立場にはないが、万が一裁判に呼ばれたときには、専門知識や幸運によって得られた情報を提供して裁判に協力するのが、医者の仕事だと思う。どういうことか、わかるかい?」

「つまり、ぼくが見聞きしたことを記録に残し、証人として呼ばれるまでは誰にも話すなと」

「そうだ。これ以上何も起きなければね。ただし、もう一度往診に呼ばれることがあれば、そのときは今後必要に応じて警察に伝えることを念頭に、より注意深く観察すべきだ。たとえば、連れて行かれた建物を後から特定できるかどうかは、生死を分ける重要な問題になるかもしれない。きみはその行き先を、必ず割り出さなきゃならないんだ」

「そうは言うがね、ソーンダイク」わたしは諭すように言った。「どうやってあの家に連れて行かれたかは、さっきも話したとおりだ。是非聞かせてもらいたいね。真っ暗な箱型馬車に閉じ込められた男が、どうやって行き先の建物を特定できるのかを」

「ぼくにはそのぐらい、まったく難しくないよ」彼は答えた。

「難しくないって?」わたしは言った。「ぼくにはほとんど不可能としか思えないよ。いったいどうすればいいんだい? あの家から飛び出して、通りを走って逃げ帰ればいいのか? それとも、馬車の鎧戸に穴を開けて外を覗くのか?」

ソーンダイクは優しく受け入れるように微笑んだ。「わが博学の友が提示した方法は、科学者とは思えぬひどく杜撰なものだな。そもそも、こちらの密かな企みを敵に知られる不利益を考慮していない。それじゃ全然駄目だ、ジャーヴィス。もっとましな方法を使わないと。ちょっと研究室へ行ってくるから、ここで待っててくれないか」

ポルトンにとっての聖所である上階の部屋へとソーンダイクが出ていくと、一人残されたわたしは考えを巡らせた。サム・ウェラー（ディケンズ著の『ピクウィック』シリーズで、でたらめな格言を連発する登場人物）なら〝階のちがう部屋から、木製ドアを見透かすがごとく〟とでも言いそうな、実際には馬車の中から木製の鎧戸越しに外を見透かす離れわざが、いったいどうやったら可能だと言うのだろう。

「よし」二分後に戻ってきたソーンダイクは、紙の表紙の小さなノートを持っていた。「ポルトンに、ある小型装置の製作を頼んできた。それがあれば問題が解決できるだろう。どうやって馬車の外を観察するべきか、これからぼくの提案を説明するよ。まずは、このノートの各ページに縦線を引いて表を作るんだ」

彼はテーブルの前に座って几帳面に線を引き、それぞれのページを三つの縦の欄に区切った。幅の狭いものが二つと、広いのが一つだ。この作業にはいくらか時間がかかり、わたしはソーンダイクが悠然と繰り返し線を引いていく鉛筆の正確な動きを、じれったい思いで興味津々に眺めながら、早くその先の説明が聞きたくてたまらなくなっていた。ちょうど最後のページに線を引き終えようとしたとき、静かなノックの音がして、かさかさとした抜け目のない顔に満足げな表情を浮かべたポルトンが、小さな板を持って入ってきた。

「これでよろしいでしょうか、博士？」ポルトンはそう訊きながら板をソーンダイクに手渡した。ソーンダイクはそれを確かめてから、わたしに渡した。

「まさに望みどおりのものだよ、ポルトン」わが友人は答えた。「いったいどこでこれを見つけてきたんだい？　だって、まさかたった二分半で一から創作したはずがあるまい？」

顔にしわを寄せてお得意の奇妙な笑みを浮かべたポルトンは、「創作というほどのものではありませんから」とだけ言うと、褒められたことにとても気をよくした様子で出ていった。

「あれほど優秀な男はいないよ、ジャーヴィス」ソーンダイクはお抱えの何でも屋《ファクトトゥム》を見送りながら言った。「ぼくの思いつきをすぐに理解して、まるで手品師がウサギや金魚鉢でも出してみせるかのように、魔法のごとく瞬時に望みの品を作り上げるんだから。さて、これを見て、きみのやるべき手口《モードゥス・オペランディ》がわかったかい？」

わたしはその小さな装置――長さ七インチ幅五インチほどの白っぽく腐食した板きれで、角の一つにセラック（樹脂状の塗装剤）で携帯用の方位磁石が固定されている——を見て、何となくイメージは摑めたが、具体的な使い方についてはわからなかった。

「きみは方位磁石の指している方角を、瞬時に読み取ることはできるんだろうね？」ソーンダイクが言った。

「もちろん読めるとも。医学生だった頃、一緒にヨットを走らせたじゃないか」

「そんなこともあったね。死ぬまでにまた絶対にやろう。さて、目的の家の割り出し方だ。こっちは携帯用の読書灯で、馬車の内張りに引っかけられるようになっている。このノートは輪ゴムで装置の板に固定できる——ほら、このとおり。ポルトンが気を利かせて、方位磁石のガラス面に南北線上を通るように糸を貼りつけてくれたのが見えるだろう？　いいかい、きみはこうやるんだ。馬車の中に閉じ込められたら、すぐにこの携帯用ランプに火をつけ——明かりに気づかれたときのために、本の一冊でも持っていったほうがいいね——それから懐中時計を出して、装置の板を膝の上に置く。常に板の長辺が馬車の向きとぴったり平行になるように注意してくれ。そうしたら、ノートの左の狭い欄に時刻を、隣の欄に磁石が指している方角を、そして広い欄には、何でもいいから気づいたこと、たとえば一分間の馬の歩数を数えるなりして書き入れるんだ。いいかい、こんな具合だ」

ソーンダイクは別の紙を一枚出してきて、次のように鉛筆で記入例をいくつか書き込んだ。

「〝九時四〇分、南東、自宅を出発。
九時四一分、南西、花崗岩の敷石。
九時四三分、南西、舗装道路、蹄の音一〇四歩。
九時四七分、西微南、花崗岩の交差点、マカダム舗装に変わる〟

――といった具合に書いていくんだ。方向が変わるたびに、時刻を添えて記録してくれ。馬車の外から何か聞こえたり感じたりしたら、それも記録する。時刻と方角と一緒にね。馬の速度が変わったと気づいたときも忘れないでくれよ。やり方はわかったかい？」

「完璧に。でも、これは目的の家の位置が絞り込めるほど正確な方法かい？　何と言っても、この方位磁石はあくまでも携帯用であって回転盤がついていないし、針は恐ろしく揺れやすい。それに、推測される距離はひどく大ざっぱな気がするんだけどね」

「どれもきみの言うとおりだ」ソーンダイクが答えた。「だが、きみは重要なことを見落としている。きみが記録する軌跡図は、ほかのデータと照合することができるんだ。たとえばきみは、くだんの家に入る小道には屋根がついていたと言ったが、探す範囲をある程度まで絞り込めさえしたら、あとは直接目で確かめに行けば判別できるだろう。それから忘れちゃいけないのは、きみを乗せた馬車が何の特徴もない平原を移動しているわけじゃないってことだ。馬車が通った道はどれも位置や向きがしっかりと定まっていて、陸地測量部製作の地図にすべて正確に描かれている。ぼくはね、ジャーヴィス、一見大ざっぱに思える方法でも、きみが感覚を研ぎ澄まして観察してくれれば、捜査範囲をごく狭い区域まで絞り込むのは難しくないと考えてるんだよ。あくまでも、次に行く機会があったらの話だがね」

「そう、そんな機会があればね。ミスター・ヴァイスはもうぼくを呼ばない可能性が高い気はするけど、もう一度チャンスをもらえることを心から祈っているよ。彼に気づかれないように秘密の隠れ家を割り出すのは、めったにできない体験だろうからね。でも、もう本当に帰らなきゃならない時間だ」

「じゃ、今日のところはこれで」ソーンダイクはそう言いながら、ノートを板に固定している輪ゴムの下に鉛筆を滑り込ませた。「この冒険がどんなふうに展開するか、また教えてくれ――もしも展開したらの話だが――どちらにしても、なるべく早く会いに来てくれる約束は忘れないでくれよ」

彼は読書灯のランプと装置の板を手渡してくれた。わたしはそれらをそっとポケットに入れると彼と握手を交わし、長時間診療所を放ったらかしにしたことに少しばかりの後ろめたさを感じて、慌てて帰路についた。

第三章　〝汝らの内に、書き記さる子あり〟

往々にして疑い深い人間というのは、自らが疑うような態度をとるがために、その疑ったとおりの結果を相手から引き出してしまうものだ。たいていの人は信用されれば懐を開き、疑われれば警戒するという困った傾向にあるからだ。まだ人間を信用しきっている幼い子猫が、背中を丸めて尻尾を立て、撫でてほしそうに人間に近づいていけば、たいていは期待どおりに優しく撫でてもらえるだろう。一方、世慣れてしまった大人の雄猫の場合、親しげに手招きされてもさっと逃げ出し、安全な壁の陰から疑い深そうに覗いてにやりと笑うものだから、人間はつい土くれを投げつけたくなり、さらに遠くへ追いやられてしまう。

さてミスター・H・ヴァイスの行動はこの雄猫と似ており、やはり同じような反応を招いたのだった。ミスター・ヴァイスの異常に用心深い方策の数々は、責任ある医者にとっては侮辱であり、挑発なのだ。この一件を深刻に受け止めながらも、わたしの頭はよこしまで愉快な想像でいっぱいになっていた。挑戦的な目で満足そうにこちらを見ながらにやりと笑っているヴァイスの秘密の隠れ家を暴いてやる空想だ。わたしは早速、念入りにその冒険に備えた。テンプルからケニントン・レーンへ帰る辻馬車の中で、ソーンダイクにもらった小さな器具の予備実験をしてみたのだ。その短い道中の最初から最後まで、わたしは方位磁石をじっと見つめ、道路の材質による体感や音のちがいを感じ取ろうとしながら、馬の歩数を数えた。その結果はかなり有効なものだった。たしかに磁石の針は馬車の振動を受けて大きく揺れはしたが、ある決まった方角を中心にした限定的な幅に収まり、その中心がすなわち馬車の走っている方角だと言えた。これは非常に信用できるデータだと納得した。予備実験を終えたわたしは、実践する機会さえあれば、適度に明瞭な軌跡図を作れる自信を持った。

だが、そんな機会はなさそうに思えた。またすぐに往診に呼ぶと言っていた約束を、ミスター・ヴァイスは守るつもりがないようだった。三日が過ぎても何も起きなかった。あのとき余計なことを言い過ぎたのだろうかと不安になった。鎧戸を降ろしたあの馬車は、わたしよりも機密を守れそうな鷹《おう》揚《よう》な医者を探しに行ったのではないか、ソーンダイクとの緻密な準備は無駄に終わったのではないかと思った。四日めが終わろうとしてもなお迎えは現れず、わたしは機会を失ってしまったのだと、しかたなく諦めるつもりになっていた。

そうやって後悔に暮れていたまさにそのとき、給仕がドアを開けて汚い頭を突っ込んだ。しゃがれた声にぞっとするような訛り、おまけに軽蔑を通り越すほどひどい文法構造。だが、わたしはそれら全部を許した。彼が伝えようとした断片を繋ぎ合わせると、その意味が理解できたからだ。

「ミスター・ヴァイスの馬車が待ってるって。すぐ来てくれ、今夜は具合が悪いからって」

わたしは跳び上がるように椅子から立ち、往診に必要なものを大急ぎで掻き集めた。例の小さな装置の板と読書灯はコートのポケットに忍ばせた。往診用の鞄の中身を補充し、過マンガン酸カリウムが必要になることを予測して、応急処置用の薬品に加えてその薬瓶も入れた。それから夕刊紙を脇に挟んで診察室を出た。

表に出ると、馬の頭の横に立っていた御者が帽子に手を触れて会釈し、馬車の扉を開けようと進み出た。

「今度は長旅に備えてきたよ、ほらね」わたしは馬車に乗り込みながら、持っていた新聞を見せた。

「でも、暗い中じゃ読めませんよ」御者が言った。

「ああ、ランプも持ってきたんだ」わたしは読書灯を取り出して、マッチを擦った。

わたしがランプに火をつけ、車内の座席の背もたれに引っかけるのを、御者は見ていた。

「よほど前回の旅が退屈だったと見えますね。けっこう長くかかりますから。室内灯を取りつけておけばよかったんですがね。ま、今夜はもっと早く着けるように飛ばしますよ。主人の話じゃ、ミスター・グレーヴズが今までになく悪いらしいんで」

そう言って彼は音を立てて扉を閉め、鍵をかけた。わたしはポケットから装置の板を出して膝の上に置き、懐中時計をちらりと確認すると、御者が馬車の外の席に乗り込んで座るのを感じながら、小さなノートに最初の書き込みをした。

〝八時五八分、西微南、自宅を出発。馬の体高、十三ハンド（地面から馬の肩甲骨までがおよそ百三十二センチ）〟

馬車はまず、通りでニューイントン・バッツ方向にぐるりと向きを変えたので、二行目に記録した。

〝八時五八分三〇秒、東微北〟

だがその方向に長くは走らなかった。またすぐに南を向き、つぎに西、続けてまた南を向いた。わたしは方位磁石から目を離さず、頻繁に変わる針の向きを読むのに苦労していた。針はひっきりなしに左右に揺らぎはしても常に同じ振れ幅の中に収まり、その中心が正しい方角のはずだった。ところが、その方角さえも一分ごとにころころと変わり、驚くような動きをしていたのだ。西、南、東、北と馬車は向きを変えて方位磁石を混乱させ、わたしはすっかり方向感覚を失った。驚くべき走り方だ。

人の命がかかった、一刻を争う任務を負っていることを考えれば、御者がまるで方向に無頓着なのには驚くばかりだ。ひどく複雑な経路のせいで、ほんの少し思慮深く道を選んだ場合の二倍は長くかかっているだろう。少なくともわたしにはそう思われたが、当然ながらそんなことを批判する立場にはなかった。

わたしの考えでは、おそらく前回と同じ道順を走っている気がした。途中で引き船の汽笛が聞こえたので川の近くだとわかったし、おそらく前にも聞こえた旅客列車が駅を出発する音を聞いて、前回と同じ時刻に駅前を通っているのだとわかった。大通りを走るうちに、何度も路面電車の線路を越えた――線路との交差点がこんなに多いとは知らなかった――し、ロンドンのこの狭い地区に鉄道の鉄橋がずいぶんたくさんあることや、舗装面の砂利の材質が次々と変わることにも驚いた。

今回の旅は退屈とはほど遠かった。進行方向や路面の感覚がめまぐるしく変わり、わたしは休む暇さえなかった。と言うのも、一つの記録を書き終わる前に磁石の針が大きく振れ、またしてもどこかの角を曲がったことを示すからだ。そうこうしているうちに馬車は速度を落とし、例の屋根つきの小道へと曲がったのではっとした。わたしは大急ぎで最後の一行（〝九時二四分、南東、屋根つきの小道〟）を書き込み、ノートを閉じて板ごとポケットにしまうと同時に新聞を広げた。その直後に鍵が開いて馬車の扉が開かれた。そこでわたしは引っかけていた読書灯を外して火を吹き消し、後で役に立つかもしれないと、それもポケットにしまった。

前回と同様、開いたままの通用口の前にミセス・シャリバウムが蠟燭を持って立っていた。だが、前回ほどの冷静さはほとんどなかった。それどころか、取り乱して怯えているようにも見えた。顔が青ざめているのが蠟燭の薄明かりの中でもわかったし、じっとしていられないようだった。わたしに必要な説明だけを言葉少なに伝えるあいだも、もじもじと落ち着かない様子で手足を絶えず動かしていた。

「わたしについて、すぐに上の部屋までいらしてください」彼女は言った。「今夜はミスター・グレーヴズの具合がとても悪いのです。ミスター・ヴァイスを待っている暇はありません」

彼女が返事も待たずに階段をのぼり始めたので、わたしも後に従った。部屋の中は前回と変わりなかった。だが、患者はそうではなかった。部屋に入ったとたん、ベッドのほうから喉が小さくゴボゴボと鳴る音が規則的に聞こえてきて、明らかな危険を知らせていた。急いでベッドに近寄って、そこに横たわる人物を見下ろすと、わたしの中でさらに大きな危険信号が灯った。病人の顔は前にも増して幽霊のようで、目はさらに落ち窪み、肌はいっそう青白かった。〝鼻はペン先のように尖っている〟ものの〝緑の野についてうわごとを言う（ともにシェイクスピア『ヘンリー五世』の台詞より）〟様子がないのは、すでにそんな段階すら越えてしまっているからだ。これが何らかの病気であれば、末期症状だと迷わずに断言しただろう。〝死の間際《イン・アルティクロ・モルティス》〟の人間の特徴がすべてそろっているからだ。いくらこれが病気ではなく、モルヒネによる中毒症状だとわたしが信じていたとは言え、弱々しく震えている彼を死の縁ぎりぎりから呼び戻す自信などとてもなかった。

「かなりお悪いでしょう？　命が危ないのでしょうか？」

ミセス・シャリバウムの声が聞こえた。とても小さい声ながら、そこには張りつめたような真剣さがあった。わたしは患者の手首に指を当てたまま振り向くと、それまでに一度も見たことがないような、心底怯えきった女の顔がそこにあった。今の彼女は明かりを避けようともせず、わたしを正面から見据えていた。わたしは半分無意識のうちに、彼女の瞳が茶色で、妙に緊迫して見えることを心に留めた。

「ええ」わたしは答えた。「重症です。とても危険な状態です」

彼女はまだしばらくわたしをじっと見つめていた。すると、奇妙なことが起きた。彼女の両目が、別々の方を向いたのだ——恐ろしい目つきで。風刺画家の絵に模倣されるような、よく見る内向きの〝寄り目〟ではなく、極端な近視か左右の視力差を伴った外向きの斜視、いわゆる外斜視だ。わたしはひどく驚いた。さっきまで両目そろってわたしの目をじっと凝視していたのに、次の瞬間、片目はまだしっかりと前方を向いたまま、もう片方の瞳だけがぐるりと回転して目尻の際へ移動したのだ。

彼女自身も、明らかにその変化に気づいたらしく、頬を赤らめて急いで顔をそむけた。だが、今は人の顔など気にしている場合ではない。

「先生なら助けられるはずです！　どうか死なせないでください！　絶対に死なせてはいけないんです！」

その患者が世界にたった一人しかいない親しい友人であるかのような熱意を込めて彼女は言った。そんなはずはないだろうに。だが、その明らかな恐怖心は利用できそうだ。

「彼を助ける方法があるとすれば」とわたしは言った。「大急ぎで手を打たなければなりません。わたしはすぐに患者に薬を飲ませますので、そのあいだに濃いコーヒーを淹れてきてください」

「コーヒーですって！」彼女は大きな声を上げた。「でも、この家にはコーヒーなんてありません。紅茶じゃ駄目ですか？　とても濃い紅茶では？」

「いいえ、紅茶では代わりになりません。どうしてもコーヒーでないと。それも今すぐ要るのです」

「でしたら、急いでどこかで手に入れて来なければなりませんね。でも、もうこんな時間です。店はどこも閉まっていますよ。それに、ミスター・グレーヴズを一人で残していきたくありません」

「さっきの御者に使いを頼めないんですか？」

彼女は苛立ったように首を横に振った。「いいえ、それはできません。ミスター・ヴァイスがお戻りになるのを待つほかありません」

「それじゃ間に合わない」わたしはぴしゃりと言った。「待っているうちに患者の命を救うチャンスをみすみす失ってしまいますよ。今すぐコーヒーを探しに行って、用意ができ次第ここへ持ってきてください。それから、グラスと水をお願いします」

彼女は洗面台から水差しとグラスを持ってくると、不満そうなうめき声を残し、急いで部屋を出ていった。

少しの間も置かず、わたしは手元に用意していた薬を患者に飲ませようと作業を開始した。グラスの中に過マンガン酸カリウムの結晶をいくつか入れて、そこに水をいっぱいに足して患者の元へ向かった。重い意識昏迷状態だ。弱った体に許される限り乱暴に揺すってみたが、抵抗も反応もまったく返ってこなかった。とても自力で嚥下できそうになく、窒息するおそれから、患者の口の中に直接水溶液を流し込むわけにはいかないと判断した。胃管を挿入すれば解決するのだが、当然ながらそんなものは持ってきていない。ただ、口を開けておくための開口器はあったので、口が閉じてしまわないように固定しておいて、聴診器からゴム管を一本取り外し、漏斗代わりに硬質ゴム製の耳鏡をその一方の端に差し込んだ。ゴム管のもう一方の端を食道にできるだけ深く挿入すると、そのにわか作りの漏斗の中へ少量の過マンガン化カリウム水溶液を慎重に注いでみた。患者の喉が動き、まだ嚥下反射があることに大きな安堵を覚えた。これに自信を得たわたしは、患者に一度に与えられる限界量の水溶液をゴム管へと流し入れた。

これだけの過マンガン酸塩を与えれば、患者の胃に残っている毒物が常識的な量であるなら、中和するには充分なはずだ。次に対処すべきは、すでに体内に吸収され、中毒症状を引き起こしている分だ。鞄の中から注射器ケースを取り出すと、硫酸アトロピンを注射器いっぱいに入れ、無意識の患者の腕に注入した。コーヒーが届くまでに施せそうな処置は、それが精いっぱいだった。

注射器を洗ってケースにしまい、ゴム管をすすいだわたしは、ベッド脇へ戻って患者を深い昏迷状態から呼び覚まそうとした。ただし、それには慎重を要した。ほんの少し無遠慮に揺らすだけで、かぼそい、今にも消えそうな鼓動は永遠に止まってしまいそうだったからだ。とは言え、今すぐに目を覚ましてやらなければ、彼の意識は徐々に薄れ、気づかないうちに命が尽きてしまうにちがいなかった。わたしは慎重の上に慎重を重ね、彼の手足を動かしてみたり、顔や胸を濡れたタオルの端で軽く叩いてみたり、足の裏をくすぐってみたり、ほかにも乱暴すぎない程度にあらゆる刺激を与え続けた。

謎に満ちた患者を死の淵から呼び戻そうと夢中になるあまり、ドアが開いたことに気づかなかった。たまたま部屋の中を見回したときに、隅の暗がりの中で何かが二つ光るのが見えた。誰かの眼鏡に光が反射したらしく、そこに人影を見つけてぎょっとした。いったいいつからそこに立って見ていたのかはわからなかったが、わたしが気づいたとわかると、その人影は暗がりから――ほんの少しだけ――こちらへ進み出た。ミスター・ヴァイスだ。

「どうやら」と彼は言った。「今夜は友人の具合があまり良くないのでしょうか?」

「あまり良くないですって!」わたしは大声で言った。「まったく良くないですよ。非常に心配な状態です」

「先生の目から見て――その――何か深刻なことが――その――予想されるわけじゃないでしょうね？」

「予想も何もありません。すでにこれ以上深刻になりようがありませんよ。いつ死んでもおかしくない状態だと思います」

「なんですって！」彼は息をのんだ。「まさか、そんな恐ろしいことが！」

彼は大げさに言っているのではなさそうだった。動揺のあまり、思わず明るいほうへ進み出た彼の顔が、血の気を失って真っ白になっているのが見えた――もっとも、鼻から両頬にかけてはやはり赤らんでいて、顔全体の白さとひどく対照的で不気味なほど目立っていた。やがて彼は少し落ち着きを取り戻して言った。

「どうも先生は、彼の容体を深刻に受け止めすぎているように思います。いえ、そう願っています。こんな状態になったのが初めてでないことは、先生もご存じでしょう？」

ここまでひどい状態になったことはないはずだと思いながら、そのことを議論している場合ではないと判断した。そこでわたしは、患者の意識を引き戻す努力は止めずに答えた。

「初めてかどうかは、なんとも言えません。が、どちらにせよ、いずれ最後の一回がやってきます。そして今回が最後になるかもしれないのです」

「そうでなければいいのですが」彼は言った。「ただ、こういう病気は遅かれ早かれ必ず死に至ることは覚悟しています」

「こういう病気というのは？」わたしは尋ねた。

「睡眠病のことですよ。あるいは、この恐ろしい症状について、先生は別の見解を見つけてくださったのでしょうか」

わたしが答えに躊躇していると、彼が続けて言った。「薬物による中毒ではないかという先生の提案については、あり得ないと言いきれると思います。先生が最後にいらっしゃってから、実質的には片時も目を離さずに誰かが付き添っていましたし、何より、わたし自身の手でこの部屋の中やベッドをくまなく調べ尽くし、どんな薬物も見つけることができませんでした。先生は睡眠病の可能性について調べてくださいましたか?」

わたしはすぐに答えずに、目を細めてミスター・ヴァイスを注意深く見つめた。以前にも増して疑わしそうに見えた。だが、ここで黙っているわけにはいかない。わたしが優先させなければならないのは患者であり、彼に必要な手当てだ。何と言っても、ソーンダイクの言うとおり、わたしは医者であって探偵ではなく、今のわたしに求められているのは単刀直入な発言と行動なのだから。

「その件については、じっくり考慮した結果」わたしは言った。「断定的な結論に至りました。彼の症状は睡眠病によるものではありません。わたしの見解では、モルヒネ中毒であることに疑問の余地はありません」

「ですが、先生!」ヴァイスは大声で言った。「それは不可能です! 常に誰かが見ていたと、たった今そう申し上げたでしょう?」

「わたしには、目の前の事実から判断するしかないんだ」彼が新たに何か反論しかけるのを見て、わたしはさらに続けた。「こんな議論で時間を無駄にするのはやめていただきたい。でないと、決着がつく前にミスター・グレーヴズが死んでしまいますよ。さっき頼んだコーヒーの手配を急ぐように伝えてください。そのあいだに必要な処置をさせてもらえれば、ひょっとすると彼を救えるかもしれない」

どうやらミスター・ヴァイスは、容赦ないわたしの態度に威圧されたらしい。意識を失っている男の症状について、わたしがモルヒネ中毒以外のいかなる説明も受け入れるつもりがないことがはっきり伝わったのだろう。それはつまり、患者が回復しない場合には、検視の対象となることを意味していた。彼は重い口調で、先生の思うとおり最善を尽くしてほしいというような言葉を残し、そそくさと部屋を出ていったので、その後は邪魔が入ることなく患者の手当てを続けることができた。

しばらくのあいだは、こうした処置に何の効果もないかに見えた。患者は喉を不気味にゴボゴボ鳴らしながら、ゆっくりと浅く、かなり不規則に呼吸する点を除けば、まるで死体のように動きもせず、無表情のまま横たわっていた。だがやがて、気づかないほど徐々にではあったが、生命力が戻り始める兆候が見えてきた。濡れタオルで頬を強く叩くと、かすかに判別できる程度に瞼がぴくぴくと動いた。同じように胸を叩くと、小さく息をのんだ。足の裏を鉛筆でなぞると、はっきりとわかるほど足を縮ませ、もう一度彼の目を覗き込むと、明らかな変化が見てとれたので、アトロピンが効き始めたのだとわかった。

これは期待が持てそうだ。これまでのところは充分な効果が得られている。が、喜ぶのはまだ早い。わたしは注意深く患者を見守りながら優しく刺激を与え続け、手足や肩を動かしたり、髪を撫でたりして、とにかく鈍った感覚神経を小さな、だが絶え間ない刺激で攻め続けた。こうした手当てを続けるうちに症状はどんどん回復していき、ついには耳元での大声の質問に反応して、一瞬両目を開けさえもした。もっとも、その瞼はすぐにまたゆっくりと下りてきて、元の状態に戻ったのだが。

そのすぐ後でミスター・ヴァイスが、続いてミセス・シャリバウムが戻ってきた。ミセス・シャリバウムは小さなトレーを持っており、そこにはコーヒーの入ったポットとミルク入れ、カップとソーサー、それに砂糖壺が載っていた。

「今はどんな具合ですか？」ミスター・ヴァイスが不安そうに尋ねた。

「嬉しいことに、はっきりとした回復が見られます」わたしは答えた。「ですが、目を離してはいけません。まだ安心はできないのですから」

わたしはコーヒーを確認した。真っ黒く、ずいぶんと濃そうに見えたが、非常に良い香りがした。カップの半分までコーヒーを注ぎ、ベッドに近づいた。

「さあ、ミスター・グレーヴズ」わたしは大声で呼びかけた。「これを飲んでください」

力のない瞼が一瞬開いたが、ほかには何の反応もない。抵抗なく開かせた口の中へ、スプーンでコーヒーをすくって二度流し込んだところ、彼は即座に飲み込んだ。それを見て、わたしはあいだを開けずに何度も同じことを繰り返し、ついにカップが空になった。この新しい治療薬の効果はじきに現れた。わたしが次々に大声で投げかける問いかけに対して、患者はもごもごとわからないことをつぶやき、一度か二度両目を開けてわたしの顔をぼんやりと見返した。その後で彼を抱き起こして座らせ、さらにカップから直接コーヒーを飲ませながら、ひっきりなしに質問を浴びせた。脈絡のない質問でかまわない。とにかく大きな声をかけ続けるのだ。

ミスター・ヴァイスと家政婦はわたしのすることを、好奇心を剝き出しにして観察していた。それどころか、ミスター・ヴァイスはこれまで距離をとっていたのも忘れて、もっとよく見ようとベッドのそばまで近づいてきたほどだ。

「本当に驚くべきことです」彼は言った。「こうなると、やはり先生の見立てが正しかったと言われそうですね。たしかに彼は非常に回復していますから。でも、教えていただけませんか、彼の症状が病気によるものだとしても、この治療法で回復したでしょうか？」

「いいえ。それは絶対にありません」

「でしたら、原因ははっきりしましたね。それにしても、実に不思議な出来事ですよ。彼が大量の薬物をどうやって隠し持っていたのか、何かお考えはありますか？」

わたしは立ち上がり、ヴァイスの顔を正面からじっと見た。小さな蠟燭の薄暗がりから出てきた彼の顔を見る機会はこれが初めてで、わたしはじっくりと観察した。さて、たいていの人は似たような経験があると思うが、面白いことに、視覚から入った印象が完全な意識に転換されるまでに、かなりの時間差を生じることがある。何かをあるがままに、ただ何げなく見た場合、その印象は瞬時に忘却の彼方へと放り出されるものだ。だが、そのイメージだけはその後も記憶の中にとどまって後から取り出すことができ、まるで目の前にまだ同じものがあるかのように、細部まで完全に再現できるのだ。

そのときのわたしは、そんな状態だったにちがいない。患者の容体に気をとられていたものの、近くにいる人間をつい素早く、注意深く観察してしまう医者の癖が出て、わたしは正面に立つ男を探るような目で一瞥した。ほんの一瞬だけだった——わたしの鋭い視線に困惑したらしいミスター・ヴァイスは即座にまた影の中へ引っ込んでしまった——し、わたしの注目は主に彼の青白い顔と赤い鼻の対比、それにぼさぼさの濃い眉毛に向けられていた。だがそれ以外に、わたしはあるものを無意識に目にして、その直後にすっかり忘れてしまい、ずっと後になってその夜のことを思い返したときにもう一度鮮やかに甦ることになるのだ。それは次のようなことだった。

ミスター・ヴァイスは、わたしからかすかに顔をそむけるように立っていて、わたしには彼の眼鏡の片方のレンズを通して奥の壁が見えた。壁には額入りの版画がかかっていた。その眼鏡のレンズの奥に見える額縁の直線は歪みもなく、拡大も縮小もされず、そのままに映っていた。まるでガラス窓を覗くかのように。ところが、眼鏡の表面に反射した蠟燭の炎は上下逆さまで、レンズの少なくとも片面が凹型であることを証明していたのだ。この奇妙な現象を目にできたのはほんの一瞬に過ぎず、視界から消えると同時に、わたしの意識からも消えた。

「いいえ」わたしは先ほどのミスター・ヴァイスの質問に答えた。「彼が大量のモルヒネを隠しておける方法など、わたしには思いつきません。症状から判断する限り、今回かなりの量を摂取しているはずで、常習的に大量の薬物を使っていたのなら、けっこうなかさになったでしょうね。そんな大きなものをどうやって隠していたのか、見当もつきませんが」

「もう危険な状態は脱したようですね」

「いや、とんでもない。辛抱強く手当てを続ければ回復させられるとは思いますが、再び昏迷状態に引き戻されないようにしなくてはいけません。薬物の効き目が完全に切れるまで、体を動かし続けなければならないのです。彼にガウンを着せてください。そうしたら、一緒に体を支えながら、この部屋の中を往復して歩かせましょう」

「でも、そんなことをしたら危険じゃありませんか?」ミスター・ヴァイスは不安そうに尋ねた。

「危険はありません。その間、注意深く脈を診ますから。むしろ危険なのは、彼が体を動かすのをやめて再び意識昏迷を起こすかもしれない、いえ、きっと起こすだろうという点なのです」

　明らかに気が進まず、賛同しかねる様子ながら、ミスター・ヴァイスはガウンを持ってきて、わたしと協力してどうにか患者に着せた。それからぐったりしながらも抵抗しようとするミスター・グレーヴズをベッドから引きずり出して、床に立ち上がらせた。彼は両目を開けて、わたしたちに順にフクロウのような瞬きをして見せ、拒否するように意味不明の言葉をひと言ふた言つぶやいた。そんなことはお構いなしに、わたしたちは彼の両足を室内履きに押し込んで歩かせようと試みた。初めは立っていることもできないようで、両側から腕を抱えて無理に前進させた。だがやがて引きずっていた脚が明らかに歩行するような動作を見せ始め、部屋の中を一、二往復する頃には、自分の脚で体重の一部を支えるだけでなく、意識がはっきりしてきた証拠に、より力強く抵抗し始めた。

この時点で、彼の片腕を支えていたミスター・ヴァイスが家政婦に交代させてわたしを驚かせた。「わたしはこれで失礼しますよ、先生」彼は言った。「重要な仕事を途中で投げ出してきてしまったのです。必要なことはミセス・シャリバウムが何でも協力しますし、もうお帰りになっても安心だと判断されましたら、彼女が御者を呼びます。お帰りになる前に戻れないかもしれませんので、ここで〝おやすみなさい〟と言わせていただきますよ。どうか不作法だと思わないでください」

ミスター・ヴァイスがわたしに握手をして部屋を去ると、先に述べたように、わたしはすっかり驚いたまま部屋に取り残された。今もなお、かぼそい糸のようにいつ命が途切れてしまうかわからない友人よりも、どんなものであれ仕事を優先させるとは。だが、わたしにはどうでもいいことだ。彼の協力など必要ないし、この哀れな死にかけの男を回復させるためには、すべての注目を治療に向けなければならないのだから。

患者の発する抗議のつぶやきを伴いながら、憂鬱な往復歩行を再開した。歩くうちに、特に向きを変える拍子に、たびたび家政婦の顔がちらりと見えた。ほとんど決まって横顔だけだ。どうやら彼女のほうが、一、二度を除いて、わたしのほうを見まいとしているらしかった。そして一、二度こちらを向いたときには、斜視である様子はまったくなく、両目でまっすぐわたしを見ていた。にもかかわらず、彼女が顔をそむけているうちは斜視になっているにちがいないとわたしは思っていた。患者の右腕を支えている彼女の斜視のあるほうの目――左目――は常にわたしのほうを向いていた。が、わたしからはまったく見えない彼女の右目が、実はまっすぐ前方を見ているように思えてならないのだ。そのときにも、何かがとても奇妙だと感じてはいたが、歩行指導のことに神経が集中していて、あまり気に留めることはなかった。

そうしているうちにも、患者はみるみる元気を取り戻していった。元気になればなるほど、疲れるばかりの往復運動に対する抗議も増していった。だが、明らかに普段は礼儀正しい紳士であるらしく、異議を唱えるにしても、頭がぼんやりしているにもかかわらず、丁寧で実に腰の低い言葉にくるんで伝えるのだ。これはミスター・ヴァイスから聞かされた患者の性格とはまったくかけ離れていた。「ありがろうごらいまひた」ろれつの回らない患者がつぶやいた。「ご親切に、ふみまへん。もう横にならへてくらはい」彼は物欲しそうにベッドのほうを見たが、わたしは回れ右をさせて、再び部屋の奥へと歩かせた。彼は抵抗せずに従ったものの、またベッドが近づくと、同じことを言いだした。「ありがろう、もう充分。ベッドに戻りまふ。ご親切に、感謝いたひまふ」――わたしは回れ右をさせた――「いやいや、本当に疲れまひた。横にならへてくらはいまへんか」

「もう少し歩かないといけないんですよ、ミスター・グレーヴズ」わたしは言った。「また眠ってしまったら、具合がとても悪くなりますからね」

彼はわたしを興味深そうに、驚いた表情でぼんやりと眺め、混乱したかのようにしばらく考え込んだ。それからもう一度わたしを見て言った。

「もひや、あなた、まちがえておられるのれは?――ちがいまふ――ミス――」

そこへミセス・シャリバウムが急に割って入った。

「こちらのドクターが、あなた様は歩かれたほうがいいとおっしゃっているんですよ。ずいぶんと眠っていらっしゃいましたから。今は、これ以上眠らないでくださいって」

「眠りたいんじゃないよ、横になるらけ」患者は言った。

「でも、しばらくは横になっちゃ駄目なんですって。あと何分か歩き続けないといけないって。お話しもしないほうがいいですよ。ただ往復するだけにしましょう」

「話すことに害はありませんよ」わたしは言った。「むしろ、患者にとっては話をするほうがいい。目が覚めますから」

「お話をされるとお疲れになるかと思いまして」ミセス・シャリバウムが言った。「それにお気の毒です、横にならせてくれといくら言われても、そうさせてあげるわけにはいかないのですから」

彼女は明瞭な発音で、やけに甲高い声でそう言ったので、患者の耳にも聞き取れたようだ。最後の発言に込められた意図を酌み取ったらしく、患者は押し黙ったまま、疲れたようによろよろとまた部屋の中をしばらく歩き続けたが、何度もわたしのほうを見ながら、わたしの姿に何かひどく不可解なものを感じているかのような顔をした。しまいには、横になりたいという耐え難い欲求が彼の礼儀正しさに打ち勝ち、再び抗議を始めた。

「もう充分歩いたでひょう。とても疲れまひた。くたくたれふ。少しれいいから、横にならへてくれまへんか」

「少しなら横にならせてあげてもかまわないんじゃありませんか?」ミセス・シャリバウムがわたし

に尋ねた。

わたしは患者の脈拍を調べ、そろそろ疲労の限界だと感じ、体が衰弱しているときに過度に運動を強いるのはよくないと判断した。そこでベッドに戻ることを認め、その方向に患者の体を向けた。すると、まるで疲れた馬が馬小屋に向かうかのように、彼は休息の待つベッドへとふらつく足で嬉しそうに歩いていった。

患者がベッドに入ると、わたしはすぐにコーヒーをまる一杯与え、彼はひどく喉が渇いていたようにごくごくと飲み干した。それからわたしはベッド脇に座り、彼が眠ってしまわないようにと、再び質問を次々と浴びせかけた。

「頭は痛くありませんか、ミスター・グレーヴズ？」わたしは尋ねた。

「ドクターが『頭は痛くありませんか？』と訊いてらっしゃいますよ」ミセス・シャリバウムがひどく大きな金切り声を張り上げたので、患者が驚いてびくっと体をすくめるのがわかった。

「彼の声なら、ひゃんと聞こえたよ、お嬢さん」彼はかすかな笑みを浮かべて言った。「耳は不自由じゃないんらから。そう、頭はふごく痛い。それにしれも、あの人はまちがえてらっひゃる――」

「起きてなきゃいけないって、先生がおっしゃるんです。もう眠っちゃいけませんよ、目を閉じないでください」

「わかったよ、ポールン。目は開けれおくから」彼はそう言うやいなや、限りなく穏やかな表情を浮かべて目を閉じ始めた。手を摑んで軽く揺すると、目を開けて、眠そうにわたしの顔を見つめた。家政婦が彼の頭を優しく撫でた。わたしから顔を少しそむけたまま――斜視の目を見せまいとしてか、ずっと顔をそむけていた――彼女はわたしに言った。

「先生、そろそろお帰りになっても大丈夫じゃありませんか？　もうずいぶん遅いですし、お宅まで遠いでしょう」

わたしは疑わしげに患者を見下ろした。このまま置いて帰れるものか、こんなに信用できない人たちの手に委ねて。だが、明日の朝までにやっておくべき仕事があるうえ、今夜のうちに来てくれという往診依頼が二件ほど来ているかもしれなかった。いくら一般診察医といっても、そういつまでも時間をかけてはいられない。

「ずいぶん前に、お帰りの馬車の準備ができた音がしましたよ」ミセス・シャリバウムが付け加えた。

わたしはためらいながら立ち上がり、懐中時計を確認した。もう十一時半だ。

「おわかりですよね？」わたしは声を低めて言った。「まだ危機は去っていないんですよ？　今彼を一人にすればきっと眠ってしまうし、そうなればほぼ確実に、二度と目を覚ますことはありません。そのことを、あなたははっきりとわかっているんですよね？」

「ええ、はっきりと。絶対に彼を眠らせないと約束します」

そう言いながら、彼女はしばらくわたしの顔を正面から見つめていたが、その両目はまったく正常で、斜視を疑わせる様子はどこにも見られなかった。

「わかりました」わたしは言った。「それがおわかりいただけているのであれば、これで失礼します。次にお邪魔するときにはすっかりよくなっていることを願っています」

患者のほうを向くと、早くもうとうとと眠りかけており、わたしは思いをこめて彼の手を揺すった。「これで失礼しますよ、ミスター・グレーヴズ！」わたしは言った。「お休みの邪魔ばかりしてすみません。でも、あなたはどうしても起きていなきゃならないんです。眠っちゃ駄目ですよ」

「わかりまひた」彼はぼんやりと答えた。「ふっかりお世話をかけて、申ひ訳ありまへん。眠らないように気をつけまふ。でも、あなたはまちがえて――」

「眠っちゃいけませんって、それがとても大事だって先生はおっしゃってるんですよ。眠らせないように、わたしによく見張るようにって。わかりましたか？」

「ああ、わかったよ。れも、どうひてこの方は――？」

「そんなに質問ばかりなさって」ミセス・シャリバウムはからかうように言った。「明日になってからいっぱいお話しいたしましょうね。それでは、ドクター、こちらで失礼します。階段の上から足元を照らしますが、下までご案内はしません。この方が眠ってしまうといけませんので」

それがわたしを追い返すとどめのひと言だと受け止め、引き上げることにした。部屋を出ていくわたしの後を、夢うつつながら驚いたような患者の視線が追いかけてきた。階段を降りるあいだは、家政婦が手すりの上に腕を伸ばして蠟燭を差し出してくれていたが、階下に着くと、通路の先で開いたままの通用口の奥に馬車のランプの光がちらちらと見えた。御者は通用口のドアのすぐ外に立って、薄暗いランプの灯りに照らされており、わたしが馬車に乗り込むと、スコットランド訛りで「ひょっとすると、ここで夜《ニヒト》を明かされるんじゃないかと思いましたよ」と言った。わたしの返事を待たずに――どのみち返事を要する問いかけではなかったが――すぐに馬車の扉を閉めて鍵をかけた。

わたしはまた携帯用のランプに火をつけ、座席の背もたれのクッションに引っかけた。装置つきの板とノートもポケットから取り出した。だが、帰り道まで記録する必要はないんじゃないかと思えたし、正直に言えば深夜の肉体労働ですっかりくたびれ、これ以上骨の折れる作業は勘弁してもらいたい思いだった。第一、まだ記憶がはっきり残っているうちに、今夜の出来事を頭の中で整理しておきたかったのだ。そこでノートをしまい、パイプに葉を詰めて火をつけ、あの実に異常な家への二度めの訪問で起きたことについて、じっくり思い出そうとした。

こうして改めて思い返すと、今回の訪問には解明を要する問題がいくつもあった。たとえば、患者の病状だ。解毒処置に効果が見られたため、症状を引き起こしていた要因については疑いの余地がなくなった。ミスター・グレーヴズがモルヒネの影響下にあったのはまちがいなく、残っている唯一の問題はそれをどうやって摂取したかだ。彼自身がやったとはとても思えない。誰か別の人間の手によってその毒物を与えられたのはほぼ確実で、ミスター・ヴァイスの話が本当なら、それができたのは彼自身か家政婦しかいない。そして、ほかの奇妙な状況もすべてこの結論を示唆していた。

ほかの奇妙な状況とは何か? 先に述べたように、いくつもあったが、多くは些細なことのように思えた。まずはミスター・ヴァイスだが、いつもわたしの到着後しばらくしてから姿を見せ、わたしが帰る少し前にいなくなってしまうのは、やはり妙だ。だが今夜もっと妙だったのは、明らかに言い訳としか思えない理由をつけて急に立ち去ったことだ。あれはちょうど、病人が回復して話ができるようになったタイミングだった。もしかすると、意識朦朧とした男がわたしのいる前で自分の秘密に関することをしゃべってしまうと恐れたのだろうか? どうもそのように見えた。それなのに、わたしをあの患者と家政婦と一緒に残したまま、自分は部屋を出ていったわけか。

だがよく思い返してみると、病人が何か話そうとするのを焦ったように遮っていたのは、ミセス・シャリバウムだった。わたしの言うことを中継して患者に伝えたことも一度だけではなかったし、彼がわたしに何かを尋ねようとしたときに割って入ったことが、少なくとも二度あった。彼はわたしが何かを〝まちがえている〟と言っていたっけ。いったい何をまちがえていると言いたかったのだろう？

あの家の中にコーヒーがまったくなく、紅茶ならあると言っていたのも、何とも珍しいと驚かされた。ドイツ人は一般的に紅茶を飲む習慣はなく、コーヒーを飲むものだ。だが、それも大したことではないのかもしれない。それよりもおかしいのが、御者がたびたびいなくなることだ。どうして御者にコーヒーを買いに行かせないのか、そしてミスター・ヴァイスが仕事に戻らなければならなくなったとき、どうして御者ではなく家政婦が主人の代わりに患者の体を支えて歩いたのか？

ほかにもいくつかあった。ミスター・グレーヴズが家政婦に対して呼びかけた言葉は、わたしには〝ポールン〟と聞こえた。明らかに何らかのクリスチャン・ネームなのだろう。だが、どうしてミスター・グレーヴズは彼女をクリスチャン・ネームで呼んだのか？　家の主人は敬称をつけて〝ミセス・シャリバウム〟と呼んでいるというのに。そして、彼女自身にもおかしなところがある。あの奇妙な、ときどき治まる斜視はいったいどういうわけだ？　医学的に言えば、謎でもなんでもない。あの女性はよくある外斜視であり、同じ症状に苦しむほかの大勢の人間同様、筋肉に強く力をこめれば、眼球を一時的に正常な平行状態に動かすことが可能なのだ。わたしが彼女を見て斜視だと気づいたときは、長時間正常状態を保ち続けようとして筋力が弱まり、うまくコントロールできなかったのだろう。だが、どうして斜視を隠そうとするのか？　女性としての虚栄心――見た目のわずかな欠点に対する過敏な反応に過ぎないのだろうか？　そうかもしれない。あるいは別の意味を秘めた理由があるのかもしれない。わたしにはわかりようがなかった。

この疑問について考えているうちに突然、ミスター・ヴァイスの眼鏡の異様な点について思い出した。これこそ本物の難問だ。あのときまちがいなく、まるで窓ガラス越しかのように眼鏡の奥の景色がはっきりと見えた。そしてあの眼鏡の表面にはまちがいなく、凹レンズの場合と同じように、蠟燭の炎が上下逆さまに映っていた。眼鏡のレンズの形は平面と凹型の両方であり得ない。それなのに、平面レンズと凹レンズに固有の特性を二つとも持ち合わせていた。さらにもう一つわからない点がある。わたしから見て、あのレンズ越しに何の変化もない景色が見えたのなら、ミスター・ヴァイスからもまたそう見えるはずだ。だが、眼鏡の機能というのは、物の見え方を変えることにある。拡大か縮小か、あるいは歪みの補正か。見え方が変わらないのでは意味がない。わたしにはさっぱりわけがわからなかった。かなり長い時間をかけて考えたが、結局諦めるしかなかった。と言っても、ミスター・ヴァイスの眼鏡は今回の件には明らかに無関係だったので、それほどこだわりはなかった。

自宅に着くとすぐに予定帳を確認し、今夜じゅうに行かなければならない往診が一件も入っていないとわかってほっとした。ミスター・グレーヴズのために薬を調合し、御者に託すと、診察室の暖炉の灰を掻き集め、今夜最後のパイプを吸いながら、自分が関わってしまったこのきわだって疑惑渦巻く一件について再度思い返した。だが、疲労が思考の流れを断ち切った。この状況はソーンダイクのさらなる助言を要するという結論に達したところで、ガス灯の火を青い火花ほどに小さく絞り、ベッドに向かった。

第四章　公式見解

翌朝目が覚めたときにも、これからいったいどうすべきかという緊急課題について、その日のうちにソーンダイクを訪ねて助言を乞う決心は揺らいでいなかった。〝緊急〟という言葉は故意に使ったものだ。なぜなら前夜の出来事を考えれば、あの謎めいた患者は意図的に毒物を投与されたと断定でき、彼の命を救うには一刻の猶予もないからだ。彼は昨夜、まさに九死に一生を得たものの——仮に今も生きているとすればだが——それはわたしが思いのほか断固とした態度を押し通して、あの強引な回復法をミスター・ヴァイスにしぶしぶ認めさせたからにほかならない。

もう一度往診に呼ばれる可能性は皆無に等しいだろう。わたしが強く疑うとおりだとすれば、ヴァイスは今度こそ自分の話をすんなりと飲み込んでくれる別の医者を呼ぶにちがいなく、手遅れになる前に絶対に彼の悪事を阻止しなければならないのだ。とは言え、これはあくまでもわたしの考えであって、ソーンダイクの意見を聞いてから彼の指示通りに動くつもりだった。なにせ、

〝ハツカネズミであれ、人間であれ／計画はしばしば損なうもの〟（ロバート・バーンズの詩『二十日鼠へ』より）なのだから。

階下へ降り、古く毛羽だった予定帳を開いて今日の予定を確認した。給仕か、彼が不在のときには家政婦が予約を書き込むことになっているのだが、その中身をひと目見て愕然と立ち尽くした。すで

にその日の午前の欄が、郵政省発行の人名録の一ページほどにびっしりと書き込まれているではないか。新規の往診希望者だけで普段の一日の患者数を超えており、それに加えて固定の往診先も回らなければならない。またしても黒死病《ペスト》が突然イギリスを襲ったのではないかと首を捻りながら、暗い気持ちでダイニングルームに駆け込んで大急ぎで朝食の用意をしたが、その途中でもたびたび給仕がやって来ては新しい伝言を告げていった。

二、三件往診に回ったところで、謎が解けた。この近所でインフルエンザが急激に広まっており、いつも診ている患者だけでなく、よその診療所からあぶれた者たちまでが大勢うちへ流れてきたのだ。さらに聞けば、どうやら建築業者のストライキがあり、その直後から同じ共済組合に所属するレンガ職人たちのあいだで体調不良者が急速に増えているらしかった。これで突然の大流行の説明がついた。

当然ながら、ソーンダイクを訪ねるのはとても無理だ。あの件については、自分の力で方策を講じなければなるまい。だが家から家へと駆け回り、次々と診察し、容体を気にかけることに追われて――患者の中には重症者や危篤状態に陥る者さえいた――例の件に関しては方策を練ることも、実行に移すこともまったくできなかった。ドクター・スティルベリーは馬車を所有していなかったので、移動のために辻馬車を一台借り切ったものの、最後の往診先まで回るには真夜中近くまでかかり、ようやくすべてが終わったときにはあまりに疲れ果てて、遅すぎる夕食を摂りながら眠ってしまったほどだった。

翌日にはさらに件数が増えたので、わたしは旅先のドクター・スティルベリーに電報を打った。軽い体調不良の療養にヘースティングズで逗留しているのだから、なんとも賢明な男だ。電報では助手を雇う許可がほしいと伝えたのだが、スティルベリー自身が戻ってくるという返事があった。その後、往診の合間に紅茶を一杯飲もうと診療所に立ち寄ると、揉み手をしながら予定帳を見下ろしているドクター・スティルベリーの姿を見つけて、大いに安堵した。

「〝誰かにとっての悪い風も、別の誰かを喜ばせる（イギリスのことわざ）〟」彼はわたしと握手を交わしながら、嬉しそうに言った。「おかげで休暇先の支払いができるというものだよ。きみへの賃金もね。ところで、早速ここを辞めてしまうつもりじゃないだろうね？」

　実のところ、すぐにでも辞めるつもりだった。ソーンダイクの申し出を受けることに決め、彼の元で働くのが待ちきれなかったのだ。だが、これほど診察依頼が殺到している只中に、あるいは新たな助手を見つけなければならない状況に、ドクター・スティルベリー一人を残して去るのは卑劣というものだ。

「わたしの手が要らなくなり次第、なるべく早く辞めたいと思っています」わたしは答えた。「ただ、この窮地に背を向けるつもりはありません」

「そう来なくちゃ」ドクター・スティルベリーが言った。「きみならそう言うだろうと思ってたよ。では紅茶を飲みながら、往診先を二つに分けるとしよう。気になる患者はいたかい？」

　往診予定先に珍しい事例が一つ、二つあり、お互いの分担する患者を順に振り分けながら、わたしはそれぞれの経緯について手短かに報告していった。その後で、ミスター・ヴァイスの家での謎めいた体験について切り出した。

「もう一つ報告しておきたい事例があります。かなり不愉快な話になりますが」

「えっ、いったい何があったんだ！」ドクター・スティルベリーが大声で言った。カップを下ろし、痛々しいほど不安そうな表情でわたしをじっと見た。

「わたしの見たところ、まちがいなく違法に毒を盛られた患者がいるのです」わたしは話を続けた。

スティルベリーの顔から不安が消え去った。「なんだ、そんなことか」彼はほっとしたように言った。「ひょっとすると、取り乱した女の話かと心配したよ。そういう危険は常につきまとうからね。こんなに若くて――はっきり言うぞ、ジャーヴィス――ハンサムな代診医がいると。それで、その事案について詳しく聞かせてくれ」

わたしは謎の患者とのいきさつを順を追って説明したが、ソーンダイクの名前は一切出さず、家の位置を割り出す工夫については軽く触れる程度に話した後、これらの事実は絶対に警察に知らせるべきだという結論で話を結んだ。

「そうだな」彼はしぶしぶ同意した。「たぶん、きみの言うとおりだ。まったく気は進まないがね。警察沙汰となると評判に響くんだ。それに無駄に時間を食われる。調書を取るのに長時間拘束されてね。いや、もちろんきみの言うとおりさ。その哀れな男が毒殺されるのを黙って見過ごすわけにはいかない。だが、警察は動いてくれないと思うな」

「本当ですか?」

「ああ、たぶんね。警察というのは、単純明快な証拠が提供されて初めて捜査に乗り出すものだからね。誰かを起訴すると大金がかかるから、有罪に持ち込める自信がないものは起訴しないんだよ。有罪にならなかったら、自分たちが咎められるからね」

「先生は、この事案では有罪に持ち込めないと思うんですか?」

「きみの集めた証拠だけでは無理だね、ジャーヴィス。警察が捜査してくれれば新しい証拠が見つかるかもしれないが、何も出てこなければ有罪にはできない。堅い弁護を打ち破るだけの確かな証拠が足りないんだ。だが、それはわたしたちの知ったことじゃない。きみは背負い込んだ責任を警察に押しつけたいのだし、わたしもまったく賛成さ」

「一刻を争うんです」わたしは言った。

「早速届け出よう。わたしはこれからミセス・ワックフォードの様子を見に、きみはランメル家の子どもたちの診察に行く予定だったね。どちらへ行くにも、警察署は途中にある。ちょっと立ち寄って、警部補か警視に面会しようじゃないか」

まさにわたしが望むとおりの提案だった。紅茶を飲み終えるとすぐに出発し、十分ほど後には無機質で不気味な警察署の建物を訪れていた。

担当官が高い丸椅子から降りてきて、机の上にゆっくりとペンを置くと、わたしたちと握手を交わした。

「それで、今日はどういったご用件でしょうか？」親しげな笑顔を浮かべた警察官が尋ねた。

ドクター・スティルベリーが用件の説明を始めた。

「ここにいるドクター・ジャーヴィスは、この一、二週間留守にしていたわたしに代わって診察をしてくれていたのですが、そのあいだに実に奇妙な経験をしたそうで、そのことを警察に届け出たいと言うのです」

「犯罪に関することでしょうか？」警察官が尋ねた。

「その点については」とわたしは言った。「警察のご判断次第です。わたしはその疑いがあると思いますが、そうは思われないかもしれません」そう切り出すと、それ以上の前置きは省いて、わたしはさっきドクター・スティルベリーに聞かせたのと同じように、自分が経験した一部始終をかいつまんで一気に話した。

警察官は真剣に耳を傾けながら、ときどき紙に短いメモを取っていた。わたしが話し終えると、黒い表紙のノートにわたしの証言を短く要約して書いていった。

「あなたから聞いた話の要点をここに書き出しました。この供述書を読み上げますから、まちがいがなければ署名をお願いします」

彼がそのとおりにして、わたしも署名を済ませると、わたしは警察がこれからどう動くのかと尋ねた。

「残念ながら、積極的には何もできませんね。お届け出の件について警戒を怠らず、目を光らせておきます。が、それ以上は何もできません。新たな情報が出てこない限り」

「お言葉ですが」わたしは大きな声で言った。「非常に疑わしいとは思いませんか?」

「思いますよ。実にあやしい連中です。われわれに知らせてくださったのは、とても賢明な判断でしたよ」

「それなのに何もしないなんてひどいじゃありませんか。その新たな情報とやらを待っているうちに、やつらはあの気の毒な男にまた毒物を与えて殺してしまうかもしれないんですよ」

「そうなったら、新たな情報が入ってきますよ。無能な医者が死亡証明書を書いてしまわない限り」

「でも、それじゃ納得できません。あの患者を殺させるわけにはいかないんです」

「わたしもまったく同意見ですよ、先生。ですが、彼が死ぬという確証はありません。その人の友人に往診を頼まれたあなたは有効な治療を施し、回復が見込まれる状態で立ち去った。わたしたちにわかっている事実はそれだけです。ええ、お気持ちはわかりますよ」反論しようとするわたしにかぶせるように警察官が言った。「何らかの犯罪が今にも起きる可能性があり、警察はそれを阻止するべきだと、あなたはそう思ってらっしゃる。ですが、それはわれわれの権限の過大評価というものですよ。警察は、実際に犯罪が行われるか、試みられた後にのみ出動できるのです。今回の場合、その証拠はありません。ご自分の供述を読み返して、どの部分について宣誓できますか？」

「ミスター・グレーヴズが致死量に近いモルヒネを摂取したことは、宣誓できると思います」

「では、それを与えたのは誰ですか？」

「非常に疑わしいのは――」

「それでは不充分なのです、先生」警察官が遮った。「疑いでは証拠になりません。宣誓できる確かな情報と、特定の人物に対して立証に充分な一応《プリマ・ファシエ》の証拠となる事実とをそろえていただきたい。でも、今のあなたにはそれができない。あなたの情報をまとめると、こうなります。〝ある人物が致死量に近いモルヒネを摂取した後、回復の兆しを見せた〟それだけです。あなたの聞いてきた名前が本名なのかもわからず、特定の住所どころか、地域を限定することもできないのですよ」

「馬車の中で方位磁石を使って記録をとりました」わたしは言った。「あれを使えば、たぶん簡単に家の位置が特定できます」

　警察官はかすかに微笑み、うわの空で時計を見た。

「ええ、あなたにはね」彼は答えた。「あなたならきっと特定できるでしょう。わたしにはできなくとも。どのみち、捜査を始めるには証拠が不充分です。今後新たな情報が入りましたら教えてください。この件に注目を寄せられ、わざわざお知らせくださって本当に感謝いたします。では失礼します、先生、ドクター・スティルベリー」

彼はにこやかにわたしたち二人と握手を交わした。丁寧ながら、帰れという合図にちがいないその挨拶を受け入れるしかなく、警察署を後にした。

外に出ると、ドクター・スティルベリーが大きな安堵のため息をついた。自分と関わりのあるところでは騒動が起きなさそうだと、ほっとしたのだ。

「予想どおりの反応だったな」彼は言った。「それに、彼の言ってたことは正しいよ。法律は、たしかに犯罪を未然に防ぐためにある。だが、われわれ医者が言うところの〝予防〟という考えは、法律の上では成り立たないんだよ」

わたしは無気力に同意した。何の予防策も取られないと知って落胆していた。だが、できる限りの努力はした。わたしにはこれ以上何の責任もない。ミスター・グレーヴズやあの謎めいた家について、新たな情報など金輪際入ることはないだろうと確信し、この件をすっかり頭から消し去ることにした。次の曲がり角でドクター・スティルベリーと別れ、それぞれの往診先へ向かった。そしてわたしの関心は、誘惑的な犯罪からインフルエンザの大流行という現実へと切り替えられた。

ドクター・スティルベリーの診療所での多忙ぶりは、予想以上に長く続いた。何日かが過ぎても、わたしは相変わらずケニントンの煤けた通りを駆け回り、狭い階段をのぼり降りし、疲れ果ててベッドにもぐり込み、あるいは夜間のけたたましい呼び出しベルに寝ぼけ眼《まなこ》で起き出したりした。

毎日がじれったかった。一般診療医の仕事を辞めて一緒に働いてくれというソーンダイクの誘いを、これまで何ヵ月も断わり続けてきた。彼と働きたくなかったからではない。それが彼自身のためではなく、わたしのためを思っての申し出ではないかと強く疑っていたからだ。言うなれば、実は仕事の要請ではなく、わたしを憐れんで救いの手を差し伸べているのではないかと。だが、そうではないとわかった今、早く彼の元で働きたくてたまらなかった。田舎風の家屋や色あせた庭園ばかりが並ぶ、時代に取り残された郊外の陰鬱な大通りを重い足取りで歩いているうちに、いつの間にかあの威風堂々としたテンプル地区やキングズ・ベンチ・ウォークにある友人の事務所へと羨望に満ちた思いを巡らせてしまうのだった。

例の箱型馬車が迎えにくることは二度となかった。そして馬車の行く先にあった謎の家について、良い知らせも悪い知らせも一切耳に届くことはなかった。ミスター・グレーヴズは明らかにわたしの人生から永遠に消えてしまったのだ。

だが、わたしの人生から消えてしまったからと言って、記憶から消えたわけではなかった。往診で歩き回りながら、あの薄暗い部屋の景色がしょっちゅうわたしの頭の中に突然浮かんできた。あの青白い顔を、ぐったりと疲れ果てて痩せこけていながら不快感をちっとも覚えさせないないあの顔を、わたしは何かにつけ再び見下ろしていた。あの最後の夜の出来事のすべてが鮮明に再現され、自分がいかに強烈な印象を受けていたかがわかった。忘れられるものなら忘れてしまいたかった。一連の出来事の一つひとつが不安を掻き立てるのだから。だが、それはわたしの記憶にしがみついていた。取りついて離れなかった。そして甦るたびに、あの不穏な疑問を呼び起こした。ミスター・グレーヴズは今も生きているのだろうか？　もし死んでいるのなら、わたしに彼を救う手だては本当に何もなかったのだろうか？

通常の診察ペースに戻る兆しが見えるまで、ひと月近くかかった。その頃には、予定帳に書き込まれた一日の往診先も、それに呼応して往診にかかる時間も、みるみる少なくなっていった。こうして奴隷としての日々は終わりを告げた。ある夜、二人でその日の診療記録を書いていたときにドクター・スティルベリーが言った。

「なあ、ジャーヴィス、そろそろわたしだけでもなんとかやれそうだよ。今までわたしのために残ってくれたのだろう?」

「お約束した仕事を果たしているだけです。が、その必要がなくなったと先生がおっしゃるなら、いつでもおいとまします」

「もう大丈夫だよ。いつここを出たいんだい?」

「できるだけ早く。そうですね、明日の午前中に何件か往診をして、その患者さんの引継ぎを終えたら」

「わかった」ドクター・スティルベリーが言った。「それなら今夜のうちにきみへの支払いや事務処理を全部済ませておこう。そうすればきみは明日の朝、いつでも好きなときに出ていけるからね」

こうして、ケニントン・レーンとの繋がりは切れた。翌日の正午頃、わたしは釈放されたばかりの受刑者のような解放感と、ポケットに入れた二十五ギニーの小切手とともに、ウォータールー・ブリッジをぶらぶらと渡っていた。荷物は後から送ってもらう手はずになっていた。手提げ鞄ひとつ持たない、まったくの身ひとつで、わたしは喜びに胸を膨らませながら橋の北側の階段を降り、エンバンクメントとミドル・テンプル・レーンを通ってキングズ・ベンチ・ウォークに向かった。

第五章　ジェフリー・ブラックモアの遺言書

ソーンダイクの事務所へ行くことは、前もって葉書で知らせてあった。表の〝外扉《オーク》〟が開いており、内扉の小さな真鍮のノッカーを鳴らしたとたん、ソーンダイク本人が出てきて、大げさなほど温かく迎え入れてくれた。

「ようやく〝奴隷たる家（旧約聖書『出エジプト記』より）〟から出られたか」ソーンダイクが言った。「ひょっとするとあのままケニントンに住み着くつもりじゃないかと考え始めていたんだよ」

「ぼく自身も、いつ逃げ出そうかと考え始めていたところだった。だが、やっと来られたよ。そして一般診療医の仕事からはすっぱりと足を洗う、今すぐに喜んでそう宣言するつもりだ――もっとも、きみがまだぼくを助手に望んでくれているならの話だが」

「望んでいるかだって！」ソーンダイクが大声を上げた。「バーキスが『彼女を嫁に望んでいる』と言った（チャールズ・ディケンズ著『デイヴィッド・コパフィールド』より）以上に、きみを望んでいるよ。きみはぼくにとってかけがえのない存在になってくれるだろう。早速ぼくたちの協力関係について詳細に取り決めをして、明日にはきみをインナー・テンプル法曹院に入学させる。外に出て、春の太陽の元で話を詰めようか？」

わたしはその提案に一も二もなく賛成した。晴れた明るい日で、その時節――四月初め――にしては暖かかった。わたしたちはウォークを下って、そこからオリバー・ゴールドスミス（十八世紀の作家。アイルランドで生まれ、ヨーロッパを転々とした後にロンドンで活躍）が眠る教会の裏の静かな中庭へとゆっくり歩いていった。波乱に満ちた生涯において最も愛したこの土地で眠れるとは、ゴールドスミスも本望だろうと思った。わたしとソーンダイクが話し合った内容については、ここに書く必要はないだろう。彼の申し出には何の異論もなかったが、どうもわたしを過大評価していることと気前が良すぎることは指摘しておいた。ほんの数分のうちに完全な合意に達し、ソーンダイクがそれらの条件を紙に書き記したうえで署名と日付を入れた。それをわたしに手渡した時点で、契約は成立となった。

「さあ、終わった」同僚となったソーンダイクが手帳をしまって微笑んだ。「誰もが交渉事をこんなふうにまとめられたら、ほとんどの弁護士は用なしになるね。〝簡潔さこそは機知の真髄（シェイクスピア『ハムレット』より）〟そして簡潔さを恐れるのは訴訟の始まりだ」

「じゃあ、これから食事に行こう」わたしは言った。「契約成立を祝って、ぼくに昼食をご馳走させてくれ」

「わが博学のジュニア・パートナーは気が早いな」彼は答えた。「実はすでにちょっとした祝いの席を用意してあるんだ――と言うよりも、すでに用意してあった昼食の席を祝宴代わりにするんだがね。事務弁護士のマーチモントは覚えているだろう？」

「うん」

「今朝、彼の新しい依頼人と一緒に〈チェシャ・チーズ〉での昼食に誘われたんだ。きみも連れて行くと返事しておいた」

「どうして〈チェシャ・チーズ〉なんかで？」

「〈チェシャ・チーズ〉の何が悪い？　マーチモントが店を選んだ理由は、一つに、その依頼人が昔ながらのロンドンの居酒屋《タバーン》に行ったことがないから、そして二つに、今日は水曜日でマーチモントは本当にうまいビーフステーキ・プディングが食べたくてしょうがないから、だそうだ。きみに異論がないといいんだが」

「まさか、異論なんてあるもんか。実を言えば、食欲の面ではぼくもマーチモントと同じ気分だよ。今朝は朝食を早めに済ませたのでね」

「では行こう」ソーンダイクが言った。「約束は一時だから、ここからゆっくり歩いていけば、ちょうどそれぐらいに着けるだろう」

わたしたちはインナー・テンプル・レーンをぶらぶらと歩いてフリート・ストリートを渡り、のんびりと目的のタバーンに向かった。時代錯誤かと思うほど古風なダイニングルームへ入っていくと、ソーンダイクは店内を見回した。コンパートメントと呼ばれるボックス席で同席者と座っていた紳士が立ち上がり、わたしたちに向かって会釈をした。

「友人を紹介しよう。こちらはミスター・スティーヴン・ブラックモアだ」ボックス席に近づいたわたしたちに、その男が言った。それから同席者に向かい、ソーンダイクとわたしの名前を順に紹介した。

「食事前に少し話をしておくなら」とマーチモントは続けて言った。「人に聞かれないほうがいいと思って、ボックス席を頼んだんだ。ビーフステーキ・プディングを食べながらでは話どころじゃなくなるからね。どうせ仕事の相談事を抱えたまま食べていても、遅かれ早かれその話題を持ち出してしまうものだ」

ソーンダイクとわたしは事務弁護士と彼の依頼人と向かい合うように席に着き、四人がそれぞれを目で探り合った。マーチモントには会ったことがあった。一見立派そうな年配の男で、典型的な法曹院上がりの事務弁護士だ。顔は若々しく、几帳面で怒りっぽい一面があり、食に対する関心の深さは気持ちいいほどだった。もう一人はおそらくまだ二十五歳にもならない、若くたくましい男で、健康そうに日焼けし、聡明で非常に好感の持てる顔をしていた。わたしはひと目見て彼が気に入り、どうやらソーンダイクもそう思っているようだった。

「お二人は」とブラックモアが、わたしたちに向かって言った。「古くからのご友人同士だそうですね。友人のルービン・ホーンビイから、お二人の話はずいぶん聞いているんですよ」

「ああ！」マーチモントが大声を上げた。「あれは実に奇妙な事件だった――〝赤い拇指紋事件〟などと新聞に書きはやされて。わたしのような古いタイプの弁護士にとっては、驚くべきものだったね。科学者が証人として裁判に呼ばれることは昔もあった――そして、われわれが求めている証拠が示せないときには、おお、どれほど責め抜いてやったことか！　だが、科学者が弁護士になるなど、聞いたことがなかった。この男が法廷に現れたときには、その場の誰もが息をのんで話に聞き入ったものだよ、いや、本当に」

「またお役に立てるといいんですけどね」ソーンダイクが言った。

「今回は出番がないぞ」マーチモントが言った。「このブラックモアの抱えている問題は、純粋に法律的なものだからな。いや、どんな問題も抱えていないというべきか。争うべき根拠すらないんだ。ブラックモアがきみに相談したいというのをずいぶん止めたんだが、聞く耳を持たなくてね。おい、きみ！　ウェイター！　わたしたちはいつまで待たされ人《ウェイター》に甘んじなきゃならないんだ？　食いものにありつく前に、歳を食って死んでしまうぞ！」

ウェイターが申し訳なさそうに微笑んだ。「はい、サー！」彼は言った。「只今お持ちします、サー！」まさにその次の瞬間だった。バケツのようなボウルに入った巨大なプディングがダイニングルームに運び込まれ、三本脚の丸椅子の上に置かれるやいなや、白い服に白い帽子姿の肉の切り分け係が獰猛に襲いかかった。わたしたちは――店内にいたほかの客たちも――その作業をじっと見守っていた。ただ食欲をそそられたからではない。砂やすりで磨いた床板、教会堂の座席のような質素なボックス席、高い背もたれ付きのベンチ、それに壁から親しげに客を見下ろす〝偉大なる辞書編纂者〟（『英語辞典』編纂の英国の文学者、サミュエル・ジョンソンのこと）の肖像画。それらを備えた古く魅力的な店内の眺めに、料理を切り分ける雄姿がさらに時代がかった雰囲気を添えていたからだ。

「きみが見慣れているような広くてきらびやかで近代的なレストランとは、まるでちがうだろう？」ミスター・マーチモントが言った。

「本当ですね」ブラックモアが言った。「これが先人たちの暮らしぶりだったのなら、心地よさとはどういうものか、現代人のわれわれよりもはるかに理解していたのでしょうね」

短い沈黙が流れ、ミスター・マーチモントはプディングを物欲しそうに見つめた。すると、ソーンダイクが言った。

「それで、あなたはマーチモントの話に聞く耳を持たなかったのですか、ミスター・ブラックモア？」

「ええ。実は、ミスター・マーチモントと彼の弁護士事務所のパートナーがすでにこの件を調べてくださって、手だては何ひとつないという結論に至りました。その後で、たまたまルーベン・ホーンビイにその話をしたら、是非あなたに相談するようにと勧められたのです」

「図々しいやつめ」マーチモントが怒ったように唸った。「人の依頼人に入れ知恵などして」

「そこで」とブラックモアが話を続けた。「ミスター・マーチモントにお話ししたところ、あなたの意見を伺ってみる価値はあると賛同してくれました。ただし、あまり期待はするな、この件はソーンダイク博士の専門外だから、と釘は刺されましたが」

「そういうわけでな」とマーチモントが言った。「別にきみに期待はしていないんだ。どうせ見込みなどないんだから。ただ、どんな可能性も残らず試してみたと断言できるように、一応きみの考えを聞かせてもらいたいだけだ」

「それはありがたい」ソーンダイクが短く言った。「そうおっしゃるのなら、仮にご希望に添えなくても気まずい思いをしなくて済みますよ。だが同時に、どういう事情なのか俄然興味が湧いてきました。機密事項を含む内容ですか？　実はこのジャーヴィスは正式にぼくのジュニア・パートナーになったので、機密でないなら一緒に聞かせてもらいたいんですが」

「機密なんかあるもんか」マーチモントが言った。「このことは世間にすっかり知られているし、それどころか、もっともらしい口実さえ見つけられれば、遺言検認裁判所を通してさらに広く知らせたいとさえ思っているぐらいだ。なのに、それができないというわけさ」

そのときウェイターが、これまで待たせた分を取り返すかのように、わたしたちのテーブルにてきぱきと料理を並べ始めた。

「お待たせして申し訳ありません、サー。まだ昼食には少し早かったものですから、サー。生焼けでお出しするわけにはいきませんので、サー」

マーチモントは自分の皿をじっくり調べてから言った。

「ここじゃハマグリの代わりにムール貝を使ってるんじゃないかと、かねがね疑ってるんだがね。それにこれは絶対にヒバリじゃなく、スズメの肉だな」

「そのほうがいいですよ」ソーンダイクが言った。「ヒバリは〝天の門で歌っている（シェイクスピア『シンベリン』より）〟ほうが、ビーフステーキ・プディングの付け合わせになるよりも似合ってますからね。それより、話が途中で止まっていますよ」

「そうだった。今回の問題はただ——ソーンダイク、ビールとワインのどっちがいいんだね？　ああ、そうか、きみはワインだった。我が国の古きよき〝ミスター・ジョン・バーリーコーン（ビールのこと）〟はお嫌いだったな」

「〝ビールを飲むやつは、頭の中までビールだ〟（イギリスの言い習わし）」ソーンダイクが言い返した。「ところで、あなたは今こう言いかけていたんですよ。〝今回の問題はただ——〟」

「——ただ、ひねくれた遺言者と下手な文言で書かれた遺言書にある。何とも気分が悪いのは、その欠点だらけの遺言書のせいで、先に書かれた完璧な遺言書が無効になってしまったことだ。そもそも遺言者の意思は——うん——意思は——これはまた、うまいビールだな。少し酔いが回りやすそうだが、安心して飲める。きみの酸っぱいフランス産ワインとはちがってな、ソーンダイク——意思は——うん——遺言者の意思は明白だった。彼が明らかに望んでいたことは——マスタードはどうだい？　マスタードをつけたほうがうまいぞ。要らないって？　それはそれは！　フランス人でさえマスタードをつけるだろうに。きみには味の良し悪しなど、まるでわからないんだな、ソーンダイク、料理をそのまま味付けもせずに食べるとは。味の良し悪しと言えば、ヒバリとスズメの肉じゃ、味に大きなちがいはあると思うかい？」

ソーンダイクが苦笑した。「どちらの肉なのか、きっと食べてもわからないでしょうね。食べ比べ実験をすればいいんです。簡単ですよ」

「たしかにそのとおりだ」マーチモントが同意した。「それに、試してみる価値はある。きみの言うとおり、ヒバリよりもスズメのほうが捕まえやすいからな。いやいや、遺言書の話だった。さっき言ったように——うん——はて、さっき何と言ったんだったかな？」

「ぼくの記憶がたしかなら」ソーンダイクが答えた。「遺言者の意思は、何かしらマスタードと関連があったのだとか。そうだったね、ジャーヴィス？」

「うん、ぼくにもそう聞こえたよ」わたしは言った。

マーチモントはしばしわたしたちをぽかんと見つめていたが、おかしそうに笑いだし、またビールをごくりと飲んだ。

「このことから導かれる教訓は」とソーンダイクが言った。「遺言書による財産処分の相談事は、ビーフステーキ・プディングを食べながらするものではない、ということですね」

「たしかにそのとおりだな、ソーンダイク」弁護士が臆面もなく言った。「仕事は仕事、食事は食事だ。話の続きは食べ終わってから、わたしかきみの事務所でしようじゃないか」

「そうですね」ソーンダイクが言った。「それならテンプルへお越しください。うちでコーヒーを飲めば、脳みそがすっきりと冴えますよ。添付資料もお持ちですか？」

「必要な書類はすべてこのとおり、鞄に入っている」マーチモントが答えた。こうしてその後の会話は——大笑いしながらの〝髭《ひげ》も揺れる愉快な食卓（フランスのことわざ）〟で会話が成り立つとすればだが——ほかの話題に移った。

食事が終わって支払いを済ませると、わたしたちはタバーンのあるワイン・オフィス・コートを離れてフリート・ストリートへ出た。当時はフリート・ストリートの両端を客待ちの辻馬車が一列に連なるようにゆっくり走っていたが、わたしたちはそのあいだをすり抜けるように進み、マイター・コートを通ってキングズ・ベンチ・ウォークまで歩いた。コーヒーの用意を頼み、暖炉を囲むように椅子を並べて座ると、ミスター・マーチモントが鞄の中から不吉な書類の束を取り出し、わたしたちは目の前の依頼に注目した。

「さて」マーチモントが言った。「さっきの話を繰り返させてもらおう。法的観点から言えば、こちらが訴えを起こす余地はない——これっぽっちもだ。それでもわたしの依頼人はきみの意見を聞きたいと望み、ひょっとするときみならわれわれが見過ごした点を何かしら見つけ出せるのではないかという一縷の望みに賭けるつもりで、わたしも彼に賛同した。いや、きみに何か見つけられるとは思ってないんだ、さんざん調べ尽くしたのだから。それでもほんのわずかなチャンスは残っているはずで、それに賭けるほかない。まずは問題の二通の遺言書を読んでみるか？　それとも先にわたしから事情を説明しようか？」

ソーンダイクが言った。「起きたことを、そのまま順序通りに話してもらえると一番助かります。遺言書そのものを読む前に、遺言者についてできる限りの情報が知りたいので」

「わかった。では、状況を説明するところから始めよう。簡単に言うと、こういうことだ。依頼人である、このスティーヴン・ブラックモアは、今は亡きミスター・エドワード・ブラックモアの息子だ。亡くなった時点では、エドワードには生存する兄弟が二人いた。兄のジョンと弟のジェフリーだ。そのジェフリーが、本件の遺言者だ。

二年ほど前に、ジェフリー・ブラックモアは遺言書を作成し、このスティーヴンをその遺言執行人と唯一の遺産受取人に指定した。それから数ヵ月後に、兄のジョンに二百五十ポンドを遺すという補足条項を加えた」

「財産はどれぐらいあったんです?」ソーンダイクが尋ねた。

「およそ三千五百ポンドで、全額をコンソル公債に投資していた。遺言者は外務省から支給される年金収入だけで暮らしていたから、その資産には手をつけていなかった。遺言書の作成からほどなくして、ジェフリーはそれまで何年か住んでいたジェルミン・ストリートのアパートを出て家財道具を倉庫に預け、フィレンツェに渡った。そこからローマ、ヴェニス、さらにイタリアのほかの町をいくつも転々としながら旅を続け、昨年の九月にイギリスに戻ってきたらしい。と言うのも、十月初めにはニュー・インに部屋を借り、以前使っていた家具を何点かそこに運ばせたからだ。われわれの調べた限り、兄のジョンを除けば、彼は友人の誰とも連絡を取っておらず、ニュー・インに住んでいたことも、イギリスに戻ってきたことも、彼が亡くなるまで誰も知らなかったという始末だ」

「叔父上の性格を考えると、それは自然なことかい?」ソーンダイクが言った。

「全然ちがいますよ」ブラックモアが答えた。「たしかに叔父は研究熱心な孤高の人でしたが、けっして世捨て人などではありませんでした。筆不精ではあっても、友人たちと何らかの連絡は取り合っていましたから。たとえば、わたしには時々手紙をくれましたし、わたしがケンブリッジから休暇で遊びにきたときには、自分のアパートに泊まれと言ってくれました」

「彼の暮らしぶりがすっかり変わってしまった原因に心当たりは?」

「ああ、心当たりはある」マーチモントが答えた。「が、その話は後回しにしよう。時系列に沿った説明に戻るぞ。去る三月十五日、彼は自分の部屋で死亡しているのを発見され、そのとき、昨年の十一月十二日付けの、新たに作成された遺言書が見つかった。さて、遺言者を取り囲む状況には特に遺言書を書き直すような変化はなく、遺産の処理方法についてもこれといった変更点は見られなかった。あえて言うなら、その新しい遺言書は、後からつけた補足条項をなくして、本文の中でより正確に遺言者の意思を明言したかったらしい。つまり、以前の遺言書にあったとおり、二百五十ポンドを除いた全財産はスティーヴン一人に遺すと書かれていた。ただし、スティーヴンが受け取るべき財産が個別に明記されていて、遺言者の兄であるジョンがその遺言執行人および残余遺産受取人に指名されていた」

「なるほど」ソーンダイクが言った。「つまり遺言書を書き換えたところで、表面上はあなたの依頼人は何も失ってはいないわけですね」

「そう、そういうことだよ」マーチモントは大きな声でそう言いながら、さらに強調するようにテーブルを平手で叩いた。「そこが悔しいところなんだ！　法律に無知な人間が遺言書の文言をあれこれいじくるのを止めてくれさえすりゃ、世の中からどれほどの厄介事が減ることか！」

「心にもないことを！」ソーンダイクが言った。「弁護士の台詞とは思えませんね」

「それもそうだな」マーチモントが認めた。「ただ、弁護士というのは、相手方が混乱してくれるのは大歓迎なのだが、今回はこちらが大混乱している。たしかにきみの言うとおり、遺言書を書き換えたからと言って、このスティーヴンには何ら影響はないように見える。当然ながら、哀れなジェフリー・ブラックモア本人もそう思っていたはずだ。だが、彼はまちがっていた。そのせいで実に悲惨な影響が生じてしまったんだ」

「本当ですか！」

「そうとも。先に言ったように、新しい遺言書が作成された当時には、遺言者を取り囲む状況に変化はなかった。ところが、彼が死ぬほんの二日前に、彼の姉のミセス・エドマンド・ウィルソンが亡くなった。そして鑑定中の彼女の遺言書によると、三万ポンドと推定される彼女の動産のすべてはジェフリーに遺されていたらしいんだ」

「なんとまあ！」ソーンダイクが声を上げた。「それはまた不運でしたね」

「そうなんだ」マーチモントが言った。「悲惨な話だ。元の遺言書のままであれば、その大金はスティーヴンが手にしたはずだったのに、遺言書を書き換えたために、言うまでもなく、その金は残余遺産の受取人であるミスター・ジョン・ブラックモアに渡ってしまう。そして何よりも腹立たしいのは、それでは亡くなったミスター・ジェフリー自身の意思に反するという点だ。自分の財産は甥に遺したいという彼の願いに」

「そうですね」ソーンダイクが言った。「たぶんあなたの言うとおりでしょう。でも、ミスター・ジェフリーは生前、お姉さんの意思を知っていたんでしょうか？」

「たぶん知らなかったと思う。彼女が最後に遺言書を作成したのは去年の九月三日で、姉弟がそれ以降に連絡を取り合ったことはない。第一、ミスター・ジェフリーの行動を考えれば、これほど重大な遺産相続について知っていた、あるいは予測していたとは考えられないじゃないか。自分自身の三千ポンドの処分法はきちんと遺言書で示しながら、三万ポンドについては単なる残余遺産扱いで放っておく人間などいない」

「たしかに」ソーンダイクも同意した。「それに、あなたのおっしゃったとおり、遺言者の明らかな意思は、ほぼすべての遺産をミスター・スティーヴンに遺したいということです。それなら、お姉さんの遺言書によって自分が遺産の受取人にされていることは、まずまちがいなく知らなかったと推定できるでしょうね」

「そうだ」マーチモントが言った。「ほぼまちがいないだろう」

「彼が書き換えた新しい遺言書ですが」とソーンダイクが言った。「訊くまでもなく、書状そのものは鑑定したのでしょうね。つまり、それがまったく正規の形式にのっとった本物の遺言書であるかどうか」

ミスター・マーチモントは悲しそうに首を縦に振った。

「残念ながら、遺言書の信憑性や形式には疑いの余地は一切ない。そして正当性について言えば、何ら問題のない状況下で作成されているんだ」

「問題のない状況?」ソーンダイクが尋ねた。

「つまり、こういう状況だった。昨年の十一月十二日の朝、ミスター・ジェフリーは書面を持って、ニュー・インの管理人室を訪ねた。『これはわたしの遺言書だ。これから署名するので、きみにその証人になってもらいたい。それと、すまないが、第二証人としてもうひとり信頼できる人間を連れてきてもらえないだろうか?』と言った。管理人の甥であるペンキ職人の男がその日たまたまニュー・インで作業をしていた。管理人は甥を呼びに行って連れて戻ると、二人は署名の証人になることを承諾した。『遺言書の中身に目を通してくれ』とミスター・ジェフリーは言った。『証人に必ず求められているわけではないが、何か問題が起きたときの予防策になるし、機密事項は何も書かれていないからら』と。二人は言われたとおりに遺言書を読み、ミスター・ジェフリーが署名をするのを見届けると、自分たちもそれぞれ証人の署名をした。ついでに言うと、そのときにペンキ職人のほうが汚れた三本の指先で書面にはっきりと指紋を残している」

「それで、その証人たちにも確認を取ったんですか？」

「ああ。二人ともその遺言書と署名にまちがいないと宣誓し、ペンキ職人はそこにあった指紋も自分がつけたものだと言ったんだ」

「それなら」とソーンダイクが言った。「遺言書の真偽については、一切の疑問が効果的に排除できたわけですね。それに、もしもミスター・ジェフリーが一人きりで管理人室を訪れたのだとしたら、不当威圧を受けていたのではないかという点についても争えない」

「そうなんだ」ミスター・マーチモントは言った。「あの遺言書にはまったく問題がないと言わざるを得ない」

「それにしても」ソーンダイクが言った。「ジェフリーがお姉さんの意思をまったく知らなかったというのは、どうも腑に落ちませんね。何か事情があるのかい、ミスター・ブラックモア？」

「わたしは特におかしいとは思いません」スティーヴンが答えた。「わたしも伯母の財産についてはほとんど知らなかったし、ジェフリー叔父さんも同じだったと思います。伯母の亡き夫が遺した遺産は彼女一人の、一代限りの生涯権益だと思っていたようですから。いえ、実際、そのとおりだったかもしれません。伯母がジェフリー叔父さんに遺したというその大金がどういう性質のものかはわかりません。伯母はとにかく寡黙な人で、ほとんど誰にも内情を明かしたことはありませんから」

「ということは」とソーンダイクが言った。「その大金というのも、伯母さん自身が誰かから遺産として受け取った可能性もあるわけだね？」

「その可能性は充分あります」スティーヴンが答えた。

「彼女が亡くなったのは、たしか」とソーンダイクは、書いたばかりのメモを読み返しながら言った。

「ミスター・ジェフリーが亡くなる二日前でしたね。正確には何月何日ですか？」

「ジェフリーが亡くなったのは、三月十四日だ」マーチモントが言った。

「ということは、ミセス・ウィルソンが亡くなったのは三月十二日か」

「そうだ」マーチモントが答えると、ソーンダイクが重ねて訊いた。「彼女は、突然死だったんですか？」

「いいえ」スティーヴンが答えた。「癌《がん》でした。たしか胃癌だったと思います」

「ジェフリーと兄のジョンの関係がどんなものだったか、わかるかい？」

「一時はあまり仲がよくなかったとは聞いています。でも、その後に仲直りしたのかもしれません。たしかではありませんが」

「なぜそんな質問をするかというと」とソーンダイクが言った。「きみも明らかに気づいているように、初めの遺言書からは、二人の仲が途中で修復されていたことが伺えるんだ。作成当初は、ミスター・スティーヴンが唯一の遺産受取人だった。その少し後にジョンにも一部を遺す補足が加えられ、遺言者が兄のことも何かしら認識する必要性を感じていたことがわかる。これは兄弟関係に変化があったことを意味し、ある疑問が生じる。つまり、そのような変化が実際にあったのなら、二人が仲直りし、その先も兄弟の関係はますますよくなっていったのではないか、と。この疑問に関しては、何か摑んでいることはありますか？」

マーチモントは、いかにも痛いところを突かれて返答を渋っているかのように唇をすぼめていたが、しばらく考えてから答えた。

「その質問には〝イエス〟と答えざるを得まい。ジェフリーには大勢の友人がいたが、彼がニュー・インに住んでいることを知っていたのは兄のジョン・ブラックモア一人だけだった、それは否定できない事実だ」

「ほう、ジョンは知っていたわけですね？」

「そうだ、まちがいなく。なにせ、ジョンがジェフリーの部屋を何度か訪ねていたという証言があるからな。それは否定できない。だが、言っておくぞ！」マーチモントが強調するように付け加えた。「だからと言って、あの遺言書の矛盾点は説明できない。ジェフリーが書き換えた新しい遺言書には、兄への遺産を著しく増やす意図があったと推察できるものは何もない」

「ぼくも同じ意見ですよ、ミスター・マーチモント。それはまったく妥当な見解です。どうやらあなたは、遺言者の明らかな意思と意図が実行されないということを根拠に、二通めの遺言書を無効にできないか、すでに検討し尽くしたようですね」

「そうだ。パートナーのウィンウッドと一緒にその点を慎重に話し合い、法廷弁護士のサー・ホレイス・バーナビーの意見も聞いたが、彼もわれわれと同じ意見だった。つまり、法廷はあの遺言書を有効と認めるにちがいないと」

「ぼくもそう言わざるを得ませんね」ソーンダイクが言った。「さっきのあなたの発言を考えればなおさらです。ジェフリーがニュー・インに住んでいることを知っていたのはジョン・ブラックモアだけだと、そうおっしゃいましたね？」

「親しい友人は誰も知らなかった。取引銀行の銀行員や、年金の支給係は知っていたがね」

「銀行には当然新しい住所を知らせなければいけませんからね」

「当然な。銀行と言えば、支店長からこんな話を聞いたよ。最近ジェフリーの署名にわずかな変化が見られたと言うんだ――彼の話の続きを聞けば、変化した理由がわかると思うがね。非常に些細な変化で、歳を重ねたり、特に視力が落ちたりした場合には、誰にでもよく見られる程度だったそうだ」

「ミスター・ジェフリーの視力は悪化していたんですか？」

「そうです、それはまちがいありません」スティーヴンが言った。「叔父は片目を失明していましたし、最後にもらった手紙を見る限り、もう片方の目も白内障の兆候が出始めているようでした」

「さっき年金の話をしていたね。彼はずっと規則的に年金を受け取りに行っていたのかい？」

「そうです。毎月受け取っていました。いえ、正確には銀行員に受け取りを代行してもらっていました。叔父が海外にいるあいだはずっと代行してもらっていたので、帰国後もそのまま続けることを認められたようです」

ソーンダイクは手に持ったメモの紙面を読み返しながらしばらく考え込み、マーチモントは意地の悪い笑みを浮かべてその様子を見守っていた。やがてマーチモントが口を開いた。

「どうやら博学の弁護士殿は困惑なさっているようだ」

ソーンダイクは笑い声を上げてから言い返した。「ぼくに言わせれば、あなたがやっているのは、一見優しそうな人間が堅い小石をクマに与えておいて、中に種が入っているんじゃないかとクマが石を割ろうとする様子を楽しんで見ているようなものですよ。あなたが持ち込んだ困惑するばかりの遺言書には、爪を立てられそうな隙間などまったくないように見える。でも、ぼくは諦めませんよ。すでに遺言書そのものについては詳しく聞かせてもらいました。次は名前が挙がった人物たちについてわかっている事実を挙げていくとしましょう。主人公はジェフリーです。彼と、この難問の出発点であるニュー・インの悲劇から始めましょうか」

第六章　故ジェフリー・ブラックモア

　そう提案すると、ソーンダイクは膝に載せていた吸い取り紙の台帳の上に新しい紙を一枚敷いて、問いかけるような表情をミスター・マーチモントに向けた。その視線を受けたマーチモントはため息をつき、テーブルの上の書類の束に目をやった。

「いったい何について知りたいって言うんだ?」彼は少し疲れた声で尋ねた。

「何もかもです」ソーンダイクが答えた。「さっきの話の中であなたは、ジェフリーの生活習慣が変わるような事態がいくつか起きて、彼の署名にちがいが生じるほどだったと仄めかしていました。その事態とやらを全部聞かせてもらいたいのです。ついでに提案させてもらえるなら、それぞれが起きた順番、もしくは明らかになった順番通りに話していただきたいですね」

「そこがきみの一番悪いところだと言うんだ、ソーンダイク」マーチモントが低い声で不満そうに言った。「ある事案について最後の一滴まで絞り尽くすほど訊き出したかと思ったら、今度は関係者全員の家族歴史やら財産や家具の一覧表やらも含めて、もう一度最初から順に説明しろと言うんだから。まあ、しかたあるまい。きみの望みどおりに情報を挙げるとしたら、ジェフリー・ブラックモアの死亡状況報告が一番だと思う。それでかまわないかね?」

「まさに望みどおりです」ソーンダイクの返答を受けて、マーチモントが話を始めた。

「死亡したジェフリー・ブラックモアが発見されたのは、三月十五日の午前十一時頃だった。建設作業員の男がニュー・イン三十一番の雨樋の点検に梯子をのぼっていて、三階の窓の前にさしかかったところ、窓の上部が開いていた。中を覗くと、ベッドの上に男性が横たわっているのに気づいた。きちんと服を着た紳士で、ひと休みしようと横になっているように見えた。少なくとも、当時はそう思ったらしい。なにせ彼は梯子をのぼっていただけで、中をじっくり眺めるような失礼な真似はしなかったそうだから。だが、それから十分ほど経って梯子を降りてきたとき、男性がまだ同じ姿勢で横たわっていたので、今度はもう少し注意深く見てみた。するとあることに気づいた――いや、どうせなら取り調べ時の彼自身の言葉を読み上げたほうがいいだろう。

『その男性をもう少しよく見ようとしたとき、突然何かが変だと気づきました。顔が真っ白で、いや、羊皮紙のような薄い黄色で、そして口が開いていました。息をしていないようでした。ベッドの上の彼のそばに、何か真鍮の器具――それが何かはわからなかったけど――が転がっていて、手には小さな金属の物体を握っているようでした。どうも妙だなと思ったので、梯子を降りてから中庭を挟んで反対側にある管理人室へ行ってそのことを伝えました。管理人と一緒に中庭を通って戻ってきて、彼に三階の窓を指して教えました。すると管理人はわたしに、建物の内側の階段から上がって三階のミスター・ブラックモアの部屋の前に行き、とにかく返事があるまでドアをノックし続けろと言いました。わたしは三階へ上がってドアをできるだけ大きな音で叩き続けましたが、ほかの部屋の住人が全員出てきても、ミスター・ブラックモアからは返事がありませんでした。そこでもう一度下へ降りて、それから管理人のミスター・ウォーカーに言われて警察を呼びに行きました。

ニュー・インを出てデインズ・インにさしかかったところでたまたま警察官に会ったので、何があったかを伝え、一緒に連れて戻りました。警察官と管理人は何やら相談していましたが、わたしに梯子をのぼって窓から部屋に入り、中からドアを開けてくれと言いました。そこで、わたしは梯子をのぼりました。三階の窓から中に入ると、例の紳士を見て死んでいるのがわかりました。隣の居間を通って玄関のドアを開け、管理人と警察官を中に入れました』

というわけで、哀れなジェフリー・ブラックモアが死んでいるのが発見されたのは、こういういきさつだった」とミスター・マーチモントは供述書を下ろしながら言った。

「その巡査は上司である警部補へ報告し、警部補は担当の警察医を呼んで一緒にニュー・インへ向かった。警察官たちによる証言はここでは省略させてもらうよ。彼らが目撃したものはすべて警察医もその場で見たし、ジェフリー・ブラックモアの死亡に関わる事実はすべて警察医の報告書に書いてあるのでね。警察から連絡を受けてニュー・インへ到着した後の出来事について、警察医はこう供述している。

『寝室で五十から六十歳の男性の死体を見つけ、その場の証人によってそれがミスター・ジェフリー・ブラックモアであると確認された。きちんと衣類を身に着け、乾いた泥がいくぶん付着したブーツを履いていた。死体はベッドに仰向けに横たわった状態だった。ベッドは使われた形跡がなく、誰かと争ったり襲われたりした形跡もなかった。右の掌中に注射器が緩く握られていた。注射器の中には透明な液体が数滴見られ、その後分析したところ、ストロファンチンの濃縮溶液と判明した。

ベッドの上、遺体の左側近くに中国製と思われる形の真鍮のアヘンパイプがあった。パイプの火皿に少量の木炭と、灰のついた小さなアヘンの欠片が残っており、ベッドの上にも微量の灰が落ちていたことから、パイプをベッドに落とすか置くかしたはずみに火皿から灰がこぼれたのだろう。寝室の暖炉の炉棚の上に、一オンスほどの固形アヘンが入った小ぶりのガラスの共栓瓶と、小さく砕いた木炭の入った大きめの瓶があった。灰の入ったボウルもあり、燃えさしの木炭片や炭化したアヘンの微小な塊がいくつかその灰の中に混ざっていた。ボウルの横にはナイフと、千枚通しか小型の錐《きり》に似た道具、そして、おそらくは火のついた木炭をパイプへ移すための非常に小さなトングがあった。

化粧台の上には〈注射錠　ストロファンチン　五百分の一グレイン〉というラベルのガラス管が二本と、小さなガラスの乳鉢と乳棒があった。乳鉢に残っていたわずかな結晶は、その後ストロファンチンであると確認された。

遺体を調べた結果、死後およそ十二時間が経過していると判明した。右大腿に注射針による穿孔痕が一ヵ所ある以外は、暴行の痕跡や異常は一切見つからなかった。穿孔痕は垂直方向に深くまで達し、着衣の上から刺したものと推察された。

検死解剖の結果、死因はストロファンチンによる中毒死と判明し、おそらく大腿部から注入されたと思われる。化粧台で発見した二本のガラス管には五百分の一グレイン含有のストロファンチン錠が、未開封であればそれぞれ最大二十錠ずつ入っていた。その全量が注射されたと仮定すると、五百分の四十グレイン、つまり約十二分の一グレインが投与されたことになる。ちなみに通常の治療においては、一回あたりのストロファンチンの適量は五百分の一グレインである。

遺体からは、アヘンの主たるアルカロイドであるモルヒネも相当量検出され、生前常習的にアヘンを吸引していたものと推察された。この推察はさらに全身状態からも裏付けられ、栄養失調で痩せ細っていたほか、アヘンの慢性摂取による依存患者に特有の所見がすべて見られた』

以上が警察医の供述だよ。彼は後日再び呼び出されることになるが、そのときの話は後でしよう。

だが、ここまでの証言だけでも、ジェフリーの生活習慣が一変した——他人との交流を断って隠れるように暮らしていた——だけでなく、筆跡が変わったことも充分に説明がつく。きみもそう思うだろう?」

「ええ」ソーンダイクが同意した。「そのようですね。ところで、彼の筆跡はどのぐらい変わったんですか?」

「ごくわずかなちがいにすぎなかった」マーチモントが答えた。「ほとんどわからないほどだ。筆圧や勢いが少し足りない程度の。たとえば酒や薬を飲むとか、ほかにも何かしら手元が不安定になるようなものの影響を受けた人間に見られる些細なものだ。わたし自身はそこまで気づいていなかったが、何と言っても銀行員はプロだ。日々実に厳しい目で入念に署名を見分けているからな」

「ほかにこの件に関係のある証言はありませんか?」ソーンダイクが尋ねた。

マーチモントは書類の束をめくって見せ、苦笑いした。

「なあ、ソーンダイク、ここにある証言のどれひとつとして、今回の案件には微塵の関係もありゃしないんだ。遺言書の有効性を問うという観点では、まったく無意味なものばかりだ。だが、きみの風変わりな性格をよく承知していればこそ、わたしもとことん付き合おうじゃないか。次の証言はニューイ・インの管理責任者である、非常に有能で聡明なウォーカーという男のものだ。通常の予備質問を終えた後の証言は次のとおり。

『わたしは本聴取の対象とされる死体を目視した。当該死体はミスター・ジェフリー・ブラックモア、ニュー・イン三十一番の三階の続き部屋の賃借人だ。故人とは六ヵ月近くの付き合いであり、その期間に頻繁に顔を合わせ、会話をした。彼は昨年十月二日に部屋を借り、直ちに入居した。ニュー・インでは部屋を借りるにあたって、二名の身元保証人が必要となる。故人の保証人となったのは、彼の取引銀行と、兄であるミスター・ジョン・ブラックモアだった。わたし自身、故人とは親しかったと言って差し支えないと思う。寡黙な礼儀正しい紳士で、時おり管理人室を訪ね、おしゃべりをしていった。わたしは管理人として彼の部屋を一度か二度訪れる機会があったが、テーブルの上にはいつも本や書類がたくさんあった。彼自身の話では、ほとんど一日じゅう部屋にこもって研究や書きものをしているらしかった。どういう暮らし方をしていたかはわからない。部屋の片づけをしてくれるような洗濯女を雇っていなかったので、掃除や料理は自分でしていたのだと思う。もっとも、食事はほとんど外食で、レストランやメンバーズ・クラブで摂っているという話は聞いていた。

非常にもの哀しく、落ち込んでいる印象だった。視力の低下にかなり悩まされており、わたしにも何度もこぼしていた。片方の目はほぼ失明していて、もう片方の視力も急速に失いつつあるのだと言っていた。それが大きな苦悩なのだと。なにしろ、人生における唯一の楽しみは読書で、それができないのなら生きていたくないと、そう言っていた。別の機会には〝何も見えない人生に価値はない〟と言うのも聞いた。

昨年十一月十二日、故人は自分の遺言書だという書面を持って管理人室へやって来た』――この辺りは省略していいだろう」とマーチモントは言いながら、そのページをめくった。「証人立ち合いの元で遺言書に署名がなされた経緯はすでに話したとおりだからな。ジェフリーが死んだ当日まで飛ばすぞ。

管理人の証言の続きはこうだ。『三月十四日の午後六時半頃、故人は四輪の辻馬車に乗ってニュー・インへ帰ってきた。ひどい濃霧の日だった。故人と一緒に馬車に乗っていた人間がいたかどうかは見えなかったが、誰もいなかったと思う。と言うのも、午後八時になる直前に彼が管理人室へやって来ておしゃべりをしたとき、出先で霧に完全に閉ざされて周りがまったく見えず、道がわからなくなったため、通りがかりの人に馬車を呼んでもらったと言っていたからだ。その話をした後、家賃の支払いにと彼から小切手を渡された。家賃はまだ二十五日まで払わなくて大丈夫だと伝えたが、すぐに払いたいのだと言っていた。そのほかにも個人商店への小額のつけが数件あり、その支払いをしておいてほしいと現金をいくらか預かった——牛乳配達人、パン屋、それに文具屋だ。

わたしは大きな違和感を覚えた。なぜなら、商店への支払いはいつも彼自身がしてきたからだ。彼は、霧で目がかすんで文字がろくに読めなくなった、もうすぐ完全に失明してしまいそうで不安だと言っていた。非常に落ち込んでいた。こちらが不安になるほど意気消沈していた。管理人室を出た後は、中庭を横切って自分の部屋のほうへ戻っていったように見えた。そのときには管理人室の前にある正門を除いて、ニュー・インに出入りするほかの門は開いていなかった。そして生前の彼を見たのは、それが最後になった』」

ミスター・マーチモントはその書面をテーブルに置いた。「以上が管理人の証言だ。ほかの供述書は、夜間の宿直管理人のノーブルいう男と、ジョン・ブラックモアと、ここにおられるわれらが友、ミスター・スティーヴンによるものだ。宿直管理人は大して証言することはできなかった。彼の供述内容は次のとおりだ。

『わたしは死体を見て、それがミスター・ジェフリー・ブラックモアだと確認しました。故人はよく見知っていたし、何度か言葉を交わしたことがあります。彼の生活習慣については、夜遅くまで起きていたこと以外には何も知りません。夜間にニュー・イン内を見回り、午前一時までは毎正時に時間を知らせるのもわたしの仕事です。〝一時！〟と声を上げるとき、故人の居間に明かりがついているのをよく見ました。問題となった十四日の夜も午前一時過ぎまで明かりがついていましたが、そのとき見たのは寝室の明かりでした。居間のほうは午後十時には消えていました』

さて、ジョン・ブラックモアの供述だ。彼はこう言っている。

『わたしは死体を見て、それが弟のジェフリーであると確認しました。生前最後に会ったのは、二月二十三日に弟の部屋を訪ねたときです。そのときの弟の精神状態はひどく落ち込んでいるように見え、急速に視力が失われているのだと言っていました。弟がたびたびアヘンを吸引しているのは知っていました。そんな悪い習慣はやめたほうがいいと、これまでに何度となく弟に詰め寄ったことがあります。失明しかけていたことを除いては、金に困っていたとか、自殺を考えるような理由があったとは思えません。ですが、最後に会ったときの精神状態を考えれば、こうなったことには特に驚きません』

以上がジョン・ブラックモアの供述の要旨だ。そしてミスター・スティーヴンの証言はと言えば、ただ死体を見た結果、それが叔父のジェフリーであると確認したというだけのものだ。さあ、これで証言は全部だ。わたしが失礼する前にほかに訊いておきたいことはあるかい？　そろそろ出なきゃならないんだ」

「そうですね」ソーンダイクが言った。「この件に関わりのある人たちについて、もっと詳しく知りたいところですが。その情報はミスター・スティーヴンからも聞けますか？」

「ああ、スティーヴンならわかるだろう」マーチモントが言った。「どのみち、わたしよりも彼のほうが詳しいはずだ。というわけで、わたしはこれで失礼するよ。もしも、万が一、どんな方法であれ」と彼はずる賢い笑みを浮かべて言った。「あの遺言書を無効にできそうだとわかったら知らせてくれ。すぐに差し止め請求を出すから。お先に！　見送りは結構だよ」

　彼が事務所を出てしまうと、ソーンダイクはスティーヴン・ブラックモアに向き直った。

「これからいくつか質問をさせてもらいたいんだ。実につまらない質問だと思われるかもしれないが、忘れないでくれ、ぼくのやり方は書類ではなく人物や物体を調べることなんだ。たとえば、叔父さんのジェフリーがどういう人物だったのか、ぼくはまだ完全には摑みきっていないんでね。彼について、もう少し詳しく教えてもらえないかい？」

「何をお話しすればいいのでしょう？」スティーヴンは少し気まずそうに尋ねた。

「そうだね、まずは外見から聞かせてくれ」

「それは説明が難しいですね」スティーヴンは言った。「背丈は中ぐらいで、だいたい五フィート七インチ――色白、灰色がかった金髪、髭《ひげ》はなし、とても引き締まった痩せ型、灰色の瞳、眼鏡をかけていて、わずかに背中を丸めて歩く。口数が少なく、物腰が柔らかく、性格的には譲歩しがちで優柔不断、視力を除けば特に慢性的な症状や病気はないものの、体は弱かったです。年齢は五十五歳ぐらいでした」

「どういうわけで、五十五歳という若さで公務員年金を受給していたんだい？」ソーンダイクが尋ねた。

「ああ、事故のせいです。馬に乗っているときにひどい落ち方をしたのですが、神経質な性格の叔父はすっかり精神面でまいってしまって。しばらくは廃人同然の状態でした。ただ、直接の退職理由は視力障害でした。どうやら落馬のせいで両目を傷めたらしいのです。実のところ、片方――右目――

はそのときに失明しました。右目が利き目だったため、事故後は視力が著しく損なわれました。それで長期療養休暇扱いになっていたのが、その後年金支給対象者として退職が認められたのです」

　ソーンダイクはこれらの事項を書き留めてからさらに尋ねた。

「叔父さんが学問好きな方だったという証言が複数の人から寄せられていたね。何か特定の分野を専門に研究していたのかい？」

「ええ。叔父は東洋学を熱心に研究していました。外務省から横浜と東京に、その後にはバグダッドにも赴任し、それぞれの国の言語や文学や美術に強い関心を向けていました。それからバビロニアとアッシリアの考古学にもたいへん興味があって、たしかビルス・ニムルド（バビロン南部の都市で、かつてバベルの塔が建っていたという説がある）の発掘にもしばらく携わっていたはずです」

「それはすごい！」ソーンダイクが言った。「実に興味深い話だ。きみの叔父さんがそれほど優れた功績を挙げた方だとは知らなかったな。ミスター・マーチモントの話だけでは、とても真の姿は想像できなかったよ。つまり、優秀な研究者だということを」

「ミスター・マーチモントご自身もよくご存じなかったのかもしれません」スティーヴンが言った。「あるいは知っていても、今回の事案にとっては重要でないと思われたのか。実は、わたし自身もそう思っていましたから。と言っても、わたしには法律的な知識はありませんが」

「何が結果を左右する重要な事実であるかなんて、事前にわからないものだ」ソーンダイクが言った。「だからこそ、集められる限りの情報を集めることが最善なんだ。ところで、叔父さんがアヘンの常習者だということを、きみは知っていたのかい？」

「いいえ、知りませんでした。日本から帰国したとき、アヘンパイプを持ち帰ったことは知っていました。でも、単なる骨董品だと思っていたのです。以前叔父から、アヘンパイプでアヘンを少しだけ吸ってみたことがあるとは聞きました。気分は良くなったものの、頭痛がしたと言っていました。まさか習慣的に吸っていたとは。実のところ、審問の場でその事実を知ったときには、驚きましたよ」

ソーンダイクは彼のこの返答もメモに書き留めてから言った。

「ジェフリーについての質問は以上だよ。次はジョン・ブラックモアについてだ。どういう人物だと言えるかな?」

「残念ながら、ほとんどお話しできることはありません。今回の審問の場で会いはしましたが、顔を合わせるのはわたしが子どもの頃以来でしたから。でも、ジェフリー叔父さんとはまったくちがうタイプの人です。外見も、性格も」

「では二人の兄弟は、身体的にまったく似ていなかったんだね?」

「どうでしょう」スティーヴンが言った。「それは言い過ぎかもしれません。二人のちがいを、わたしがことさら大げさに感じているとも考えられます。わたしの思い描くジェフリー叔父さんは最後に会ったときの姿で、ジョン伯父さんのほうは審問で会ったときの印象ですから。その二人の姿でしたら、まったく似ていません。ジェフリー叔父さんは痩せて青白く、髭《ひげ》をきれいに剃り、眼鏡をかけて背中を丸めて歩いていました。ジョン伯父さんのほうが少しだけ背が高く、少しだけ髪が灰色がかっていて、視力は良好、顔色は健康的で血色がよく、背筋を伸ばしてきびきびと歩き、明らかに太っていて、かすかに灰色の混じった黒い口髭《くちひげ》と顎髭《あごひげ》を生やしています。わたしの目には二人は正反対と言えるほどちがって見えましたが、実は体や顔つきは似たタイプでした。そうだ、たしか若い頃はどちらも母親似で、よく似た兄弟だったと聞いたことがありますよ。それでも、性格はまったく異なっていました。ジェフリー叔父さんはおとなしくて、真面目で、学問好きなのに対して、ジョン伯父さんは、いわゆる放埓《ほうらつ》な生き方を求めました。競馬会に足繁く通っていたし、たびたびギャンブルもしていたようです」

「ミスター・ジョンの職業は？」

「何とお答えしたらいいのでしょうね。いくつもの仕事を渡り歩いてきましたので。実に多才な人なんです。初めは大手ビール会社の研究所の研修生だったのですが、じきにそこを辞めて役者になりました。その業界の仕事は何年か続けたらしく、イギリスじゅうを回ったり、ときにはアメリカでも公演していました。こうした暮らしが合っていたのか、俳優としてかなり成功したと思います。が、突然舞台を降り、ロンドンのあやしげな証券会社の外部ブローカーになって儲けていたようです」

「それで、今は？」

「本人は審問で訊かれたときに株式仲買人と名乗っていましたから、まだそのあやしげな証券会社と関わっているのだと推測しました」

ソーンダイクは立ち上がり、資料棚から証券取引所の登録者名簿を取り出して、ページをめくり始めた。

「そうだね」彼は資料を棚に戻しながら言った。「どうやらもぐりのブローカーのようだ。ロンドン証券取引所に名前が登録されていないから。きみの話を聞く限り、二人の兄弟のあいだには、たとえ仲たがいはしていなくとも、親密な交流があったとは考えにくい。あまりにも共通点がなかった。ほかに知っていることはあるかい？」

「いいえ。実際に口論や諍いがあったという話は聞いたことがありません。あまり仲がよくなかったというのも、たぶんわたしがあの遺言書――特に最初の遺言書――の文言から受けた印象なのでしょう。二人は連絡を取り合っていませんでしたし」

「それだけとは限らないよ」ソーンダイクが言った。「あの遺言書に関して言えば、倹約家と呼ばれる人間なら、証券取引所を賭場がわりにして、浮かれて有り金全部をつぎ込むような男には大事な蓄えを遺したりしないものだ。しかも、きみという存在があるんだ。遺産を遺すのなら、人生の可能性が目の前に広がっているきみのほうが、はるかに対象者として適している。だがこれは単なる憶測であって、当然ながらここでは重要な意味を持たない。さて、ジョン・ブラックモアとミセス・ウィルソンの関係について聞かせてくれ。彼女は財産のほとんどを下の弟のジェフリーだけに遺した。そうだね？」

「ええ。ジョン伯父さんにはまったく何も遺さなかったそうです。実のところ、二人は口も利かないほど仲が悪かったらしくて。ジョン伯父さんが伯母にひどい仕打ちをしたのか、少なくとも伯母のほうはそう思っていたようです。亡くなった夫のミスター・ウィルソンが、先にお話ししたあやしげな証券会社の儲け話でいくらか金を失ったのですが、伯母はどうもそれがジョン伯父さんにそそのかされたせいだと考えていたようです。伯母の考えちがいだったのかもしれませんが、女性というのは一旦そうと思い込んだら聞きませんからね」

「きみは伯母さんとは親しかったのかい？」

「いいえ、ほとんど交流はありませんでした。伯母はデヴォンシャーに住んでいて、わたしたち親戚の誰ともほとんど会おうとしませんでしたから。寡黙で気の強い人でした。弟二人とはまったくちがって。どうも父親譲りだったようですね」

「彼女のフルネームは何と言うんだい？」

「ジュリア・エリザベス・ウィルソンです。夫はエドマンド・ウィルソン」

「ありがとう。あともう一点だけ。叔父さんの死後、ニュー・インの部屋はどうなった？」

「閉め切ったままになっています。叔父の私物は全部わたしに遺されましたので、とりあえずすぐに荷物を移動させなくて済むように、わたしがあの部屋の賃借権を引き継いだのです。自分が入居しようかとも思ったのですが、あんなものを見てしまった後では、やはり住めそうにありません」

「では、中を見に行ったのだね？」

「ええ。ざっと見て回っただけですが。審問のあった当日に行きました」

「では、教えてくれないか。続き部屋を見て回ったとき、叔父さんの習慣や暮らしぶりについて、どんな印象を受けた？」

スティーヴンは申し訳なさそうに微笑んだ。「残念ながら、何の印象も受けませんでしたよ。居間に叔父が昔から使っていた家具があるのを見てから、次に寝室に入って、ベッドに死体が横たわっていた痕跡が残っているのを見つけたのです。あまりの恐ろしさに、すぐに部屋を飛び出してしまいました」

「だが、その続き部屋を見たときに、何かしらきみの心に伝わるものがあったはずだよ」ソーンダイクが考えを促すように言った。

「申し訳ないのですが、わたしには何も感じられませんでした。あなたほど分析力のある観察眼は持ち合わせていないものですから。でも、ご自分の目でご覧になりませんか？　もしよかったら、是非いらしてください。今もわたしが借りたままになっていますから」

「見せてもらいたいね」ソーンダイクが答えた。

「よかった」スティーヴンが言った。「わたしの名刺をお渡ししておきますね。これから管理人室へ行って、いつでもあなたがお見えになったら、あの部屋の鍵を渡すように伝えておきます」

彼はケースから名刺を一枚取り出し、何か数行書き込んでからソーンダイクに渡した。

「お時間を割いていただいて、ありがとうございます。ミスター・マーチモント同様、わたしもあなたのお力を借りてもどうにもならないだろうとは思っているのですが、結果がどうあれ、こんなに詳しく話を聞いてくださって本当に感謝しています。あの遺言書を無効にできる可能性はないと、あなたもそう思われるんですよね？——失礼な質問ですが」

「今のところ」とソーンダイクは答えた。「判断がくつがえるとは思えないね。だが、この件に関する事実を——一見何の関わりもないように見えるものも——すべて慎重に検討し終えるまでは、ぼくはどちらの見解も口にしない、いや、念頭に置くことすらしないつもりだよ」

スティーヴン・ブラックモアは事務所を出ていった。ソーンダイクは書き留めたメモ用紙を掻き集め、すべての紙の端に二つずつ丁寧に穴を開けて小さなファイルに綴じると、それをポケットにしまった。

「これこそは」と彼は言った。「われわれが調査の基礎とすべき、多くのデータの核となるものだ。ただ残念ながら、データはほとんど増えることはないだろう。きみはどう思う、ジャーヴィス？」

「これ以上考えられないほど見込みのない事案だね」わたしは答えた。

「同感だ」ソーンダイクが言った。「だからこそ、ぼくはいつも以上にどうにかしたいと思っている。マーチモントと同じく、ほとんど期待はしていない。が、諦めてしまう前に徹底的に調べ尽くすつもりだよ。きみはこれからどうする？　ぼくは〈グリフィン生命〉のオフィスで取締役会に出なければならないんだ」

「一緒に行こうか？」

「気持ちはありがたいが、一人で行くよ。このメモを読み返して、頭の中で事実を整理したいんだ。それが終わって初めて、新しい考えが浮かんでくるものだ。知識というのは、いつでも瞬時に取り出せるようにしっかり頭に入っていなければ何の役にも立たない。きみは好きな本とパイプでも持ち出して、暖炉のそばで一時間ほど静かに待っていてくれ。ぼくは、自分の頭脳が味わったばかりの雑多なご馳走を消化してくるから。きみ自身も、少しばかり反芻してみるといいよ」

　そう言い残し、ソーンダイクは事務所を出ていった。そしてわたしはと言えば、彼のアドバイスに従って暖炉のそばに椅子を置いてパイプに煙草の葉を詰めた。だが、読書をする気にはなれなかった。聞いたばかりの奇妙な話と、事情をより明確にするというソーンダイクの固い決意が気になり、どうしても考えに耽ってしまう。さらに言えば、ソーンダイクの部下としては彼の抱えている事案に心を傾けるのが仕事なのだ。そこでわたしは暖炉の火を掻き起こし、パイプに火をつけると、ジェフリー・ブラックモアの遺言書にまつわる事実について考えることに改めて没頭したのだった。

第七章　楔形文字の碑文

ソーンダイクの調査がこれまで、特に世の弁護士諸氏に驚きをもたらしてきたのは、主に普通では考えられない角度から物事を見る彼の習慣のためではなかったかと、わたしは個人的に考えている。彼はほかの人間とは明らかにちがったものの見方をする。みんなが絶対にまちがいないと言うものには疑いの目を向ける。みんなが失望するものには希望を抱く。そのために、経験豊かな多くの弁護士から鼻で笑って門前払いにされた依頼を引き受けることが多く、さらにはそれらを素晴らしい結果に導いてきたのだった。

わたしがかつて彼と個人的に関わった唯一の事案――いわゆる〝赤い拇指紋事件〟――でもそうだった。あのときも、彼は明らかに不可能な事態を突きつけられたが、実に慎重な調査を行なった。そして〝不可能〟から〝可能〟へ、ただの〝可能〟から、実際に〝あり得る〟へ、さらに〝あり得る〟から〝そうにちがいない〟へと導いた。そして最後には見事な勝利を収めたのだ。

そんな彼に、今回の事案をどうにかできるものだろうか？　少なくとも、依頼を断わることはしなかった。何とかできると思ったにちがいないし、今この瞬間も頭の中であれこれ考えているにちがいない。だが、これほど不可能な依頼があるだろうか？　ある男が遺言書を作成しようとして、おそらくは自分自身の手で文面をしたため、とある場所へ自らの意志でそれを持参し、有効な証人の目の前で署名した。無理強いされるどころか、誰にも影響されたり、促されたりしていない。遺言者の精神状態は明らかに正常で、判断能力もあった。もしも遺言書の文言が彼の意思に沿うものでなかったとしても――それは証明のしようがないが――それはあくまでも書いた本人の不注意によるものであって、何かしらおかしな状況によって起きたことではない。さて問題――おそらく今ソーンダイクが懸命に考えている点――は、どうやってその遺言書を無効とするかだ。

わたしはそれまでに聞いた証言をおさらいしてみたが、どれだけ角度を変えて眺めようとも、ミスター・マーチモントの予想と同じ結論にしか至らなかった。特に興味を引かれたある一点について、再度考えてみた。ソーンダイクがジェフリー・ブラックモアの部屋をひどく見に行きたがっていた点だ。もちろん彼はそんな様子はおくびにも出さなかったが、スティーヴンにあれこれと質問を向けた目的は、別に情報が訊き出したかったわけではなく、現場となった部屋を直接自分の目で調べる機会がほしかったからではないかと、わたしはずっとそう睨んでいたのだった。

その点をあれこれと考え続けているうちに、紅茶のトレーを持った用心深いポルトンを従えて、ソーンダイクが戻ってきた。わたしは早速彼に食ってかかった。

「なあ、ソーンダイク、きみがほっつき歩いているあいだ、ぼくはずっと例のブラックモアの件を考えていたんだぞ」

「それはつまり問題の解決法を見つけたと、そう考えていいのかな?」

「いや、それは困るな。何ひとつ思いつかないんだ」

「では、ぼくと同じというわけだね」

「きみも何ひとつ思いつかないのなら、どうして引き受けたりしたんだ?」

「じっくり考えてみたかったからさ」ソーンダイクが言った。「明らかにおかしいとわかる案件でない限り、調べる前から断わったりしない。困難な問題や不可能な問題が積み上がった山ですら、注意深く観察するだけで驚くほど小さくなっていくものだ。答えの難しい案件こそ、少なくともじっくり考えてみる価値はあると、ぼくは経験上学んできたからね」

「ところで、どうしてジェフリーの部屋を調べに行きたがったんだい？　あそこで何がわかると期待しているんだ？」

「何も期待なんてしていないよ。ただ行ってみれば、何かがうまく見つからないかなと思っただけだ」

「じゃ、あのときスティーヴン・ブラックモアに質問を浴びせたのはどうしてだ？　何の考えもなかったと――何か目的があって質問したわけじゃないと言うのかい？」

「この案件についてできる限りの情報が知りたいという以外、特に目的はなかったよ」

「まさか、つまり」わたしは声を上げた。「きみはこれという目的もないのに、あの部屋を調べに行くつもりなのか？」

「そうは言ってない」ソーンダイクが答えた。「これは法律の問題だが、きみにより馴染みのある医学的な問題に置き換えて説明しよう。ある男がきみに、そうだな、体重の減少が続いていると相談に来たとしよう。彼にはその原因がわからない。痛みはなく、不快感もなく、ほかに症状は何ひとつない。ひと言で言えば、あらゆる面でまったく健康そのものだ。だが、体重だけがどんどん落ちている。きみならどうする？」

「徹底的に検査をするよ」わたしは答えた。

「どうして？　何が見つかると思うんだ？」

「この段階から、何か決まった原因を見つけようとは考えないさ。ただ臓器や機能を一つずつ順番に徹底的に調べ、それでも異常が見つからなければ諦めるしかない」

「そのとおりだ」ソーンダイクが言った。「そしてそれこそが今のぼくの見解であり、採るべき方策なんだ。この案件はまったく何の問題もなく、単純そのものだ。ただ、ある一点を除いて。一つだけ普通では考えられないところがある。そしてどうしてそれがあるのか、説明がつかないんだ。

　ジェフリー・ブラックモアはすでに遺言書を作成していた。丁寧に配慮を凝らした遺言書で、明らかに彼の意思が完全に反映されていた。ところが突然、彼はその遺言書を破棄して新しいものを作り直した。彼を取り巻く環境や彼自身の意思に変化が起きたわけではない。新しい遺言書の条項は、すべて以前とまったく同じ内容だと彼は思っていた。新しい遺言書が前とちがっていたのは一点だけ、文言に欠陥があったことだ。初めの遺言書にはなかった文言で、遺言者本人はそれが欠陥だとは気づいていなかったはずだ。さて、どうして彼は前の遺言書を破棄し、以前とまったく同じ内容だと思いながら、わざわざ新しく作り直したのか？　今は何の答えも浮かばない。これこそが、普通では考えられないとぼくが言った点だよ。そんなことをしたからには、必ず何かしらの説明があるはずで、それを見つけ出すのがぼくの使命だ。だが、これまで集めた事実からは何の説明も導き出せない。だから、調査の取っかかりになるかもしれない新事実を探しに行くのが、ぼくの目的というわけさ」

　今後の方針についてのソーンダイクの説明は、たしかに筋は通っていたが、とても説得力があるようには思えなかった。やはりいくら考えてもマーチモントの言うとおりで、遺言書の無効を争う根拠は何もないと言わざるを得なかった。だが、そのときわたしたちは別のことに注目を向けなければならなくなり、この件についてソーンダイクと再び話をしたのは夕食の後になった。

「これからぶらりとニュー・インまで歩いてみないか?」彼が誘った。

「行くなら、昼間がいいんじゃないのか。ああいう古い建物は、照明が暗いから」

「なるほど」ソーンダイクが言った。「それなら、ランプを持って行ったほうがよさそうだね。上の研究室でポルトンから借りてこよう」

「その必要はないよ。きみに貸してもらった読書灯が、まだぼくのコートのポケットに入ったままだ。きみに返そうと思って入れておいたんだ」

「結局あれを使う機会はあったのかい?」

「あったよ。あの謎の家を再び訪れて、そのときにきみの計画を実行したんだ。後でそのときの話を聞いてくれよ」

「是非聞かせてくれ。きみの冒険談については、何から何まで聞きたいね。読書灯の蠟燭はまだもちそうかい?」

「大丈夫だよ。一時間ほどしか使わなかったから」

「では、出発するとしよう」ソーンダイクが言った。こうしてわたしたちは冒険の旅に出た。歩きながら、わたしは今回の調査がやはりあまりにも曖昧だと思わずにいられなかった。そこでソーンダイクにも再びそう伝えた。

「きみがまったく何の考えも持っていないとは信じられないよ。特定の目的も決めずにあの部屋を訪れるなんて」

「ぼくはそうは言わなかったはずだ」ソーンダイクが答えた。「特定の物や事実を探しに行くのではなくて、新しい見方をするきっかけになるようなものが見つかるんじゃないかと、そんな希望を抱いて行くと言ったんだ。だが、それだけじゃない。調査というのは必ずある決まった論理的な行程をたどることは、きみも承知しているだろう？　まずは、明白な事実を観察すること。これはすでに終えた。マーチモントが必要な事実を提供してくれた。次の段階は、暫定的な解釈か仮説を一つ、あるいは複数立てること。これもすでに終えたね――少なくとも、ぼくはもう立てたし、きみもそうだろう」

「ぼくはまだだよ」わたしは言った。「ジェフリーの遺言書について、いったいどうして書き換える必要があったのか、ぼくにはさっぱり見当もつかない。複数あるきみの暫定的な解釈とやらを聞かせてもらいたいね」

「今は聞かせられないよ。突拍子もない憶測にすぎないからね。話を戻そう。次の段階では、何をするべきか？」

「ニュー・インへ行って、亡くなった人が借りていた部屋を隅々まで引っかき回すこと」

ソーンダイクはにっこり笑ってわたしの答えを無視し、話を続けた。

「それぞれの仮説を順に検討し、そこから何が導かれるかを考えること。それが今わかっているすべての事実と一致し、さらに新しい事実が出てきても繫がるのか、あるいは反対にいずれかの事実に矛盾するなり、不合理な結論にたどり着くなりするのか、とね。簡単な例を挙げよう。

たとえばある平原に、その近辺で見かける石とはまったく異なる性質の大きな岩がいくつも転がっていたとしよう。ここで、ある疑問が湧くはずだ。それらの岩はいったいどうやってその平原まで来たのか？　三つの解釈が考えられる。一つめ。過去の火山活動によって飛んできた。二つめ。人間によってどこか遠くから運ばれてきた。三つめ。はるか遠い国から氷山によって押し流されてきた。さて、それぞれの解釈には個別の結果が伴う。もしもその岩が火成岩だとすれば、かつては液状のマグマだったはずだ。ところが実際には非変質の石灰岩で、化石を含有していることが判明する。つまり火成岩ではないわけだ。次に、もしも氷山によって運ばれてきたのだとすれば、かつて氷河に取り込まれていたはずで、漂石の多くに見られるように、平らな面があるとか、平行線状の傷がついているといった特徴が岩のいくつかに見られるだろう。岩を調べたところ、この特徴に合致する傷が見つかった。それならば、おそらくその岩は氷山によって運ばれてきたと考えられる。ところがだ。だからと言って人間が運んできたという仮説が排除されるわけではない。なぜなら、その岩が氷山によって取り残されていた場所から、人間がさらにその平原まで運んできた可能性があるからだ。さらにほかの事実と比較する必要が出てくるんだよ。

今回のような事案でも、同じような行程で検討を進めるんだ。すでにわかっている事実から、いくつかの解釈を考え出す。その解釈のそれぞれについて、結果がどうなるかを推定する。その結果が新しく出てきた事実と合致するなら、その解釈は立証され、矛盾するなら、たいていは反証される。あ、どうやら着いたようだね」

わたしたちはウィッチ・ストリートを曲がってアーチの門をくぐり、ニュー・インへ続く小道を進むと、管理人室の前に出た。ドアが半開きになっていて、中でずんぐりとした赤紫色の顔の男が暖炉の前で背中を丸め、激しく咳き込んでいるのが見えた。男は、今は返事ができないと言うようにこちらへ片手を上げて見せたので、わたしたちは彼の発作が治まるまで待った。男はようやくこちらに顔を向けて涙を拭うと、何の用かと尋ねた。

「ミスター・スティーヴン・ブラックモアから、部屋の中を見せてもらう許可をもらって来たんだ」ソーンダイクが言った。「管理人さんには話をしておいてくれると聞いてきたんだがね」

「ああ、伺ってますよ」管理人が言った。「でも、ちょうど今ミスター・スティーヴンご本人がいらして、鍵を渡したところなんです。この中庭の向こう側へ行って、階段を上がってください。部屋にいらっしゃるはずですから。この並びの建物の一番奥です。三十一番の、三階の部屋ですよ」

わたしたちはニュー・インの中庭を横切って目的の建物に向かった。一階は弁護士事務所になっていて、大きく目立つ真鍮の看板が掲げられていた。日が暮れてしばらく経つのに、下層階の階段にはまだ灯りがついていなかったが、ちょうど二階へ上がったところでランプに火をつけて歩いていた男と会った。ソーンダイクが足を止めて男に声をかけた。

「四階は誰が借りているか、教えてもらえないか？」

「四階なら、もう三ヵ月も空室になったままだ」男が答えた。

「これから三階の部屋を見に行くんだが」ソーンダイクが言った。「ここの住人はみな静かな人たちなのかな？」

「静かかって！」男が大声を上げた。「それどころじゃない。ここは耳の聞こえない、口の利けない連中の墓場みたいなもんさ。一階は弁護士事務所、二階は建築設計事務所が入ってる。どっちもだいたい六時にはみんな帰っちまうから、その後はすっかりもぬけの殻だ。あの気の毒なミスター・ブラックモアが自殺しちまったのも、無理もないって話さ。こんなところに一人で住んでたんじゃな。きっとロビンソン・クルーソーのような毎日だったろうよ。ただし従僕のフライデーも、話し相手になるヤギさえいない、孤独な暮らしさ。静かかって！　静かなところを探してるんなら、ここはお勧めだよ。おれはごめんだがね」

馬鹿にするように首を振って、男は背を向けて階段を降りていった。その足音が聞こえなくなると、わたしたちは再び階段をのぼり始めた。

「ということは」ソーンダイクが言った。「最後の晩にジェフリー・ブラックモアが帰ってきたとき、この建物には誰もいなかったわけだ」

三階までのぼると、目の前に丈夫そうな扉があった。上部のまぐさには、書いたばかりのような真新しい白いペンキで故人の名前が書いてあった。ソーンダイクがノックすると、すぐにスティーヴン・ブラックモアがドアを開けた。

「せっかく許可をもらったので、早速やって来たよ」ソーンダイクはそう言いながら部屋に入っていった。

「本当に、こんなに早く来てくださって」スティーヴンが言った。「叔父の部屋でどんな情報が見つかると期待してらっしゃるのか、わたしも興味があったんです」

ソーンダイクはにっこり微笑んだ。ついさっき手厳しく非難したわたしの言葉とまったく同じことをスティーヴンが言ったのが面白かったにちがいない。

「科学者というものはね、ミスター・ブラックモア」ソーンダイクが言った。「何も期待しないんだ。事実を集めるだけで、常に先入観を持たない。ぼくはと言えば、法律が専門のアウトリュコス（ギリシャ神話に出てくる盗みの名人）で、誰も見向きもしない些細な証拠をかっさらうだけだ。いくらか事実が集まったところで、それらを並べ替え、比較し、考える。比較することで新しいものが見えてくることもあれば、見えないこともある。だがどちらにせよ、これだけは言える。探すべき情報を前もって決めつけてしまうのは、重大な誤りだ」

「ええ、おっしゃるとおりですね」スティーヴンが言った。「でも、わたしから見れば、ミスター・マーチモントの言うとおりだとしか思えないんです。つまり、こんな調査は意味がないのだと」

「ぼくに相談する前にそう思ってくれればよかったのに」ソーンダイクが笑い声を上げた。「だが、ぼくは結局この件を調べると約束したし、これから調べるつもりだ。それに、今言ったように、すべての事実を手元にそろえるまでは、あらゆる先入観を持たずに臨むよ」

居間に入ったソーンダイクは部屋の中をぐるりと眺めてから、再び口を開いた。

「威厳のある古くて立派な部屋だね。このオーク材の羽目板や、あの彫刻コーニス（壁上部の水平装飾）や炉棚までを、全部ペンキで塗ってしまったのは実にもったいないな。元の美しい木目が見えていたかつての姿を想像してごらん」

「きっととても暗かったでしょうね」スティーヴンが言った。

「そうだね」ソーンダイクが同意した。「きっとぼくらは先人たちに比べると、明るさを重視するあまり美をないがしろにしているのだろう。それはそうと、きみに訊きたいのは、この続き部屋を見回して、以前のアパートと似た印象を受けるかい？　全体的な雰囲気は同じかい？」

「いいえ、全然ちがうと思います。もちろん、ジャーミン・ストリートのアパートはちがったタイプの建物でしたが、それを抜きにしても大きくちがうと思います。おかしいですよね、家具は同じなのに。でも、前のアパートはもっと心がなごむような、くつろぎを感じられる部屋でした。この部屋は寒々しくて、わびしくて、言っちゃ悪いけど、惨めささえ感じます」

「まさにぼくの思ったとおりだ」ソーンダイクが言った。「アヘンを常習する人間は、性格が大きく変わってしまう。そして家具だけでなく、部屋そのものからもわずかに、だが確実に、その住人の個性というものが伝わるものだ。他人との交流を断った暮らしをしていたのならなおさらだ。叔父さんがかつて何かに夢中になっていた面影のあるものはあるかい？」

「あまりありませんね。ですが、誰かが部屋の中を整理したのかもしれません。わたしが来たとき、テーブルの上に本が一、二冊出ていたので棚に戻したのですが、叔父がいつも書いていたような原稿やメモはありませんでした。それから、いつもは几帳面なほどきれいに手入れをしていた硯《すずり》には渇いたしみの跡がいっぱい残っていたし、墨の端はひび割れていたし、もう何ヵ月も使っていないようでした。叔父の習慣が大きく変わってしまったことを物語っていると思いました」

「墨なんかすって、何に使っていたんだい？」ソーンダイクが尋ねた。

「叔父は日本に住む日本人の友人たちと文通をしていて、日本語で手紙を書いていたんです。彼らも英語がわかるんですけどね。墨は主にその手紙を書くためのものです。が、こういう碑文を書き写すのにも使っていました」そう言ってスティーヴンは炉棚に飾ってあったものを持ち上げた。それは一見、ザラメをまぶした菓子パンの化石に見えたが、実のところ、細かい文字がびっしりと刻み込まれた粘土板だった。

「つまり、叔父さんは楔形《くさびがた》文字が判読できたというわけだね？」

「そうです。かなりの知識がありました。これらの粘土板は、たしかエリドゥを初めとしたバビロニアのいくつかの古代都市で発見されたもので、賃貸契約などの法的な取り決めの記録だったと思います。叔父はまず楔形文字を書き写して、それから英語に翻訳していたのです。ああ、すみません、実は今夜は用事があって、そろそろ失礼しなければなりません。わたしはただこの二冊——ソーントン著『バビロニアの歴史』――を取りに寄っただけで。以前叔父から薦められた本なんですよ。ここの鍵をお渡ししておきましょうか？　お帰りの際、鍵をかけて管理人に返していただくのがいいように思いますので」

彼と握手を交わしたわたしたちは、階段のところまで見送りに出て、彼が階段を駆け降りるのを立ったまま見送った。階段のガス灯に照らされたソーンダイクをふと見ると、普段感情を見せない顔に浮かんだ、気づかないほどかすかな表情の変化に気づいた。わたしにはわかる。彼は何かに喜んでいるか、満足しているのだ。

「ずいぶんと嬉しそうじゃないか」わたしは言ってみた。

「嬉しくないと言えば嘘になるね」彼は穏やかな口調で答えた。「アウトリュコスはパンくずを拾ったんだ。どれだけ小さくても、パンくずにはちがいない。彼の博学な部下も、当然いくつか拾ったんだろうね？」

わたしは頭を横に振った――われながら鈍い頭だと思いながら。

「スティーヴンがきみに話していた中から、これっぽっちも意味のありそうなものなど見抜けなかった」わたしは言った。「どれも実に興味深い話ではあったけど、およそ叔父さんの遺言書と関係があるようには思えなかったな」

「スティーヴンの話のことを言ったんじゃないよ。もっとも、きみの言うとおり、あれはあれで実に興味深かったがね。ぼくは彼の話を聞きながら部屋の中を見て回っていたんだが、そのとき非常におかしなものを見つけたんだ。きみにも見せてあげよう」

彼はわたしの腕に自分の腕をからめるようにして部屋の中へ引っぱって戻り、暖炉の正面で立ち止まった。

「ほらね」彼は言った。「あれを見てごらん。なんとも目を見張る光景じゃないか」

彼の視線の先をたどると、長方形の額縁があった。そこには奇妙で秘密めいた矢印形の文字が並んだ碑文の写真が納まっていた。わたしはしばらく無言のまま写真を見つめていたが、いくぶんがっかりしながら言った。

「この部屋の中で、どうしてあんなものに目を見張るのか、ぼくにはまるでわからないね。たしかに、これがほかの部屋ならわかるよ。だがスティーヴンは、叔父さんが楔形文字には詳しかったと言っていたじゃないか」

「そのとおりだ」ソーンダイクが言った。「ぼくが指摘したいのは、まさにそこだよ。だからこそ、目を見張るものなんだ」

「さっぱりわからないな。自室の壁に、自分自身が判読できる碑文を飾ったところで、別に何もおかしいとは思わない。自分にも判読できない碑文を飾っていたのなら、不思議だろうけど」

「それはまちがいない」ソーンダイクが答えた。「だがもっと不思議なのは、自室の壁に判読できる碑文を飾るのに――上下逆さまに掛けることだ。きみもそう思うだろう?」

わたしは驚いてソーンダイクの顔を見つめた。

「何だって?」わたしは大声を上げた。「じゃ、あの写真は上下が逆だと言うのか?」

「そのとおりだよ」

「でも、どうしてそんなことがわかる? 東洋学の研究者がここにもう一人いたってわけか?」

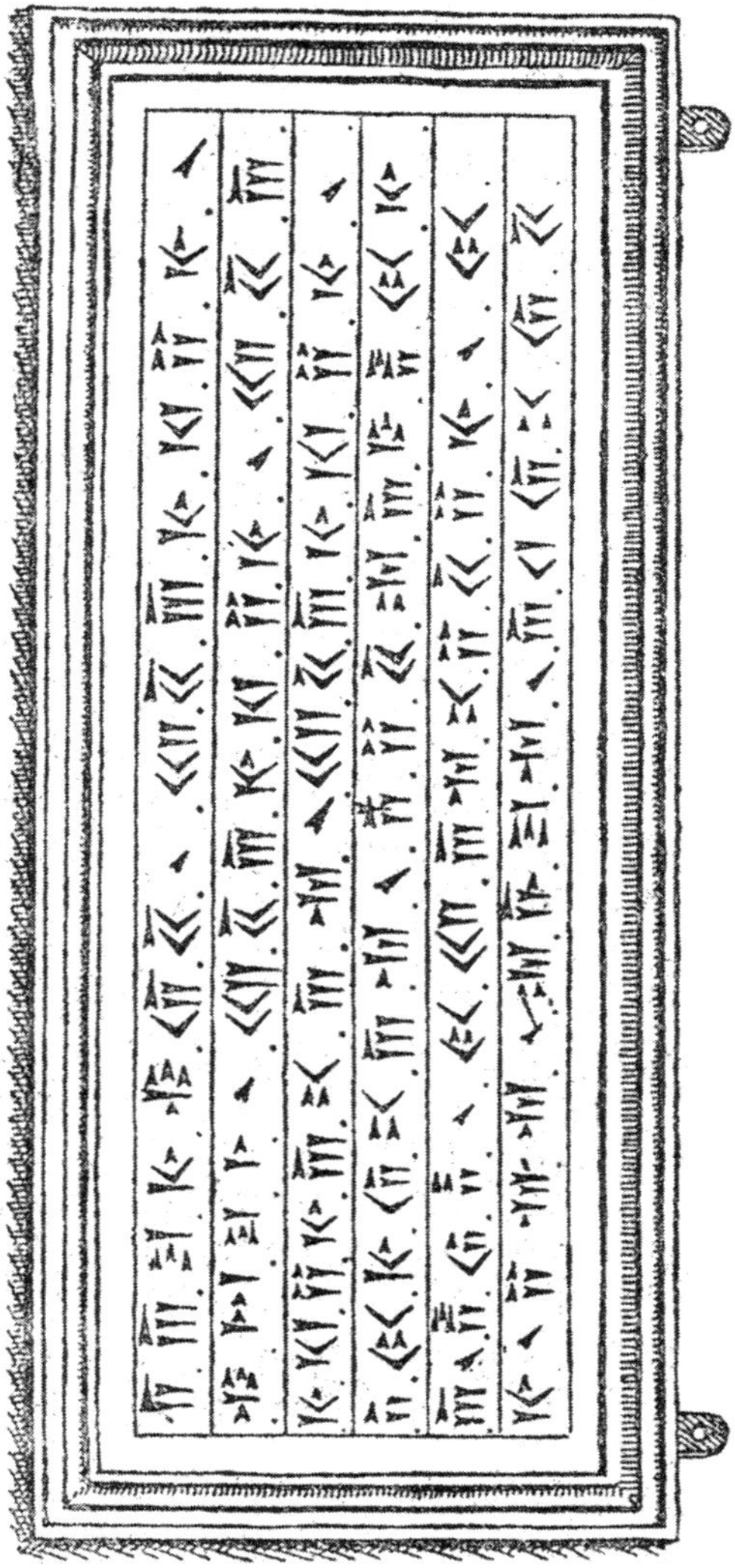

「上下逆さまの碑文」

ソーンダイクはくすくすと笑った。「かつて〝わずかばかりの知識を持つのは危険だ〟と言った愚か者がいてね（イギリス詩人アレキサンダー・ポープの名言）。たしかに多くのことを知っているのに比べれば危険だろう。だが、まったく知識がないよりははるかにましだ。今回がいい例だよ。楔形文字の解読に捧げられた努力の歴史について、ぼくはかつて興味を引かれて熱心に読んだことがあるんだが、そのときに記憶に留めておくべきだと感じた重要な点を一つ、二つ思い出したんだよ。ここにある碑文には古代ペルシャ楔形文字が用いられている。これはバビロニア文字やアッシリア文字に比べて、ずっと簡素で粗い形をしている。実のところ、これはペルセポリス（現在のイラン西南部にあった、アケネメス朝ペルシアの都）の門柱に刻まれていた碑文――初めて解読に成功した碑文――だと思う。それなら、額に入れてこの部屋に飾ってあっても不思議はない。さて、見てすぐわかるとおり、これらの文字は二種類の要素で成り立っている。〝楔〟形と呼ばれる、小さく詰まって先が鋭く尖ったものと、大きめでそれほど尖っていない、われわれが書く矢印に似た〝矢尻〟形だ。この呼び名はあまりふさわしいと思えないがね。どちらも楔にも矢尻にも見えるのだから。碑文は左から右へと読む。わたしたちの使う英語と同じだが、セム語や古代ギリシャ語とは逆だ。さらに文字の形は、〝楔〟の先端が必ず右または下を向き、〝矢尻〟は必ず右側が開くように構成される。ところがこの写真では、楔は上か左を指し、矢尻は左側が開いている。明らかに写真の向きが上下逆になっているんだよ」

「そんな」わたしは大声で言った。「まるで意味がわからないよ。きみには説明がつくのかい？」

「ひょっとすると、額縁の裏側を見れば何か手がかりがあるんじゃないかな。裏を見てみよう」

ソーンダイクは壁の二本の釘に掛けてあった額縁を外し、ひっくり返して裏側を眺めた。それを、わたしにもよく見るようにと差し出した。裏紙にラベルがあり〈J・バッジ、額縁製造および金メッキ、グレート・アン・ストリート十六番、郵便番号区域WC〉とあった。
「これが何か?」わたしはラベルを読んでも何の考えも浮かばなかった。

「額縁は、このラベルが正しい向きになるように壁に掛かっていただろう?」

「たしかにそうだ」わたしは慌てて答えながら、そんな当たり前のことにもっと早く気づけなかった自分を腹立たしく思っていた。「きみの言いたいことがわかったよ。つまり、額縁職人が写真を逆さまにして額縁に納めたのに、ジェフリーはそれに気づかなかったということか?」

「完璧なまでに論理的な説明だね」ソーンダイクが言った。「だが、それだけじゃないと思うんだ。このラベルはかなり古いだろう? この汚れ具合から見ると、もう何年も前のものだ。ところが、釘に引っかけるための二つの金具は比較的新しく見える。まあ、それは調べればすぐにわかる。ラベルは額が新しかったときから貼ってあったようだが、もしこの金具も同じときに額の裏にねじ留めされていたのなら、金具を外した下は新しくきれいなはずだからね」

ソーンダイクはポケットから〝多機能〟の折り畳みナイフを取り出した。そこからドライバーを引き出し、壁の釘に掛ける真鍮の金具の片方のねじを慎重に回して外した。

「ほらね」金具を取り外した額縁をガス灯の下へ持っていくと、ソーンダイクが言った。「金具の下の木材は額全体と同じように汚れて古びている。この金具は最近になって取りつけられたんだ」

「そうだとして、何がわかるんだ?」

「そうだな、この額にはほかに金具や輪がついていないのだから、この写真はここに持ち込まれるまで壁に掛けて飾ったことがなかったと言えるだろう」

「きっとそうだ。で、だから何だと言うんだ? そこから何がわかる?」

ソーンダイクはしばらく考え込んだ。わたしは話を続けた。「この写真が、わたしよりもきみにとって何か大事な意味を持っているのは明らかだ。もしもそれが今回の件に関係があるのなら、きみの解説を聞かせてもらいたいんだ」

「今回の件に実際に関係があるかないか、今の段階で断定するのは不可能だよ」ソーンダイクが答えた。「ジェフリー・ブラックモアの遺言書の謎を解明し、説明できるような仮説を、ぼくはすでに一つか二つ立てたと話しただろう？　不思議なことに、この写真が誤った向きに飾られていたのは、その仮説のいくつかに当てはまるんだ。さあ、これ以上は何も言わないよ。なぜなら、きみ自身の力でこの件について考えてみるのは、きみのためになると思うからだ。きみはすでにぼくと同じだけの情報を持っているし、ぼくがマーチモントの話を書き留めたメモはコピーすればいい。これらを材料にして、きみにも何らかの結論が導けるはずだ。もちろん、ぼくたちはどちらも解決法など見いだせないかもしれない――今のところ、望みは薄そうだからね――だが結果がどうあれ、この件がすべて終わった後に、お互いがそれまでにどんな考えをたどったかを比較することで、きみは捜査の実地経験から多くのものを学べるだろう。よし、一つだけ取っかかりとなるヒントをあげよう。マーチモントがぼくたちに伝えた事実がひどく異常であることに、彼もきみも気づいていないんだよ」

「あの遺言書が実に奇妙だということについては、マーチモントははっきりと認識しているように思えたがね」

「そうだね」ソーンダイクは同意した。「だが、ぼくの言いたいのはそういうことじゃないんだ。ぼくはこの状況全体が、それぞれに関連し合う事実を全部ひっくるめて捉えると、実に際立っていると思った。だからこそ、一見するとても見込みのなさそうな案件ではあっても、こうして慎重に調べているのさ。ジャーヴィス、ぼくの取ったメモを書き写して、一つひとつの事実を批判的な目で検討するんだ。そうすれば、ぼくの言いたいことがわかってくると思う。さて、部屋の調査を続けようか」

彼は金具をねじで留め直し、額縁を壁に掛けてから、再び部屋の中をゆっくり見て回った。ときどき立ち止まり、単なる壁飾りにされている日本の浮世絵版画や建物の写真など、考古学的に興味を引かれる品々を眺めた。彼は浮世絵の一枚を指して言った。

「この手のものは価値が高いんだ。これは歌麿による作品だよ――あの印の入った小さな輪が彼の署名だ――紙のあちこちに白カビが生えているのが見えるだろう？　これは複数の意味で留意しておくべき点だよ」

わたしは言われたとおりそれを心に留め、部屋の巡回を続けた。

「ジェフリーが石炭ではなく、ガスストーブを使っていたことに気づいたかい？　もちろん手間を省くためもあるだろうが、ほかにも理由があったかもしれない。料理もきっとガスの火を使っていたんだろう。確認してみよう」

戸棚ほどの狭さのキッチンに入り、中を見回した。備品と呼べるのは、棚の上に置いた環状コンロのほか、やかんとフライパンが一つずつと、いくつかの瀬戸物だけだった。ジェフリーの生活習慣について、管理人の証言は正しかったようだ。

居間に戻ると、ソーンダイクは調査を再開し、机の引き出しを開けたり、戸棚の中を覗いたり、居心地の悪そうな部屋に置かれた数少ない物の一つひとつをちらりと眺めたりした。

「こんなに個性を感じられない部屋は初めてだよ」ようやく口を開いた彼はそう言った。「住人の生活習慣について物語るものなど、何ひとつないみたいだ。次は、寝室を見てみようか」

悲劇の記憶の残った部屋に入っていき、ソーンダイクがガス灯をつけると、わたしたちはしばらく押し黙ったまま中を見回した。飾り気のないさびしい部屋で、掃除をしていないらしく、汚れてすさんでいた。ベッドは惨劇の後に整えられた様子がなく、その証拠に死体が横たわっていた箇所が窪んだままで、みすぼらしいベッドカバーの上に粉状の灰がかすかに残っているのが見えた。わたしの目には、典型的なアヘン常習者の寝室に映った。

「なるほど」ソーンダイクが言った。「ここには個性が充分見て取れる――ある種の個性がね。どうやらジェフリー・ブラックモアはよほど欲のない男だったと見える。実際にここで暮らしていながら、居心地をよくしようという気持ちがこれほど感じられない部屋なんて、想像できないな」

彼は注意深く部屋じゅうを見回して、再び口を開いた。「どうやら例の注射器と、死を引き起こした器具や薬物は持ち去られたようだね。おそらく分析官が元に戻さなかったのだろう。だが、アヘンパイプとガラス瓶と灰皿はあるし、あそこにある衣類はきっと葬儀屋が遺体から脱がせたものだね。さあ、調べてみようか」

乱雑に畳んで椅子に置いてあった衣類を、ソーンダイクは一枚ずつ手に取って広げた。

「これが当時穿いていたズボンか」ベッドの上に広げながら言った。「太腿の真ん中に小さな白いしみがあるが、水溶液が乾いたみたいに、細かい結晶が寄り集まっているように見える。持ってきたランプに火をつけてくれ、ジャーヴィス、拡大鏡で観察してみよう」

わたしは読書灯のランプに火をつけた。二人でしみを細かく調べて、それが小さな結晶の集合体であることが確認できると、ソーンダイクがわたしに尋ねた。

「このしわは何だと思う？　ほら、両脚に一本ずつしわがついている」

「ズボンの裾をまくっていた跡のように見えるね。だがもしそうなら、裾から七インチものところで折り返していたことになる。それじゃ、靴下の上まで全部見えてしまう。お気の毒なジェフリーは、外見にまったく無頓着だったにちがいないね。いや、このしわは遺体から脱がせようとしてついたものかもしれない」

「そうだね」ソーンダイクが言った。「だが、どうしたら脱がせるだけでこんなしわがつくのか、ちょっと想像しにくいな。ポケットの中身は全部出してあるようだ――いや、待てよ。ベストのポケットに何か残ってる」

彼はみすぼらしい豚革の名刺ケースと、短い鉛筆をベストのポケットから取り出した。どこにでもあるような鉛筆を、ソーンダイクはことさら興味深そうに眺めていた。

「この名刺は」と彼は言った。「印刷板ではなく、活字を使って印刷してある。これは注目すべき点だ。ねえ、これを見てどう思う？」

彼はわたしに鉛筆を渡した。わたしはそれをじっくり眺め、さらにランプと拡大鏡を使って見てみた。が、それらを最大限に活用してもなお、その鉛筆から何らおかしい点を見つけることはできなかった。ソーンダイクはいたらずらっぽい笑みを浮かべてその様子を眺め、わたしが観察を終えると質問した。

「さあ、聞かせてもらおう。何がわかった？」

「勘弁してくれ！」わたしは声を上げた。「これはただの鉛筆だ。どんな馬鹿でもそれぐらいはわかるし、ここにいる馬鹿にはそれ以上はわからない。いまいましいちびた鉛筆で、使えないほど短くなるまで削られている。外側は赤く塗られ、何か印字がある。最初の文字がC、次がO――多分Co-operative Stores《協同組合売店》とでも書いてあったのだろう」

「おいおい、ジャーヴィス」ソーンダイクが諫めるように言った。「観察した事実と推測を、最初から混同しちゃいけないよ。残っている文字はCとOだ。そのことは事実として記憶し、この二文字から始まる言葉が印字された鉛筆を探すんだ。ぼくは手助けしないよ。この作業なら、きみにも簡単にできるはずだからね。それに、たとえ結果としてそこから何もわからなかったとしても、いい訓練にはなる」

その瞬間、彼は突然後ずさり、床を見つめて言った。

「ランプをくれ、ジャーヴィス。今ガラスか何かを踏んだらしい」

彼が立っていたベッドのそばへランプを持っていくと、埃の積もった剝き出しの床をその灯りで照らしながら、二人で床に膝をついた。ベッドのすぐ脇に立ったときに靴先がベッドの下に潜り込む辺りに、ガラスの欠片がいくつか小さく固まって落ちていた。ソーンダイクはポケットから紙を一枚取り出し、丁寧にその小さな欠片を紙の上に掃き集めて言った。

「この正体が何であれ、一見した限り、どうやらこれを踏みつけた人間はぼくが初めてじゃないらしい。この欠片を調べるから、ランプを向けていてくれないか?」

わたしはランプを手に取ってその紙を照らし、ソーンダイクは拡大鏡越しに小さなガラスの山を調べた。

「それで?」わたしは尋ねた。「それはいったい何だい?」

「まさに今それを自問しているところさ」彼は答えた。「外見から判断する限り、この欠片は小さな

〝時計皿（中央が窪んだ円形板ガラス。科学実験に使ったり、懐中時計のカバーにしたりする）〟の一部のように見えるな。もっと大きな断片が見つかればわかりやすいんだが」

「残っているかもしれないよ」わたしは言った。「ベッドの下の床を、調べて」

わたしたちはランプで照らす範囲を少しずつずらしながら、再び汚れた床の上を手探りで調べて回った。しばらくしてランプを移動させたとき、光が小さなガラスのビーズを照らし出した。わたしはすぐにそれを拾い上げ、ソーンダイクに見せながら言った。

「何かの手がかりになるだろうか?」

ソーンダイクはビーズを手に取り、興味深そうにじっと見つめた。

「たしかに、ジェフリーのような年配の独身男の寝室で見つかるにしては奇妙な代物にちがいないね。特に、部屋の掃除をする女性は雇っていなかったはずだから。もちろん、前の住人が残していったのかもしれない。同じものがほかにも落ちてないか、見てみよう」

わたしたちはまた捜査を再開し、ベッドの下を這い回り、あらゆる方向から床をランプで照らした。結果的に丸ビーズをもう三粒と、筒形ビーズの完全形のものが一つと、踏みつけられたように砕けたものが一つ見つかった。砕けたのも含めて、ソーンダイクは発見物すべてを紙の上に載せ、より観察しやすいように化粧台の上に置いた。

「残念ながら、あの時計皿のようなものの欠片はあれ以上見つからなかったな」ソーンダイクが言った。「ぼくが踏んだ欠片以外は全部片づけられたにちがいない。あれだけが離れて落ちたせいで、見過ごされてしまったのだろうね。それからビーズだが、落ちていた数と位置から推理すると――たとえばあの砕かれた筒形ビーズなんかは――おそらくジェフリーがここに住んでいるあいだに、それもつい最近落ちたものにちがいない」

「どんな装飾品から落ちたと考えてるんだい？」わたしは尋ねた。

「おそらくビーズ飾り付きのヴェールか、ドレスの裾飾りか、とにかく何かしら衣類の周囲から垂れ下がっていたものだろう。珍しい色だね」

「ぼくには真っ黒に見えるけど」

「ランプの明かりだとそう見えるが、太陽の下だとおそらく濃い海老茶色に見えると思う。この砕けた小さな欠片をよく見れば、ランプの光でも本来の色がわかるよ」

拡大鏡を渡され、わたしがビーズを観察して彼の言ったとおりだと確認すると、彼はポケットから蓋がぴったり閉まるブリキの小箱を取り出し、ビーズの載った紙を丁寧に折り畳んで、その中に納めた。

「鉛筆もここに入れておこう」ソーンダイクが言った。やがて小箱をポケットにしまいながら、付け加えた。「きみもこういう箱をポルトンからもらっておくといい。小さく壊れやすい物体を安全に保管できる容器を常に携帯していると、役立つ場面がたびたびあるからね」

ソーンダイクは故人の衣類を畳み直し、置いてあったとおりに椅子の上に戻した。それから壁際にブーツが一足《いっそく》並んでいるのを見つけ、それを手に取ってじっくりと観察した。特に靴の裏と、踵の側面に注意を向けていた。

「どうやらこれが、哀れなジェフリーが死んだ夜に履いていた靴のようだね。どのみち、ほかに靴はないようだ。ずいぶんと靴を汚さないように歩いていたらしい。たしかあの夜は、どこもひどい水たまりができていたことをはっきり覚えているんだがね。どこかに室内履きが見当たらないかい？ ぼくは気づかなかったけど」

彼が戸棚を開けて中を覗くと、フックからぶら下がったコートの上にフェルト帽が載せてあり、一瞬首吊り死体かと思った。ソーンダイクは隅々まで調べ、居間のほうも探したが、室内履きはどこにもなかった。

「われらの友人は、本当に部屋でくつろぐということには興味がなかったようだね」ソーンダイクが漏らした。「湿ったブーツを履いたまま、ガスストーブのそばで冬の夜を過ごすなんて、想像できるかい！」

「もしかすると、アヘンパイプを吸えば気にならなくなったのかも」わたしは言った。「あるいは、早めにベッドで休んだのか」

「いや、それはないよ。宿直の管理人は、いつも午前一時にこの階の明かりがついているのを見たと言っていた。きみも覚えてるように、居間のほうがついていることもあったという話だったが、たぶんジェフリーはこの寝室で、ベッドの中で読書する——あるいはアヘンを吸う——のが習慣だったんじゃないかな。と言うのも、ここに燃え尽きた蠟燭の跡がいっぱい残った蠟燭立てがあるんだ。この部屋にはガス灯がついてるんだから、服を着替えて寝るだけなら蠟燭は要らなかったはずなのに。しかも、これはステアリン蠟燭だ。よく使われるパラフィンの類じゃない。どうしてわざわざ値段の高いステアリン蠟燭を買ったのだろう？」

「もしかすると、パラフィン製の蠟燭の匂いがアヘンの香りを台無しにするからだろうか？」わたしの提案にソーンダイクは何も答えずに部屋の調査を続け、洗面台の引き出しを開けたり——中には使い古された爪ブラシが一つ入っているだけだった——さらには、石鹼皿に残っていた乾いてひび割れた石鹸を持ち上げてじっくり眺めたりした。

「衣類はかなり持っていたようだね」ソーンダイクは、次に簞笥の収納箱の中身を掻き回しながら言った。「もっとも、この中を見る限り、あまり頻繁に着替えていなかったらしい。シャツはどれも黄ばんで色あせているからね。普段の洗濯はいったいどうしていたんだろう？　おや、服と一緒にブーツが入っていたよ！　それに買い置きの蠟燭も。六分の一ポンドサイズのステアリン蠟燭の大箱だ――と言っても、もう中身はほとんど残っていないが」

彼は引き出しを閉めて、もう一度部屋の中を注意深く見回した。

「これで全部見終えたんじゃないかな、ジャーヴィス」彼は言った。「それとも、きみのほうで何かもっと見ておきたいところはあるかい？」

「いいや。ぼくが見たかったものはすべて見たし、まったく意味があるとは思えないものまで見たよ。では、帰ろうか」

わたしはランプの火を吹き消し、コートのポケットに突っ込んでから、両方の部屋のガス灯を消し、二人で部屋を出た。

管理人室の前を通りかかったとき、ずんぐりとした管理人が、宿直の管理人と交代して帰ろうとしているところだった。ソーンダイクは部屋の鍵を返し、彼の健康を気遣うような――明らかに興味がなさそうではあったが――問いかけをしてから切り出した。

「ああ、そうだ。たしかあなたはミスター・ブラックモアの遺言書の証人の一人だったね？」

「そうです」管理人が答えた。

「署名をする前には、遺言書の文面を読んだんだね？」

「読みましたよ」

「声を出して？」

「声ですって！　いやいや、とんでもない！　どうしてわたしがそんなことを？　もう一人の証人も一緒に読んでいたし、当然ながらミスター・ブラックモアご自身はそこに何が書いてあるかはご存じのはずだし。なにせ、ご本人の手書きだったんですからね。それなら、わたしがわざわざ読み上げる必要なんてないでしょう？」

「もちろん、声に出して読もうとは思わなかっただろうね。ところで、ずっと気になってたんだが、ミスター・ブラックモアはどうやって洗濯してたんだい？」

管理人は明らかにこの質問が気に食わなかったらしく、訝しげに唸り声を上げただけだった。たしかにソーンダイクの質問は風変わりではあった。

「あなたが彼の洗濯の手配を？」ソーンダイクが重ねて訊いた。

「いいや、わたしがそんなことをするわけがないでしょう。洗濯ものはご自分で手配されてましたよ。洗濯屋がこの管理人室へ洗濯もののバスケットを届けに来て、ミスター・ブラックモアは帰宅されたついでにここへ寄って、引き取って行かれてたんですよ」

「では、直接彼の部屋へ届けられていたわけじゃないんだね？」

「ちがいますよ。ミスター・ブラックモアはたいへんな倹約家でしたし、部屋で邪魔されるのを嫌ってましたから。たいへんな倹約家というのはみな邪魔を嫌うものです」

ソーンダイクはその実に的を射た意見に礼儀正しく同意を示し、ようやく管理人にいとまの挨拶をして別れた。わたしたちはアーチ門をくぐってウィッチ・ストリートへ出ると、テンプルのある東方向へ向かい、それぞれの考えに耽りながら無言で歩を進めた。ソーンダイクが何を考えていたのかはわからないが、今見てきたことや聞いてきた話などを繋ぎ合わせ、今回の依頼に沿うように当てはめることができないかとあれこれ試していたにちがいない。

一方のわたしはと言えば、頭の中はぐるぐると混乱するばかりだった。丹念に部屋の中を探したり調べたりしたのは、わかりきっていた結果を前にした無駄骨としか思えなかった。あの遺言書はどこからどう見ても有効で不備はなく、議論の余地さえない。少なくとも、わたしの目にはそう映っていた。だが、ソーンダイクは明らかにそうは見ていないのだ。彼の調査にはもちろん、目的がないはずはない。そして彼がとった行動を思い返し、その目的は何だったのだろうかと考えながら並んで歩いていたわたしは、思い出せば思い出すほど謎に包まれていく思いだった。わたしと同じほど煙に巻かれていた管理人に対するあの暗号めいた質問には、特にわけがわからなくなっていた。

第八章　軌跡図

　ソーンダイクと一緒にテンプルの正門まで戻ってきて、彼が細い路地へ曲がったとたん、わたしは突然その夜どこに泊まるか、何の手配もしていないことに気づいた。次々と降りかかってきたことの一つひとつに深く飲み込まれているうちに、言ってみれば私的な心配事に関してはすっかり失念していたのだ。

「これから、きみの事務所へ戻るんだよね、ソーンダイク？」わたしは思いきって言ってみた。「実は、こんなに遅くなってから相談するのもおかしな話だが、まだ今夜どこに泊まるか決めていないんだ」

「水くさいなあ」彼は答えた。「きみは今夜、自分の寝室で寝るんだよ。きみが出て行ったままになっているあの部屋でね。きみが訪ねてきた直後に、ポルトンがすっかり部屋を整えてくれたんだよ。これからは、あそこをきみの家だと思ってくれ。いずれ多くの先人の仲間入りをして独り立ちする日まで」

「きみはどこまでも寛大だな」わたしは言った。「まさかこの仕事の口が住み込みだとは思わなかったよ」

「部屋と食事付きだ」ソーンダイクが言った。わたしが、せめて生活費は受け取ってほしいと抗議すると、苛立ったように手を振って撥ねつけた。われわれの事務所兼住居——今後はそう呼ぶことにしよう——まで戻ってきても、わたしたちはまだ言い合いを続けていたが、わたしがポケットから読書灯を取り出してテーブルの上に置いたことで話題がそれた。

「ああ、そうだ」ソーンダイクがランプに気づいて声を上げた。「それを見て思い出した。そのランプはポルトンが片づけるから炉棚の上に置いておけばいい。そうしたら、きみがケニントンの危険地帯でどんな冒険をしてきたか、詳しく聞かせてくれよ。あれは実に奇妙な出来事だったじゃないか。あの後どうなったか、ずっと気にかかっていたんだよ」

彼は暖炉のそばへ肘かけ椅子を二脚引き寄せ、石炭をつぎ足し、どちらの椅子からもちょうど等距離になるように煙草の葉の入った瓶をテーブルの上に置き、これから楽しい余興が始まるのを心待ちにするかのように片方の椅子にゆったりと腰を下ろした。

わたしはパイプに煙草の葉を詰め、前回までの話の最後の部分を繰り返してから、その後の体験をかいつまんで話し始めた。だが、すぐに止められた。

「大ざっぱすぎるぞ、ジャーヴィス。大ざっぱというのは曖昧ということだ。詳細が大事なんだよ、きみ、詳細こそが帰納の要なんだ。とりあえずは事実を残らず話してくれ。中身を整理するのは、話が全部終わった後でいいんだ」

わたしは改めて詳細に徹した話を始めた。半分忘れかけていた過去の中からかすかに残っている記憶を掻き出し、わざと意地悪く冗長に、微に入り細に入り話して聞かせた。脳みそを絞り上げるように無関係の出来事まで思い出した。まったく意味のなさそうなことについて、子細に渡って描写した。例の箱型馬車の内側も外側も、目に鮮やかに浮かぶほど説明した。まるで生きている馬がそこにいるかのように、つけていた馬具の特徴まで――自分が当時そんなものに気づいていたとは驚きだった――描写してやった。ダイニングルームに置かれていた家具や、天井からぶら下がっていた蜘蛛の巣の話もした。箪笥に貼りつけてあった競売用の整理番号の札や、脚のがたついたテーブル、哀愁を帯びた椅子。患者の一分間あたりの呼吸数や、数度に分けて飲ませたコーヒーのそれぞれの摂取量。コーヒーの入っていたカップまで徹底的な描写をした。それから、登場人物全員の特徴については、たとえば患者の指先の爪からミスター・ヴァイスの鼻に広がるバラ色の吹き出物まで、何ひとつ余すことなく話し尽くした。

だが、わざと冗長な説明に徹したわたしの作戦は完全な失敗に終わった。ソーンダイクの脳みそをあり余るほどの子細な情報で疲弊させようとするのは、まるでペリカンが音《ね》を上げるまでシラスを与え続けるのに似ていた。澄ました顔で嬉しそうに飲み込み続けた挙句、もっとないかとねだるのだから。そしてようやくソーンダイクが少しばかり飽きてきたかと思われた瞬間、彼はそれまでとっていたメモをわたしに向かって読み返し、ほかに何か思い出すことはないかと、きびきびと反対尋問を始めてわたしをげんなりさせたのだ！　そして何よりも驚いたのは、こうした作業をすべて終えたとき、話す前と比べてわたし自身がその事案についてはるかによく知っているのに気づいたことだ。

「実に驚くべき出来事だね」ソーンダイクは反対尋問を終えて――わたしはすっかりプレス機にかけられたシードル用のリンゴになった気分だった――そう言った。「不満が残る結末に終わった、実に疑わしい事案だ。きみが相談した警察官の対応には首をかしげるね。ロンドン警視庁にいるわたしの知り合いなら、きっと彼とは異なる意見を持っただろう」

「警察の上層部までさらに訴えたほうがよかったと思うのかい？」わたしは不安に駆られて尋ねた。

「いや。それは無理だったと思う。きみはあの状況において出来る限りの手はすべて尽くした。知っている情報を提供したんだから。一般市民としてはそれ以上何もできないし、働きづめの一般診療医であればなおのこと、それが精いっぱいだ。とは言え、実際に犯罪が起きていたのなら、善良なる市民として知らん顔はできない。ぼくたちは、何らかの手を打つべきだ」

「では、実際に犯罪が起きたと考えているんだね？」

「ほかに何が考えられる？　きみ自身はどう思う？」

「何も考えたくないんだ。あの陰鬱な寝室の死体のような患者の姿が、あそこを離れた後もずっとぼくにつきまとって離れない。きみは、あそこで何があったと考えてるんだ？」

ソーンダイクは数秒のあいだ何も答えなかった。ようやく重々しい声で言った。

「残念ながら、ジャーヴィス、その質問に対する答えはひと言で済む」

「殺人か？」わたしは軽く身震いしながら尋ねた。

彼はうなずき、わたしたちはそろってしばらく押し黙った。

「この瞬間に」と彼は間を置いてから口を開いた。「ミスター・グレーヴズが生きている可能性は、限りなくゼロに近いだろう。明らかに彼を殺す陰謀が企てられ、目的を達成しようとする綿密さや執拗さから、非常に強く明白な動機が伺える。それから、彼らが採った戦術からは、かなりの用意周到さと判断力が見える。これは決して愚かな、あるいは無知な人間の戦術ではないからね。たしかにあの馬車の箱型車両はいかにも疑わしく、戦術的な誤りだと言えなくもないが、あれを使わない選択肢を考えればしかたなかったのだろう」

「使わない選択肢？」

「そう、想像してみるといい。仮にヴァイスが通常の手段できみを呼んだとしよう。それでもきみは、やはり毒が投与されたことに気づいたはずだ。だがその場合、きみはヴァイスの居場所を突き止め、近所で彼について尋ね回ることができる。たぶん警察にそのことを話し、警察はまずまちがいなく行動に出ただろう。関係者を特定することができるのだからね。その結果はヴァイスにとって命取りになる。あの箱型馬車はたしかに疑いの目を引くものだが、同時に確実な安全策でもあった。ヴァイスの採った方法は、決して危なっかしいものではなかったわけだ。用心深い男だが、ずる賢く、ひどく執拗でもある。しかも、ときには大胆にもなれる。あの箱型馬車を使ったのは、明らかに大胆不敵な方策だからね。ぼくの見立てでは、彼は相当な秘密主義で、勇敢で、有能なタイプのギャンブラーだ」

「それらを総合すると、彼はおそらく陰謀を実行に移し、成功を収めたということだね」

「残念ながら、そうだね。だが——方位磁石の示した方向を書き留めたノートは持ってるのかい?」

「もらった装置の板と一緒にコートのポケットに入っている。今取ってくるよ」

わたしはコートを掛けておいた事務所へ行って、例の装置の板に輪ゴムで固定したままのノートを取って戻ってきた。ソーンダイクはそれを受け取り、ノートを開けるなり、一ページまた一ページと目を通していった。突然、時計をちらりと見た。

「今から始めるには遅すぎるかな」彼は言った。「だが、この記録を見ていたらうずうずしてしまうよ。今すぐにでも図面を作りたい。ざっと見たところ、この内容ならおそらく目的の家の位置を割り出すのは難しくないだろう。だが、もしきみが疲れているなら先に寝《やす》んでくれ。この作業はぼく一人でもできるから」

「きみ一人にやらせてたまるものか」わたしは声を上げた。「ぼくだってきみに負けないぐらい気になっているんだ。第一、どうやって図面に描くのか知りたい。ずいぶん役に立ちそうな技のようじゃないか」

「役に立つとも」ソーンダイクが言った。「ぼくたちの仕事にとって、大まかではあっても信頼できる測量図は大変価値があるものだ。きみは自分が書いた記録を読み返したのかい？」

「いいや。あの家に着いてポケットにしまったきり、今日まで見たことがなかった」

「風変わりな記録だよ。やたらと鉄橋が出てくるし、きみも当時気づいていたように、ひどく遠回りしている。とは言え、書いてあるままを図面に起こしてみよう。その結果どんなものができるか、どこへたどり着くのか、見てみようじゃないか」

彼は研究室へ向かい、しばらくしてT型定規、軍仕様の分度器、ディバイダー（均等の長さを測るための、コンパスに似た形状の文具）、それに大きな画板にピン留めした厚手のカートリッジ紙を持って戻ってきた。

「さて」ソーンダイクはテーブルの上に画板を広げ、その正面に座った。「やり方を教えるよ。きみは位置が明確なある地点から出発し、今はまだ位置の不明なある地点へ到着した。これから二つの要素を使って、その位置を特定していくよ。一つはきみが移動した距離、そしてもう一つはそのときに向かっていた方角だ。方角については方位磁石から読み取れる。一方、馬車を引いていた馬は驚くほど一定の速度で走っていたようだから、走行時間をそのまま距離の代わりに使える。馬車はおそらく時速八マイルの速さ、大まかに言えば毎分七分の一マイルずつ走っていた。つまり一分間走った分をそのまま図面上に一インチの直線として表せば、大体七インチが実際の一マイルにあたる縮尺の軌跡図が描けるわけだ」

「なんだか距離がいい加減だなあ」わたしは反論した。

「正確ではないよ。だが、それはそんなに重要じゃない。きみが気づいた鉄道の鉄橋のような実在する目印がいくつもあるから、軌跡図を作った後でそれらの実際の距離を測ればいいんだ。ノートの書き込みを一行ずつ読み上げてくれないか。そのときに、順に参照番号を振っておいてくれ。そうすれば、軌跡図にいちいち詳細なメモを書き込まなくて済むから見やすくなる。出発点はまずこの紙の真ん中にしよう。なにせ、きみもぼくも、いったい最終地点がどっちの方向にあるのか、皆目見当がつかないんだからね」

わたしは開いたノートを正面に置いて、最初の書き込みを読み上げた。

「〝八時五十八分。西微南。自宅を出発。馬の体高、十三ハンド〟」

「たしか、まずは家の前でUターンをしたんだったね」ソーンダイクが言った。「今の記載分は線には書かないよ。次は――?」

「〝八時五十八分三十秒。東微北〟その次は〝八時五十九分。北東〟だ」

「つまり東微北へ約十五分の一マイル進んだんだね。この図面には半インチの線を引こう。それから北東へ曲がったのか。どのぐらい走った?」

「ちょうど一分間だ。次の記入は〝九時。西北西〟となってるから」

「つまり、北東方向へ約七分の一マイル走ったわけだから、図面上では、南北の縦軸に対して右側へ四十五度の角度に一インチの直線を引こう。その線の端から、今度は縦軸に対して左側へ五十六・二五度へ直線を引き、これを繰り返すわけだ。きわめて簡単な作業だろう?」

「きわめてね。ぼくにもようやくわかったよ」

わたしは自分の椅子へ戻り、ノートの書き込みの読み上げを再開した。ソーンダイクはまず分度器を使って指示通りの方角へ直線を長めに伸ばしてから、ディバイダーで該当する長さを定規から測り取ってその直線に当て、線分の終点を決定した。作業が進むうちに、夢中になって没頭している彼の顔に時おり楽しそうに静かな笑みが広がり、鉄橋をくぐったという記載が出るたびに忍び笑いをするのに気づいた。

「なんと、またか！」五回めか六回めの記載に、彼は笑い声を上げた。「まるでクロケットの試合のようじゃないか。続けてくれ。次は何だ？」

わたしは読み上げを続け、ついに最後の一行にたどり着いた。

「〝九時二十四分。南東。屋根つきの小道。馬車が停車。木の門扉が閉まる音〟」

ソーンダイクは最後の線を書き込んでから言った。「ということは、馬車が止まった屋根つきの小道というのは、北東へ向かって伸びる道の南側に入ったんだな。これで軌跡図の完成だ。きみが通った道筋を見てごらん、ジャーヴィス」

彼は謎をかけるような笑みを浮かべて画板を掲げて見せ、わたしはその図面を見て驚いた。馬車の通った道筋を示す一本線は驚くほど複雑にジグザグに折れていて、何度も曲がったり、元の方向へ戻ったり、交差したり、明らかに同じ幹線道路を短い距離ずつ何度かに分けて通っていたのだ。

「驚いたな！」わたしは声を上げた。「あいつめ、ドクター・スティルベリーの診療所のすぐそばに住んでいたんじゃないか！」

ソーンダイクはディバイダーを使って、出発点と終着点のあいだの直線距離を取り、定規で計った。「およそ八分の五マイルだ」彼は言った。「歩いても十分以内に着いただろうね。さて、次は軍仕様の

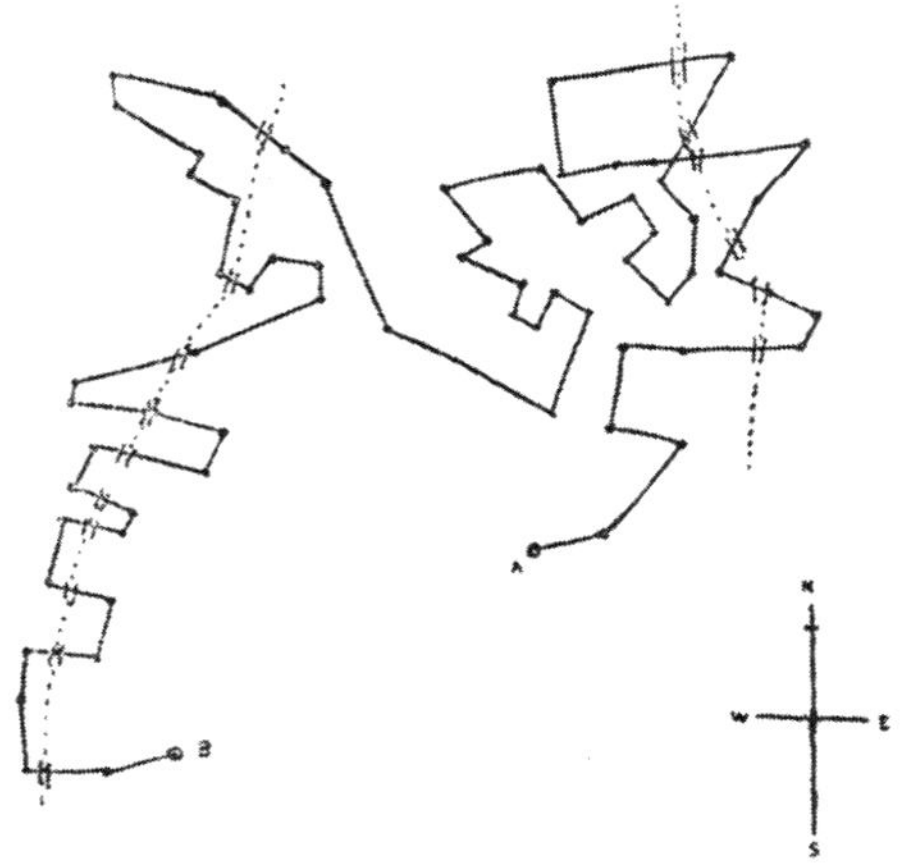

ヴァイスの馬車の経路を示す軌跡図

Ａ：出発点　ロウワー・ケニントン・レーン
Ｂ：ミスター・ヴァイスの家の位置
　　橋を繋いだ点線は、おそらく鉄道を示している

地図と見比べて、この見事に不規則な直線の一つひとつに〝居場所と名前を与える（シェイクスピア『夏の夜の夢』より）〟ことができるかどうか、調べようじゃないか」

　彼はテーブルの上に地図を広げ、その隣に軌跡図を並べて置いた。

「たしか、出発点はロウワー・ケニントン・レーンだったね？」

「そう、ここだよ」わたしは鉛筆の先で地図の地点を指しながら答えた。

「さて。まず軌跡図を二十度回転させて、きみが使った方位磁石のずれを修正すれば、この地図と対比させることができそうだ」

　彼は分度器を使って南北の縦軸から二十度を測り、軌跡図を回転させた。地図と軌跡図をつぶさに調べ、見比べてから言った。

「地図を見ただけでも、軌跡図に出てくるいくつかの直線がどの大通りに当たるか、すぐにわかるよ。目的地に近い部分を見てごらん。

九時二十一分に鉄橋をくぐって西へ向かっている。おそらくグラスハウス・ストリートだ。それから南へ曲がり、明らかにアルバート・エンバンクメントに沿って走った。引き船の汽笛を聞いた辺りだよ。その後きみは、左手から貨客列車が出発する音を聞いた。きっとボクスホール駅だろう。次に東に向きを変え、大きな鉄道の鉄橋をくぐったが、そこはアッパー・ケニントン・レーンをまたぐ橋の上に建つ駅舎だろう。もしそうであれば、目的の家はアッパー・ケニントン・レーンの南側で、橋から三百ヤードほど離れたところにあるはずだ。だが、この推測をいくつかの方法で確認したほうがいいね」

「作成した図面の正確な縮尺がわからないのに、どうしてそんなことができるんだ?」

「今見せてあげよう」ソーンダイクが言った。「正しい縮尺を求めれば、半ば証明できる」

彼は手早く紙の上部の余白部分に、直角に交わった二本の直線と、それらと交差するように直線を一本引いて図形を描いた。

「この長い直線は、われわれが描いた図面上で、ドクター・スティルベリーの家からボクスホールの鉄橋までの距離と同じ長さだ。短いほうの直線は、こちらの地図上での、同じ区間の長さだ。われわれの推理が正しく、この図面がある程度正確であるとしたら、ほかの場所においても、同区間どうしの長さはこれと同じ比率になるはずだ。いくつか試してみよう。ボクスホールの橋からグラスハウス・ストリートの橋までの距離を測ろう」

彼は注意深くそれぞれの長さを測り、ディバイダーの先端が図形上でほぼ該当する位置を指すのを確かめて、わたしを見上げた。

「作図法が大ざっぱだったことを考えれば、これだけでもなかなか説得力のある結果だと思うが、さらには馬車がくぐった橋が一列に並んでいる部分と、地図のサウスウェスタン鉄道の線路の位置がほぼ合致しているのを見れば、これ以上の検証は要らないだろう。それでも科学的に証明したと断言するためには、実際に終着点とされる場所を訪れる前に、もう何ヵ所か距離を測って比率を確かめておこうじゃないか」

彼は一、二ヵ所の距離を測り、同じ区間を地図上で測ってから比較したところ、どれも彼の予想と限りなく近い数値になった。

「よし」ソーンダイクがディバイダーを置いて言った。「これでミスター・ヴァイスの家は、とある通りの直径数ヤードの範囲内にあると絞り込めた。あとはきみの九時二十三分三十秒の書き込みにあるように、新しくマカダム舗装をしたばかりの通りさえ見つけられれば、その先に目的の家があるはずだ」

「もう新しい舗装はすっかり踏みならされているんじゃないか」わたしは反論した。

「見分けがつかないほどではないだろう」ソーンダイクが答えた。「あれからまだひと月少ししか経っていないし、その間に雨はほとんど降っていない。平らにならされているかもしれないが、古い路面と見比べれば簡単にわかるはずだ」

「つまり、きみは実際にそこまで行って、近所をうろうろと嗅ぎ回るつもりなんだね？」

「もちろんだ。どうせなら、〝問題の建物の大まかな位置ではなく、具体的な住所を見つけに行く〟と言ってもらいたいがね。そこまで行けば、目視ですぐにわかるはずだ。不運にも、屋根つきの小道が一ヵ所以上ない限りは。たとえそうだとしても、大して難しくはないだろう」

「それで、ミスター・ヴァイスの家を特定したら？　その後はどうするつもりだい？」

「それは状況によるよ。ロンドン警視庁に連絡して、例のミラー警視に相談するべきだろうね。ただし、ぼくたちだけで独自調査したほうがいい事態にならなければ、だが」

「その冒険の旅には、いつ発つつもりだい？」

ソーンダイクはわたしの質問についてしばらく考えてから、手帳を取り出して予定表をざっと確認した。

「そうだな」彼は言った。「明日は比較的時間が取れそうだ。午前中ならほかの予定をキャンセルせずに動ける。朝食を済ませたらすぐに出発しようと思うんだが。わが博学の友の予定はいかがかな？」

「ぼくの時間はきみの時間だ」わたしは答えた。「きみがそれを、きみにはまったく無関係のことに無駄に使うっていうのなら、ぼくは従うだけだよ」

「では、この計画は明日の朝、いや、午前零時を過ぎたから今日だな、今日の朝に決行しよう」

そう言うと、ソーンダイクは軌跡図と道具類を掻き集め、わたしたちはそれぞれの寝室に引き上げた。

第九章　謎の家

翌朝九時半に、わたしたちは心地いい鈴の音を聞きながら辻馬車に乗ってアルバート・エンバンクメントを快走していた。ソーンダイクは機嫌がよさそうだったが、朝のパイプを楽しんでいたので、わたしとの会話は途切れがちになった。ソーンダイクは馬車が出発する前に、例のノートを忘れずにポケットに忍ばせ、時おり取り出して読み返していた。だが、今日の冒険の目的については何も語らず、数少ない発言からは、まったく別の考えが頭を占めていることが伺えた。

ボクスホール駅に到着すると、わたしたちは馬車を降り、ハーリーフォード・ロードとの交差点の辺りでアッパー・ケニントン・レーンの上に架かっている鉄橋へとすぐに向かった。

「ここが起点だ」ソーンダイクが言った。「ここから目的の家までは三百ヤード――だいたい四百二十歩――で、二百歩ほど歩いたところで新しいマカダム舗装の一帯に出るはずだ。さて、準備はいいかい？　二人で足並をそろえれば、同じ歩幅で歩けるだろう」

わたしたちは元気よく歩きだした。軍隊の行進のように規律正しく、声に出して歩数を数えた。ちょうど百九十四歩数えたところで、ソーンダイクが少し先の車道のほうへ首を振って示した。そちらへ近づくにつれて目を凝らすと、その路面は平らで色が薄くなっており、最近舗装し直したのだとすぐにわかった。

わたしたちは四百二十歩まで数え終えて立ち止まり、ソーンダイクはわたしのほうを向いて勝ち誇ったような笑みを見せた。

「予測はなかなか正確だったじゃないか、ジャーヴィス。ぼくが何かをすっかりまちがえているのでなければ、きみの訪ねた家はあれにちがいない。ほかに馬屋や私道のある家は見当たらないからね」

彼は十数ヤードほど先で脇へ入る細い小道を指さした。重々しい木の門扉が閉まっていて、その奥は明らかに馬屋か中庭へと続いているらしかった。

「そうだ」わたしは答えた。「まちがいない、ここだよ。いや、大変だ！」わたしはゆっくりと近づきながら言った。「ここは空き家だよ！　あれが見えるかい？」

わたしは門の貼り紙を指さした。遠目にも〈貸家〉の文字が見えた。

「まったくの予想外とは言わないが、驚くべき新事実だな」ソーンダイクはわたしと並んで貼り紙を眺めながらそう言った。そこにはさらなる情報が書かれていた。その〈馬小屋と作業場を含めた敷地〉は〈リース契約またはそれ以外の形での賃貸物件〉であり、連絡先はアッパー・ケニントン・レーンにある不動産業および不動産鑑定業のライボディ兄弟とのことだった。「次の選択肢は、この不動産業者にあれこれ尋ねてみるか、鍵だけ貸してもらって家の中を調べるかのどちらかだな。ぼくとしては、両方ともやりたいんだがね。それも、先に家の中を調べたいところだ。ライボディ兄弟がぼくたちを信用して鍵を貸してくれるなら」

わたしたちは書いてある住所を目指してアッパー・ケニントン・レーンを歩き、不動産屋の店内に入るなり、ソーンダイクが望みを伝えた——これには店員が驚いていた。なぜなら、ソーンダイクは馬小屋やら作業場やらと関わりがあるようなタイプには見えなかったからだ。それでもすんなりと話は通り、店員がフックに掛かっていた鍵束の中から該当する鍵を探しながらソーンダイクに言った。「申し訳ありませんが、あの中はかなり汚れて荒れていると思います。まだきちんと掃除ができていないもので。ブローカーが家具を持ち去ったままになっているんです」

「ということは、最後の借主の家財道具は差し押さえられて競売にかけられたのかい？」ソーンダイクが尋ねた。

「いいえ、ちがいます。仕事の都合で、急にドイツへ帰らなければならなくなったんですよ」

「家賃はきちんと払ってもらってたんだろうね」ソーンダイクが言った。

「ええ、それなら大丈夫です。なにしろ、ミスター・ヴァイス――前の借主の名前です――はたいへんな金持ちでしたから。裕福そうなのに、なぜかいつも家賃は現金で払っていましたけどね。この国では当座預金の口座を持っていなかったんじゃないでしょうか。あそこには六、七ヵ月しか住んでいませんでしたし、たぶんイギリスにはほとんど知り合いがいなかったんだと思います。と言うのも、契約に当たって保証人を立てる代わりに、保証金を現金で用意されましたから」

「その人、名前はヴァイスというのか。まさか、H・ヴァイスじゃないだろうね？」

「たしか、そうだった気がします。すぐにわかりますよ」彼は引き出しを開けて、何やら領収書の綴りのようなものを調べた。「やっぱり。H・ヴァイスです。ご存じの方ですか？」

「何年か前に、ミスター・H・ヴァイスという人に会ったことがあってね。たしか、ブレーメンから来たと言っていたが」

「こちらのミスター・H・ヴァイスがお帰りになったのはハンブルクですよ」店員が言った。

「そうか」ソーンダイクが言った。「では、きっとちがう人だね。わたしの知っている男は、金髪で髭《ひげ》を生やし、目立つほど鼻が赤らんでいて、眼鏡をかけていた」

「その人もです。まったく同じ特徴の人でしたよ」店員はソーンダイクの説明に、明らかに納得したようだった。

「これは驚いた」ソーンダイクが言った。「世間は実に狭いね。ハンブルクの転居先の住所は聞いているのかい？」

「いいえ。実を言うと、最後の家賃もすでに受け取ってありますし、彼との関係はもう切れているのです。と言っても、あの建物はまだ完全には明け渡してもらっていないのですが。ミスター・ヴァイスの家政婦がまだあの家の正面玄関の鍵を持っているのです。彼女がハンブルクへ発つまで一週間ほどあるらしいので、それまで毎日その鍵を使って郵便物が届いていないか確認しに入っているのです」

「なるほど」ソーンダイクが言った。「わたしが会った当時と同じ家政婦かな」

「ドイツ人女性ですよ」店員が言った。「ドイツ人にお馴染みの、舌がもつれるような名前でした。〝シャリバン〟とか、そういう感じの」

「シャリバウムだね。その女性だよ。金髪で色が白く、あるかないかわからないほど眉毛が薄くて、左目が目立つほどの斜視だった」

「おや、これは興味深いですね」店員が言った。「名前は同じですし、あなたがおっしゃるのを聞いて思い出しましたが、たしかに金髪の色白で眉の薄い女性でした。でも、同一人物のはずはありません。わたしは数回しか会ったことがありませんし、それもほんの一、二分だけです。が、彼女が斜視でなかったことはまちがいありません。ですから、あなたのご存じの女性と同じはずがないのです。

髪の色を染めたり、鬘《かつら》をかぶったり、化粧で顔色を変えたりはできますが、斜視は変えられませんから。斜視のふりなんて、しようと思ってもできませんよ」

ソーンダイクは静かに笑った。「たしかにそうだね。あるいは、誰かが自由に動かせるガラスの義眼を発明しない限りは。これがあの建物の鍵かい？」

「ええ、そうです。大きいほうが正門のくぐり戸の鍵で、もう一つが通用口の掛け金の鍵です。正面玄関の鍵はミセス・シャリバウムが持っていますので」

「どうもありがとう」ソーンダイクが言った。木札のついた鍵を受け取り、わたしたちは謎の家へ引き返しながら、不動産屋の店員の証言について話し合った。

「なかなか話好きな若者だったね」ソーンダイクが感想を述べた。「仕事の退屈さを、ちょっとしたおしゃべりで紛らわすことができて嬉しそうだった。彼の気晴らしになって、ぼくも嬉しいよ」

「それでも、大した情報は出てこなかったな」わたしは言った。

ソーンダイクは驚いたようにわたしを見た。「ジャーヴィス、きみはまさか偶然出会った初対面の人間が、じっくり練り上げられた極秘情報を、すべての推論と関連事項を明確にしたうえで提供してくれるとでも思っていたのかい？　ぼくには、実に有益な若者に思えたけどね」

「きみは彼からどんな情報を得たんだ？」わたしは尋ねた。

「おいおい、ジャーヴィス」彼は抗議した。「ぼくたちの取り決めの中で、それははたして公平な質問と言えるかい？　まあ、それでもいくつかの点については教えてやろう。あの店員の話の中から、六、七ヵ月ほど前に、ミスター・H・ヴァイスが突然どこからともなくケニントン・レーンに現れ、今度はケニントン・レーンからどこへともなく消え去ったことがわかる。これは有効な情報だよ。次に、ミセス・シャリバウムはまだイギリスに留まっていること。これは大して重要じゃないと思うかもしれないが、実は非常に興味深いある推論を示唆している」

「どんな推論だ?」

「事実については、きみがじっくりと考えてみるといい。だが、彼女が一人で残った明らかな理由には、きみも気づいているんじゃないのか? やつらは自分たちの鎧の継ぎ目にぱっくりと空いた唯一の穴をふさごうとしているんだ。二人のうちのどちらかが、秘密であるはずのあの家の住所を誰かに――おそらくは海外にいる知り合いに――知らせたらしい。ところが今、明らかに何の痕跡も残さずに姿を消そうとしているこんな状況にあっては、郵便局に転居先を届けて郵便物を転送してもらうこともできないし、あそこに配達された手紙をそのままにしておけば、そこから自分たちの正体を突き止められかねない。さらにその手紙というのは、都合の悪い相手の手に渡ってはまずい内容なのかもしれない。よほどの事情がなければ、あそこの住所を誰かに漏らすとは思えないからね」

「たしかにそのとおりだね。犯罪行為を行なうという目的だけであの家を借りたのであればなおさらだ」

「まさしく。それから、あの若者の発言を聞いて、きみにも気づくことのできた点がもう一つある」

「何だい?」

「切実に正体を隠したい人間にとって、斜視を自由自在に操れる能力は非常に貴重だということだ」

「ああ、たしかにそれはぼくも気づいたよ。あの店員は、斜視というのは変えられない決定的な特徴だと思っているようだった」

「ほとんどの人はそう思うだろう。特にああいうタイプの斜視はね。誰でも自分の鼻に向かって目を寄せることはできるが、普通の人間には目を互いからそむけるように動かすことはできないものだ。ぼくの印象では、この場合がそうであるように、外斜視であるか否かは、その本人であるかどうかを確定できる特徴だと思われているようだ。ああ、着いたよ」

彼は大きな門のくぐり戸の鍵を開け、屋根つきの小道に入るとすぐにまた内側から鍵をかけた。

「どうしてわざわざ鍵を?」わたしはくぐり戸に閂がついているのを見て訊いた。

「これでもし敷地内で物音が聞こえたら、それが誰だかわかるからだ。ぼくたち以外に鍵を持っている人間は一人しかいないからね」

その答えに、わたしは少なからず驚いた。足を止めて彼の顔をじっと見た。

「それはまずい状況になるぞ、ソーンダイク。そんなことは考えてもいなかったよ。たしかに、ぼくたちがいるあいだに彼女が入ってくる可能性があるじゃないか。それどころか、たった今も家の中にいるのかもしれない」

「そうでないことを祈るよ」ソーンダイクが言った。「このことでミスター・ヴァイスを警戒させたくないからね。なにせ、そうでなくてもずいぶんと用心深い男のようだ。もし本当に彼女がここへ来たら、見つからないようにしたほうがいい。今のうちに家の中を調べに入ろう。ぼくたちにとって一番興味があるのは、あの家なのだから。もし中にいるうちに彼女がやって来たら、見て回っているあいだじゅう、ぼくたちの行動を監視されるかもしれない。馬屋は後回しにしよう」

わたしたちは通用口へ続く小道を進んだ。わたしが以前訪問したときに、ミセス・シャリバウムが出迎えに立っていた入口だ。ソーンダイクは掛け金に鍵を挿し、家の中に入るとすぐにドアを閉め、通路を急いだ。わたしもすぐ後を追った。彼はまっすぐに玄関のドアへ行って留め金を掛け、郵便受けを熱心に調べ始めた。その木製の大きな箱には複雑な錠が取りつけられており、中身が見えるように一部が金網になっていた。

「ぼくたちはついてるぞ、ジャーヴィス」ソーンダイクが言った。「タイミングがよかったよ。郵便受けに手紙が入っている」

「入っていたって、どうせ取り出せないじゃないか。たとえ出せたとしても、それは不法行為だよ」

「どうだろうな、そのどちらにもぼくは真っ向から反論したいところだが。まあ、他人の郵便物には手をつけないほうがいいね、たとえそれが殺人者のものであっても。ひょっとすると、封筒の外から何らかの情報が得られるかもしれない」

　彼がポケットから先端にフランネルレンズがついた小さな懐中電灯を取り出してボタンを押すと、光線が金網の奥を照らし出した。封筒は表書きを上にして箱の底に平らに落ちていたので、宛て先を読み取ることは容易だった。

「〝ヘルン・ドクトル・H・ヴァイス〟とあるな」ソーンダイクが読み上げた。「ドイツの切手に、ダルムシュタットの消印が押してあるらしい。〝ヘルン・ドクトル（ドイツ語で『医学博士殿』の意）〟の部分だけが印刷されていて、残りは手書きになっていることに気づいたかい？　どういう意味だと思う？」

「よくわからないな。あの男が、実は本物の医者だってことはあるだろうか？」

「まずは邪魔が入らないうちに室内の調査を済ませよう、見つけた事実の意味を話し合うのは後回しにして。封筒の裏側に手紙の送り主の名前が書いてあるかもしれないな。もし書いてなければ、郵便受けの鍵をこじ開けて手紙を取り出すしかない。きみ、ひょっとして今、探針を持ってはいないかい？」

「持っている。習慣とは恐ろしいもので、医療器具の携帯ケースを持ち歩いてるんだ」

わたしはポケットから小さなケースを取り出し、銀色の針金でできた接続式の探針を取り出し、二つに分かれた部品をねじ合わせて接合すると、完成した医療器具を彼に手渡した。ソーンダイクはその細い棒を金網の隙間に差し込んで、器用に封筒をひっくり返した。

「よし！」彼はいかにも満足そうに声を上げ、封筒の裏側に光を当てながら「これで窃盗は犯さずに済みそうだ――〝ヨハン・シュニッツラー、ダルムシュタット〟か。それだけわかれば充分だ。あとはドイツの警察に任せればいい」

彼は探針をわたしに返して懐中電灯をポケットにしまい、ドアの掛け金を元通りに外すと、暗くかび臭い長い通路へと戻っていった。

「ヨハン・シュニッツラーという名前に心当たりはあるかい？」彼が尋ねた。

わたしはそんな名前はこれまでに聞いたこともないと答えた。

「ぼくもだ。だが、その人物の職業については、かなり鋭い推理ができるぞ。きみも見たとおり、あの封筒は〝ヘルン・ドクトル〟の部分だけが印字されていて、残りの名前と住所は書き込めるように空白になっていた。単純に推理すれば、日常的に医者宛ての郵便物を出す人間だ。さらに、あの封筒と印刷文字――浮き出しじゃなく、印字されていたね――は業務用のものだから、何らかの商売をやっているのだろう。さて、どんな商売が考えられる？」

「医療器具の製造業か、製薬会社か。製薬会社の可能性のほうが高そうだね。ドイツには薬品や化学品の大規模な企業があるし、ミスター・ヴァイスは医療器具ではなく薬品に関心があったようだから」

「そうだね、ぼくもそう思う。だが、事務所に戻ったら調べてみよう。さて、それでは寝室を見に行こうか。どの部屋だったかをきみが覚えているなら」

「二階だったよ」わたしは言った。「階段を上がってすぐのドアを入ったところにあった」

階段をのぼって二階に着くと、わたしは足を止めた。

「このドアだ」わたしはそう言ってハンドルに手をかけようとしたところで、ソーンダイクに腕を押さえられた。

「ちょっと待て、ジャーヴィス」彼は言った。「これは何だ?」

ソーンダイクはドアの下のほうを指さした。よく見ると、四ヵ所に大きめのネジ穴が開いているのがはっきり見えた。漆喰で丁寧に埋め直した上から節止めを塗ってあったため、木目模様を塗ってニスで仕上げたドアの全面と近い色合いになり、ほとんど見分けがつかなくなっていたのだ。

「どうやら」とわたしは答えた。「ここには閂が取りつけられていたようだ。こんなところにつけるなんて、何ともおかしいとは思うけど」

「そうでもないよ」ソーンダイクが言った。「上を見てごらん、ドアのてっぺんにも同じような跡がある。鍵はドアの真ん中にしかないから、上下の閂は充分に役目を果たしていたはずだ。だが、それ以外にも一つ、二つ気になる点がある。まず、閂はつい最近取りつけられたことがわかる。つけてあったと思われる辺りの塗装も、ドア全体と同じ薄汚れた色合いをしているからね。次に、そんな面倒なことをする必要性など考えられないにもかかわらず、こうしてわざわざ取り外していったのは、閂をそのまま残しておけば人目を引いてしまうと懸念したからだ。丹念に、丁寧にふさいだネジ穴の跡のほうが目立たないだろう、とね。

それから、閂がドアの外側に——寝室の閂にしては不自然だ——ついていた点と、その大きさだ。閂はずいぶんと長く、太いものだった」

「ネジ穴の位置から、閂が長かったことは想像できるが、どうして太かったとわかるんだ？」

「ドアの脇柱に開けた穴の大きさだ。この穴も木くずの埋めものをした上から丁寧に節止めを塗ってある。だがよく見れば直径の大きさがわかるよ。それはつまり閂の太さであり、普通寝室に取りつけるには似つかわしくないほど太いんだ。照らしてあげるから見てごらん」

ソーンダイクが懐中電灯をつけて暗い隅へ向けると、閂が差し込まれていたはずの不相応に大きな穴と、それを見事なまでにきっちりと埋めた跡がわたしの目にもはっきりと見えた。

「たしか、部屋の奥にも別のドアがあったはずだよ」わたしは言った。「そちらも同じように固定されていたのか、調べてみよう」

わたしたちは剝き出しの床板に陰気な足音を響かせながら、空っぽの部屋の中を大股で突っ切り、反対側のドアを勢いよく開けた。こちらのドアの上下にも先ほどと似たようなネジ穴の跡が残っており、そこもやはり開かないように細工がされていたことと、取りつけられていた閂の特徴がさっきと同じだということがわかった。

ソーンダイクはかすかに顔をしかめてドアから顔をそむけた。

「この家の中で何が行われていたか、今までは確信が持てなかったとしても、この過剰な監禁設備を見ればまちがいないと思えるね」

「ヴァイスが借りる前から取りつけられていたのかもしれないよ」わたしは言ってみた。「彼がここに来てからまだ七ヵ月ほどだし、あのネジ穴には日付は書いてないんだから」

「たしかにそうかもしれない。だが、あれは最近取りつけられたものだし、結局閂は取り外され、そこにあった痕跡を消し去ろうと細工してあったし、その閂はここで起きたであろう犯罪の実行には不可欠だったことを合わせて考えれば、ほかの可能性を考慮するのは考え過ぎというものだろう」

「でも」わたしは反論した。「もしもあの患者、ミスター・グレーヴズが、本当に閉じ込められていたのだとしたら、窓を叩き割って助けを求めることだってできたんじゃないのか?」

「あの窓は裏庭に面しているんだよ。だが、どのみち窓も閉め切られていたにちがいない」

彼は窓の両脇に折り畳むようにして開かれていた古めかしく重々しい鎧戸を閉めた。

「ほら、やっぱりだ」鎧戸の四隅にネジ穴の跡が残っているのを指さし、再び懐中電灯を取り出すと、鎧戸が折り畳んであった窓の両脇を丹念に調べ始めた。

「どうやって閉め切っていたかは明白だ」彼は言った。「鎧戸の上下に一本ずつ鉄の棒を横に渡して、それをU字金具と南京錠で固定していたんだ。鎧戸を折り畳んだときにその棒が窓の脇にこすれた跡が残っている。窓を鉄の棒で固定して南京錠をかけ、ドアの閂を閉めた状態では、何の道具も持たない人間にとってここはニューゲート監獄に負けないほど脱出不可能な空間だっただろう」

わたしたちはしばらく無言で互いを見つめていた。もしもミスター・H・ヴァイスが今のわたしたちの表情を見たら、きっとハンブルクよりも遠くまで逃げたくなったにちがいない。

「これは悪魔の所業だよ、ジャーヴィス」ソーンダイクは長い沈黙を破るように、不気味なほど静かな、優しささえ感じられる声で言った。「あさましく、無慈悲で、冷酷な犯罪であり、ぼくはけっして許すことも事情を酌んでやることもできない。もちろん、やつらの試みは失敗に終わったのかもしれない。ミスター・グレーヴズは、今も生きているのかもしれない。彼の安否は何としても突き止めよう。だが、もし彼がすでにこの世にないなら、ぼくは彼を死に至らしめた人間をこの手で捕まえることを、神から課せられた使命とするよ」

わたしは畏怖に近い感情を抱いてソーンダイクを見ていた。その静かで無感情な口調、取り乱すことのない態度、そして石のように冷ややかな表情の中には、どんな恐ろしい脅しや怒りのこもった非難の言葉よりもずっと深く心に刻みつけられるような、決定的なものが感じられた。やわらかい声で発したその言葉によって、どこかで逃げ惑っている凶悪犯の破滅が宣言されたように思えたのだ。

彼は窓に背を向け、空っぽの部屋の中を見回した。ドアや窓を閉め切りにしていた証拠を除いて、新たな情報は何もなさそうだった。

「悔しくてならないよ」わたしは言った。「家具が運び出される前にここを見に来られなかったことが。あの悪党の正体に繋がる手がかりが見つかったかもしれないのに」

「そうだね」ソーンダイクが答えた。「ここには残念ながら、情報はほとんど残されていないだろう。床に落ちていた小さなゴミは掃き集めて、あそこの火格子の下に押し込んでいったらしい。まずはそれを取り出して調べてみようか。ほかにできることはなさそうだからね。その後で、ほかの部屋を見に行こう」

彼はステッキの先でその小さなゴミの山を掻き出し、炉床の上に広げた。そこにあったものは、引っ越しの最中に汚れた部屋の床を掃いて集めたゴミという以外の何にも見えず、役に立つものがあるとは思えなかった。だがソーンダイクは、手際よくゴミをより分けていった。商店の領収書や空っぽの紙袋に至るまで、一つひとつを丁寧に観察してから、不要と判断したものを脇へよけていく。もう一度ステッキでゴミの山を掻き回すと、大きめの紙くず類が弾き飛ばされて、何かが姿を現した。ソーンダイクは目を輝かせてそれを拾い上げた。壊れた眼鏡の一部だ。明らかに踏みつけられたらしく、横のツルがねじれて折れ曲がり、ガラスは割れていくつもの欠片が落ちていた。

「これは手がかりになりそうだぞ」ソーンダイクが言った。「おそらくはヴァイスかグレーヴズのどちらかのものだろう。ミセス・シャリバウムは眼鏡をかけていなかったはずだからね。ほかにも欠片が落ちていないか、探してみよう」

わたしたちはそれぞれのステッキでゴミの中を注意深く掻き混ぜ、炉床の上に大きく広げ、丸めた紙くずを取り除いていった。捜索は実を結び、眼鏡のもう片方のレンズが見つかった。ガラスはひどくひび割れていたが、もう片方のように砕け散ってはいなかった。わたしはほかに小さな棒を二本拾い、ソーンダイクはそれを興味深く観察してから炉棚の上に置いた。

「これは後でじっくり検討しよう」彼は言った。「まずは眼鏡の捜索を終えてからだ。左のレンズは、凹型の円柱レンズの一種だね。残った欠片を見ただけでも、それぐらいはわかるし、研究室に持ち帰れば曲率も測れるはずだ。もっと多くの欠片を集めて貼り合わせたほうが容易に測定できるだろう。一方、右側のは単なる板ガラスだ。はっきりわかる。つまり、この眼鏡はきみの患者のものということだね、ジャーヴィス。彼は右目に虹彩振盪があると言っていただろう?」

「そうだ」わたしは答えた。「きっと彼の眼鏡だ、まちがいない」

「ずいぶん変わったフレームだね」ソーンダイクは話を続けた。「これがイギリス製だとしたら、製造者を特定できるかもしれない。だが、まずはガラスの破片をできるだけ集めないと」

わたしたちはまたしてもゴミの中を漁り、最終的に砕けたガラスの破片を七、八個回収することができた。ソーンダイクはそれを炉棚の、先ほどの棒の横に置いた。

「ところで、ソーンダイク」わたしはもう一度その棒をよく見ようと手に取りながら声をかけた。「これはいったい何だろう？　きみにはわかるかい？」

彼はしばらく考えに耽りながらその棒を眺めていたが、やがて答えた。

「これが何かは、きみには内緒にしておこう。自分の力で突き止めるといい。この正体を考える作業も、きっときみのためになるから。今のところ、何らかの意味を持つものだと言えそうだね。この特徴をよく観察するんだ。二本とも表面の滑らかな、太い葦《あし》製の製品の一部だ。片方は細長い棒状で、長さは約六インチ、もう一本はもう少し太く、長さは三インチしかない。長い方は、一方の先端に小さな赤い紙片が付着している。明らかに、何らかの縁飾りの一部だ。反対側の先端は折れた跡がある。短く、太いほうの棒は、中の空洞を人工的にさらに大きく開け、もう片方の棒にぴったりとかぶせる蓋か鞘に使われていたらしい。これらの事実をしっかりと心に留めて、それが何を意味するかを考えてみるんだね。いったいどういう目的でこのような物体を使うと考えられるのか。それを突き止められたら、今回の事案において新しい局面を見つけられるよ。さて、調査に戻ろう。これは実に意味がありそうなものだね」彼は小さな広口の瓶を拾い、わたしに見せるように持ち上げてから話を続けた。「内側にハエが一匹くっついているのを見てくれ。それから瓶のラベルの名前。〈フォックス。ラッセル・ストリート。コベントガーデン〉」

「ミスター・フォックスなんて知らないな」

「では、彼が劇場や個人向けの〝メーキャップ〟用品のディーラーだということまでは教えてあげよう。この瓶がぼくたちの調べている事案とどんな関わりがあるのかは、きみの力で考えるんだ。さて、この黄金郷《エルドラード》にはもう、目ぼしいお宝は残っていないようだね。このネジを除いては。気づいただろう、このネジは、ドアに取りつけられていた閂を留めていたものとほぼ同じサイズだよ。もっとも、塞いだネジ穴をわざわざ掘り返してまで、これが適合するかを調べる価値はないと思うが。どうせすでに把握している以上のことはわからないだろう」

彼は立ち上がり、用済みになったゴミを火格子の下に蹴り戻してから、炉棚の上に置いておいた拾得物を掻き集めた。いつも必ずポケットに入れて持ち歩いている例のブリキの小箱の中に、壊れた眼鏡とガラスの欠片を慎重に収納し、より大きな証拠品はハンカチに包んだ。

「ずいぶんさびしいコレクションだな」小箱とハンカチをポケットに戻しながら、ソーンダイクはそんな感想を漏らした。「だが、ぼくの予想よりはずっと多いよ。ひょっとすると、心を込めて問いかけてやれば、価値がないと見捨てられたこの小さな欠片たちから、何かしら意味のある情報を聞き出せるかもしれないね。さあ、隣の部屋へ移ろうか」

わたしたちは階段の横を通り抜けて正面の部屋に入り、隣での経験を生かしてまっすぐに暖炉に向かった。だがそこにもあったゴミの山からは、何ひとつ見逃さないソーンダイクの厳しい目をもってさえ、興味のあるものは見つからなかった。がっかりしたわたしたちは部屋の中をうろうろと歩きながら、空っぽの戸棚の中を覗いてみたり、床の上や幅木の壁の四隅をじっくり眺めたりしたが、住人が残していった物や残骸を何ひとつ発見することはできなかった。ぶらぶら歩いている途中で窓のそばで足を止め、下の通りを見下ろしていたわたしに、ソーンダイクが鋭く声をかけた。

「窓から離れろ、ジャーヴィス！　忘れたのか、ミセス・シャリバウムはこの瞬間にも、すぐ近くまで来ているかもしれないんだぞ」

実のところ、そんなことはすっかり忘れていたうえに、彼女が実際にここへ来るとはとても思えなかった。わたしはそう答えた。

「それはちがうぞ」ソーンダイクが言い返した。「彼女は手紙を取りにたびたびここへ来るという話だったじゃないか。おそらくは毎日、あるいは日に何度も来ているのだろう。手紙を人に見られたら命取りになりかねず、不本意ながらその危機感に怯えているはずなんだ。ここで見たことをきみがどう解釈したかを察したヴァイスは、さらにきみがどんな行動を起こすのか、気が気じゃなかっただろう。実のところ、きみの反応を恐れてここを出ていったのかもしれない。そして一刻も早く目的の手紙を受け取って、この家との最後の関わりを断ち切りたがっているんだ」

「きっときみの言うとおりだ」わたしは同意した。「もしもあの女性がこちらへ向かって通りを歩いてきて、窓辺に立っている人影を見てとぼくだと気づいたら、きっと〝ネズミの匂いを嗅ぎつける〟（『怪しいと気づく』の意味の熟語）だろうね」

「ネズミだって！」ソーンダイクが声を上げた。「きっとキツネの群れの匂いを嗅ぎつけて、ミスター・H・ヴァイスはこれまで以上に警戒を強めるだろうよ。さあ、ほかの部屋も全部調べよう。ここには何もなさそうだ」

わたしたちは階段で三階へ上がったが、最近まで使われていた痕跡がある部屋は一つだけだった。屋根裏部屋も使われていなかったし、台所と一階の部屋にはソーンダイクの目に留まるものはなかった。次に通用口から外へ出て、屋根つきの小道の奥にある裏庭に向かった。作業場は錆だらけの南京錠で閉め切られており、何ヵ月も開けられた様子がなかった。馬屋の中は、慌てて何もかも捨てたかのように空っぽで、馬車置き場に馬車はなく、毛が半分ほど抜けた車輪用の手入れブラシが残っている以外に、最近使われた痕跡はなかった。わたしたちは屋根つきの小道を戻りかけた。ソーンダイクが家の通用口のドアを細く開けたままにしてあったので、わたしはそれを閉めていこうとしたが、ソーンダイクが呼び止めた。

「帰る前に、もう一度玄関ホールの確認だけしておこう」と彼は言うと、わたしの先に立って足音を忍ばせながら正面玄関へ向かった。ドアの前に着くと、ポケットから懐中電灯を取り出し、郵便受けに光を向けた。

「新しい手紙は届いてるかい？」わたしは尋ねた。

「新しい手紙だって！」彼は鸚鵡返しにした。「自分の目で確かめてごらん」

わたしは立ち止まり、光に照らし出された金網の奥を覗いた。そして驚きの声を上げた。

郵便受けは空っぽだった。

ソーンダイクはわたしに向かって苦笑いをして見せた。「ぼくたちは不意打ちを食らわされたようだね、ジャーヴィス」

「おかしいじゃないか」わたしは答えた。「玄関のドアを開け閉めする音なんて聞こえなかったぞ。きみは？」

「いいや。何も聞こえなかった。ということは、きっと彼女にこちらの物音を聞かれてしまったんだ。ぼくたちの話し声を聞いて、彼女はたった今もどこかからじっと見張っているにちがいない。きみが窓辺に立っている姿を見られたのかもしれないな。まあ、見られたにしろ、そうでないにしろ、ここから先の行動には細心の注意を払わなきゃならないぞ。ぼくもきみも直接テンプルに戻るわけにはいかない。ここの鍵を返したら、反対方向へ分かれよう。もしきみを尾行しようとする人間がいたら、ぼくから確認できるからね。きみはこれからどうする？」

「そうだな、きみのほうでぼくに用がないのであれば、昼食にケンジントンのホーンビイ家を訪ねてこようかと思うんだ。一時間ほど体が空く機会ができたら、近いうちに行くと言ってあったので」

「それはいいね。是非そうするといい。ただ、尾行されていないか、常に注意は怠るなよ。ぼくは午後はギルドフォードへ行かなきゃならない。こんな状況だから家には寄らずに行くとポルトンに電報を送って、ボクスホール駅から列車に乗り、プラットホームが見渡せるような小さな駅で乗り換えることにしよう。くれぐれも警戒するんだぞ。何が何でも避けなきゃならないのは、やつらに尾行されてきみと関わりのある場所を嗅ぎつけられること、そして何よりも、キングズ・ベンチ・ウォーク五Aとの繋がりを突き止められることなんだから」

こうしてこれから取るべき行動を決めたわたしたちは、一緒にくぐり戸から出て鍵を閉め、急ぎ足で不動産屋へ向かった。都合のいいことに、店では雑用係の少年が何も言わずに鍵を受け取った。店を出ると、わたしはためらいながら立ち止まり、ソーンダイクとともに通りの両側を目で確認した。

「今のところ、怪しい人物はいないようだね」ソーンダイクはそう言ってからわたしに尋ねた。「きみはどっちへ向かうつもりだい？」

「そうだな、ここからできるだけ早く離れるには、辻馬車か乗合馬車に乗るのがいいんじゃないかな。レイヴンズデン・ストリートを通ってケニントン・パーク・ロードへ出れば、マンション・ハウスまで乗合馬車に乗っていける。そこで乗り換えてケンジントンまで行くよ。ほかの乗合馬車か辻馬車に尾行されていないか確認するために、二階席に乗ることにしよう」

「うん」ソーンダイクが言った。「それはいい作戦だ。そこまで一緒に歩こう。きみが問題なく出発できるか、見届けるよ」

わたしたちは通りに沿って早足で歩き、レイヴンズデン・ストリートからケニントン・パーク・ロードへ向かった。ちょうど南側から乗合馬車がゆっくりと近づいてくるのが見え、わたしたちは角で立ち止まって馬車を待った。わたしたちの横を何人かの通行人が両方向から通り過ぎたが、特にこちらに注目している様子はない。一方のわたしたちは、通り過ぎる人々、特に女性たちを鋭い目で観察していた。やがて乗合馬車がのろのろと近づいてきた。わたしはそのステップに飛び乗って、そのまま屋根へのぼった。屋根の上の二階席に座ると、道の後方の様子を観察した。わたし以外にその乗合馬車に乗り込んでくる客はなく――馬車は停車することなく動き続けていた――辻馬車を初め、人が乗っている車両は一台も見えなかった。道の角に一人で立ったまま、わたしの乗合馬車に走り寄る人間がいないかと確認しているソーンダイクの姿を、わたしはずっと見ていた。やがて彼はこちらに手を振り、背を向けてボクスホール駅へ歩き始めた。一方のわたしは、いまだに追いかけてくる辻馬車も、乗合馬車に駆け寄る乗客もいないことに満足して、無駄な用心だったと判断し、ゆったりと座席に座り直した。

第十章　追われる追跡者

当時の乗合馬車というのは、のんびりとした乗り物だった。普通でもややゆっくりとした早足でしか走らない馬が、混み合った大通りではたびたび乗客に呼び止められて、ますます進まなくなるのだった。そのことを念頭に、北へ向かって走る乗合馬車の上でわたしは時おり後方をちらちらと確認はしたものの、可能性の少なそうな尾行者の心配よりも、つい先ほどの捜索の記憶へと考えが移ってしまうのだった。

ソーンダイクが調査の結果に非常に満足しているらしいのは想像に難しくなかった。ただ、あの手紙――あれはまちがいなく新たな調査の道を切り開き、もしかすると彼らの正体にまで繋がるかもしれない手がかりだった――を除けば、先ほど見つけた痕跡のどれ一つをとっても、わたしには彼の満足ぶりを説明できそうになかった。たとえば、あの眼鏡だ。あれはミスター・グレーヴズがかけていたものにちがいない。だが、だったら何だと言うのだ？　眼鏡の製造者を探し出すのはきわめて不可能に近いだろうし、たとえ見つけられたとしても、その人物から役立つ情報を聞き出すのはさらに不可能に近い。顧客は眼鏡を作るのに、普通は機密情報までは明かさないものだ。

眼鏡以外の収集品に至っては、それが何なのかさえ見出だせずにいた。二本の葦の小さな棒は、ソーンダイクが使い道を知っているらしく、ヴァイスかグレーヴズかミセス・シャリバウムについての情報を秘めていると仄めかしていた。だが、わたしはあのような物はこれまでに見たことがなく、まったく何も思いつかなかった。そして、ソーンダイクが重要な意味を持つと言っていた広口瓶も同様に、何の意味も持たなかった。たしかに、あの家にいた誰かが演劇と何らかの関係があったことを示すものではあるのだが、それが誰なのかがわからなかった。もちろん、ミスター・ヴァイスのはずはない。彼の外見はどう考えても俳優のそれとはあまりにかけ離れている。何にせよ、ミスター・フォックスに会いに行ってあれこれ尋ねてみる価値はありそうだという以外には、あの瓶とラベルからは有効なヒントは伝わってこなかった。そしてそれがソーンダイクの読み取った手がかりとはまったくちがうということだけは、はっきりと感じられた。

そうしたことを思い返しているうちに、乗合馬車はガタガタとロンドンブリッジを渡ってキング・ウィリアム・ストリートを進み、混み合った大通りが何本か交差するマンション・ハウスの前にいつの間にかさしかかっていた。そこでわたしは馬車を降り、ケンジントンへ向かう乗合馬車に乗り換えた。また二階の座席にゆったり腰を下ろすと、ごった返す道を見下ろしながら、楽しいひとときになるはずの午後を心に思い描くとともに、ソーンダイクの元で働くという新しい取り決めが、わたしにとって深い関心事である結婚の約束の妨げにならないだろうかと考えていた。

もしも状況がちがっていればどんな結果になっていただろう、などという疑問は、考えてもわかるはずがなく、想像するだけ無駄だ。とにかく、わたしの旅は残念な結末を迎えた。わくわくしながら通い慣れたエンズリー・ガーデンの家に着いてみると、同情顔の家政婦から、ご一家は外出中ですと告げられたのだ。ミセス・ホーンビイは地方へお出かけで夜まで戻らず――それはわたしにとってむしろ好都合だったのだが――姪のミス・ジュリエット・ギブスンも同行しているのだと言う。

そうか、予告もせず、相手の同意も得ずに突然昼食に現れた者には、訪問先に誰もいないからと言って運命の女神に文句をつける資格などないのだな。そんな哲学的なことを考えながら、すっかり機嫌を損ねて彼女の家を後にしたわたしは、いったいどうしてミセス・ホーンビイは、よりにもよってわたしがようやく仕事から解放された初めての休日を選んで田舎をほっつき歩くことにしたのか、そして何よりも、どうして麗しのジュリエットまで連れ去らねばならなかったのかと、宇宙全体に向かって答えを求めていたのだった。ジュリエットがいないのは最悪の不運であり（彼女の伯母の不在だけなら、わたしも立派に耐えてみせただろうが）、すぐにテンプルに帰ることのできない事情がある以上、しばらくは行く当てもなく一人で過ごさなければならないわけだ。

直感――午後一時ごろに突然降りかかる特別なひらめき――に導かれ、ブロンプトン・ロードの方向に足を向けているうちに、わざわざショッピングを楽しみに遠方から出てくるご婦人方を狙った風情の大きなレストランのテーブルに、いつの間にか座っていた。注文した昼食を待ちながらぼんやりと朝刊を眺め、一日をどう過ごそうかと考えていた。すると、スローン・スクエアの劇場でのマチネ公演の広告がたまたま目に入った。ずいぶん長いあいだ劇場に行っていなかったし、その芝居――軽快な喜劇――なら好みのうるさくないわたしにぴったりだと思い、午後は久しぶりに演劇に親しんでみることに決めた。昼食を終えるとすぐにブロンプトン・ロードを歩いて乗合馬車に乗り、順調に劇場の正面に着いた。数分後には一階席の二列めという最高の座席に収まって、味わったばかりの落胆もソーンダイクの警告も頭からきれいに消え去っていた。

わたしはけっして熱心な演劇ファンではない。芝居の公演に求めるものはただ一つ、娯楽を提供してくれる役目だけだ。何かの教訓を得るとか、道徳観を高めてもらうとか、そんなもののために劇場へ足を運ぶのではない。反対に、わたしを満足させるのは簡単だ。野暮ったいわたしの趣味に合った単純な芝居でさえあれば、田舎者らしい鑑賞力でも最高に楽しむことができる。こうしてその舞台の幕が降り、観客たちが席を立ち始めると、わたしは危なっかしいバランスで置いてあった帽子を確保し、実に楽しい午後を過ごすことができたと満足して出口へ向かった。

劇場からあふれる人の流れに乗って外へ出ると、いつの間にか喫茶店のドアの前に立っていることに気づいた。直感――今度は午後五時のひらめき――に導かれて店内へ入った。何と言っても、われわれは決まった習慣、特に紅茶を飲む習慣が身に沁みついた民族なのだ。ふらふらと引き寄せられたテーブルは、キャッシャーの台にほど近い、店内のうす暗い隅にあった。そこに腰を下ろして一分もしないうちに、奥のテーブルに向かっていた女性客がわたしの横を通り過ぎた。こちらに近づいてくる顔をちらりと見たところ――わたしの背後を横切って行ったので、ほんの一瞬しか見えなかったが――黒いドレスを着て、ビーズ飾りのついたヴェールと帽子をかぶった女性で、牛乳のグラスと丸い菓子パンを席に運ぼうとしているのに加え、傘と、刺繡の道具が入っているような小さなバスケットまで抱えていた。そのときのわたしは、いつまで待てばウェイトレスが自分の存在に気づいてくれるのかと気を揉んでばかりいて、その女性にはほとんど注意を向けていなかったと認めざるを得ない。

壁に掛かっていた時計によれば、待たされていたのは正確には三分四十五秒だった。その待機時間が終了すると、無気力な若い女がぶらぶらとテーブルに近づいてきて、いったい何の用だと無言で問い詰めるかのように不機嫌そうな目でわたしを訝しげに睨みつけた。わたしは丁重に、ポット入りの紅茶を持ってきてもらえませんかとお願いした。それを聞いたウェイトレスはすぐにきびすを返し（靴のかかとの右側がかなりすり減っていた）、大理石張りのカウンターの奥にいる女性にわたしのひどい仕打ちを言いつけにいった。

どうやらカウンターの女性はわたしの振る舞いを大目に見てくれたようで、今度は四分も待つことなく例のウェイトレスがやってきて、陰気な表情でテーブルの上にティーポットとミルクピッチャー、カップとソーサー、お湯の入った水差しを並べていった。ついでに、こぼしたミルクのしみまでが一緒に並んでいた。それが終わると、彼女は再び不機嫌そうに戻っていった。

わたしがポットを手に取って、まずは中の紅茶を大きく揺らすようにひと回ししてからカップに一杯めを注ごうとしたとき、椅子に誰かが軽くぶつかるのを感じ、何かが床を転がる音が聞こえた。急いで振り向くと、先ほど店に入ってきた女性客が、わたしの椅子の真後ろにしゃがんでいるのが見えた。どうやらつましい食事を終えて店の出口へ向かっている途中で、さっき手首にかけていた小さなバスケットを落としてしまったらしい。バスケットの中身がすべて床にぶちまけられていた。

誰にでも経験があるとは思うが、自ら動くことのできない物体が床に落ちると、急に悪魔が乗り移ったかと思うほど活発に走り回る力を宿し、さらに悪意をもった知能まで獲得するのか、一番手の届きにくそうな場所を選んで転がっていくものだ。今回がまさにそうだった。女性の持っていたバスケットの中には東洋のビーズ細工の材料がたくさん入っていたらしく、落としたバスケットが床に触れるやいなや、内容物の一つひとつに個別かつ固有の悪魔が降臨し、互いからできるだけ離れた手の届かない遠い場所を目指し、猛スピードで走りだしたのだった。

現場にい合わせた唯一の紳士として――どうせ男女ともにわたししかそばにいなかったのだが――危機的状況を救う義務は必然的にわたしに降りかかった。しかたなくその場にしゃがみ込み、せっかく真新しいズボンを穿いてきたというのに両膝と両手を床について、周りのテーブルや椅子や長椅子の下に散らばったお宝を拾い集めようと懸命に手を伸ばした。長椅子の尖った角と衝突した後に、暗く汚い店の隅から太い毛糸だか紐だかを丸めた玉を回収し、この忌々しい作業の大元となった大量の大型ビーズを辺り一面から拾い集め、収集した宝物を両手いっぱいに握りしめてようやく（四つん這いのまま）戻ってきたところで、命がないはずの鋳鉄製のテーブルの足が人間の頭蓋に敵意を向けてくるという強烈な体験を味わった。

落とし物の所有者は自分が起こした災難と、そのせいでわたしが被った迷惑にすっかり気が動転しているらしかった。実のところ、過剰なほど動揺していた。彼女が持っているバスケットにわたしが取り戻したがらくたを戻してやっているときも、その手は細かく震えていたし、お詫びとお礼の言葉を――ごくわずかな外国訛りがあった――小さくつぶやく様子をちらりと見たときには、顔がひどく青ざめていた。店の奥は薄暗く、彼女は顔をビーズ飾りのヴェールで覆ってはいたが、そのぐらいは観察できた。さらに、彼女が非常に目を引く顔であることもわかった。たっぷりとした硬そうな黒髪、眉間でくっつきそうな太く黒い眉、それらとくっきりと対比するようなおどろくほど真っ白い肌。だが、もちろんわたしはまじまじと見つめるようなことはしなかった。拾ったものを戻し終えて、感謝の言葉を返してもらうと、彼女を置いて自分の席に戻った。

あらためてティーポットの持ち手を握ったとき、奇妙なことに気づいた。ティーカップの底に角砂糖が一つ入っていたのだ。大方の人間にとっては気に留めるようなことではないのかもしれない。きっと自分で砂糖を入れたことを忘れたのだと思って、そのまま紅茶を注ぐだろう。だがわたしはたまたまその時期、紅茶には砂糖を入れずに飲むことにしていた。つまり、その角砂糖はわたしが入れたものではないのだ。そこで、きっとあのウェイトレスがうっかり落としたのが入ってしまったのだろうと思い、カップをひっくり返して角砂糖をテーブルの上に落とした。あらためてカップに紅茶を注いでミルクを入れ、まずは熱さを確かめるように少しだけすすってみた。

カップに唇をつけたまま、ふとテーブルの正面にあった鏡を見た。当然だが、そこにはわたしの背後の店内の様子が映し出されていた。キャッシャーの台も映っていた。先ほどのバスケットの持ち主が台の前に立ち、ちょうど食事代を支払っているところだった。彼女とわたしのあいだにガス灯のシャンデリアがあり、わたしは背後から逆光になっている反面、彼女の顔は正面から照らされていた。そのためにヴェールの奥までがはっきりと見えるようになり、彼女がまっすぐにわたしを見ているのがわかった。それどころか、なんとも不思議な表情——そわそわと何かを待っていると同時に、不安も混じったような表情——を浮かべて、こちらをじっと見つめているのだ。だが、それだけではなかった。わたしが同じように彼女をじっと見つめ返していると——鏡に映ったわたしの顔は暗い影になっていたため、気づかれずに観察することができた——目をそらすことなくこちらを凝視しているのが、彼女の右目だけであることにはたと気づいた。もう片方の目は、彼女の左肩の方向をじっと見ている。言い換えるなら、彼女の左目は外斜視だったのだ。

驚きのあまりカップを下ろしたわたしの胸に、突如として疑念と警戒心が沸き上がった。瞬間的に、先ほどの光景が頭に甦った。言葉をかけられたときには、彼女は両目でしっかりとわたしを見ており、斜視であることなど微塵も感じなかった。あの角砂糖、無防備になっていたミルクピッチャー、そしてすでにひと口飲んでしまった紅茶のことを思い出した。自分が何をしようとしているのかもわからないまま、わたしは急いで立ち上がって彼女の元へ向かおうとした。だが、わたしが立った瞬間、彼女は釣り銭を引っ摑み、店を飛び出していった。ガラスのドア越しに、通りかかった辻馬車のステップに彼女が飛び乗り、御者に行き先を指示している姿が見えた。御者は馬に鞭を打ち、わたしが店のドアにたどり着いたときにはすでにスローン・ストリートの方向へ走り去っていた。

わたしはどうするべきか迷ったまま立ち尽くしていた。支払いを済ませないまま店を飛び出せば騒ぎになるし、帽子とステッキが座席の向かいの手すりに掛かったままになっている。たしかに女の後を追うべきだったが、そんなことをしようとは思わなかった。もしもさっき飲み込んだ紅茶が無害であるのなら、結局何ら被害を受けることなく、無事に追跡者を追い返したことになる。わたし個人の状況を考えれば、すべてまるく解決したわけだ。わたしは席へ戻り、テーブルの上に落としたままになっていた角砂糖を手に取り、注意深くポケットに入れた。だが、もう紅茶を飲みたい気分ではなくなっていた。さらに言えば、別のスパイがわたしの様子を確かめにやって来ないとも限らず、この店に留まるのは良策ではなかった。そこで、勘定書を持ってキャッシャーの台へ向かい、店を出た。

考えが甘かった。わたしはずっと、あの黒服の女がケンジントンでわたしを尾行し始めて、あの店までついてきたのだと思い込んでいた。ところが真実はと言えば、あれはほかでもない、ミセス・シャリバウム本人だったのだ。状況を見れば、それは疑いの余地のない結論だ。あの左目の斜視を見つけた瞬間に、完全に彼女だと確信した。向き合って立っていたときには、顔をちらりと見て、どこかで見たことがあるような気はしたものの、深く考えもせずにすぐに忘れてしまった。だがその曖昧な記憶は、あの特徴的な斜視によって瞬時に甦り、解明された。あれがミセス・シャリバウムであることに、わたしはもはや何の疑いも抱いていなかった。

それでもなお、この出来事の何もかもがまったく謎に包まれていた。彼女の外見がまるでちがうことについては謎でもなんでもない。あのごわごわした黒い毛は、彼女自身の髪かもしれないし、染めたのか、鬘《かつら》かもしれない。眉毛はメーキャップで描いたのだろう。技術的には簡単だし、ビーズ飾りのヴェールで隠すのだからさらに簡単だ。だが、彼女はそもそもどうしてあの店に来ることができたのだろう？　このタイミングで、あんなメーキャップまで施して現れたのは、どういうわけなのか？そして何よりも、毒が入っているとわたしが強く疑っているあの角砂糖を、どうやって手に入れたのだろう？

わたしはその日にあった一連の出来事を頭の中から引っぱり出してみたが、考えれば考えるほど意味がわからなくなっていった。あの乗合馬車の上から見える範囲では、追ってくる人間も馬車も見かけなかった。それにわたしは飛び乗った当初だけでなく、かなり長い時間、周りを注意深く見張っていた。それでもやはり、ミセス・シャリバウムはわたしを尾行してきたにちがいないのだ。だが、どうやって？　もしもわたしが乗合馬車に乗るつもりだということをあらかじめ知っていたのなら、先回りしてわたしが乗り込む前から乗っていたと考えることはできる。だが、あらかじめ知っていたはずがない。さらに言えば、彼女は先にあの乗合馬車に乗っていたはずもない。なぜなら、ソーンダイクとわたしはあの馬車がかなり遠くから走ってくるのをずっと見ていたからだ。ひょっとすると、彼女もあの家の中にいて、わたしがソーンダイクに行き先を伝えているのを盗み聞きしていたのではないかとも考えた。だが、これも謎を解くには至らない。なにせ、わたしはソーンダイクに〝ケンジントンへ行く〟としか言わず、住所までは口にしなかったからだ。たしかにミセス・ホーンビイの名前は出したが、ミセス・シャリバウムが彼女たちの名前を知っていたとか、人名録で住所を調べたという可能性はあまりに考えにくい。

納得のいく結論は出せなかったものの、こうして思い返すことには一つだけ利点があった。別のことで頭を使っているうちは、あの恐ろしい紅茶をひと口飲んでしまった点については考えずに済んだのだ。最初こそ衝撃を受けたものの、その後は特にひどく心配しているわけではなかった。飲み込んだのはごく少量だったし――予想以上に紅茶が熱かったせいだ――角砂糖を取り出そうとしたときにカップごとひっくり返していたから、中に固形物は残っていなかったはずだ。それに、あの角砂糖のおかげで安心できることもあった。より見つけにくい形状の、より犯罪向きの別の毒を重ねて盛られたとは考えにくいからだ。その角砂糖は今ポケットの中にあって、いつでもじっくり分析することができる。これでただの砂糖だと判明したら、ちょっとがっかりだな。わたしは苦笑した。

喫茶店を出ると、先刻しておくべきだったことを今度はしっかりやろうという決意を胸に、スローン・ストリートを歩いていった。絶対にスパイに尾行されないように徹底することだ。馬鹿げたうぬぼれ心さえ出さなければ、エンズリー・ガーデンに向かうときだって警戒できたはずなのに。ぎょっとするような体験に教訓を得たわたしは、今度こそ秩序立てた用心深い手順を踏みながら進んだ。外はまだ明るく――あの喫茶店の中に灯りがついていたのは、店舗の設計のまずさと、午後の時間帯に客足が落ち込むことへの対策にすぎなかった――広いスペースなら安全と思われる距離までよく見渡せる。スローン・ストリートの端まで来ると、わたしはナイツブリッジを渡ってハイドパークに入り、サーペンタイン湖のほうへ向かった。湖の東岸に沿って歩きながら、マーブル・アーチに向かういくつもの長い小道の一つを選び、もしも尾行者がいるのなら、相当な早足でなければわたしを見失うほど急いで歩いた。広々とした公園の中ほどまで来て少し立ち止まり、こちらに向かって歩いてくる数少ない人たちを観測した。それから急に左へ曲がってヴィクトリア・ゲートを目指したが、途中で道を外れて木々が生い茂る中へ立ち入り、そのうちの一本の幹に身を隠すようにして、小道を歩いている人たちをあらためて観察した。かなり遠くにいる人ばかりで、誰もこちらへやって来る様子はない。

順々に隣の木の陰へと慎重に移りながら木立ちの中を抜けてハイドパークの南側へ出ると、サーペンタイン・ブリッジを早足で渡って湖の南岸を進み、アプスリー・ハウスの前を通って公園の外へ出た。そこから速度を落とすことなくピカデリーを進み、長年ロンドンの通りを歩いて身につけた技を駆使して人混みにまぎれ込みながら、ピカデリーサーカスのごった返す往来を横断し、ウィンドミル・ストリートを駆けのぼって、ソーホーの細い通りやコート（中庭を囲むように建つ集合住宅）をいくつもジグザグに曲がりながら進んでいった。七本の道が交差するセブン・ダイヤルズを抜けてドルリー・レーンを渡り、リンカーン・インの南側に無数に広がる裏道や路地を通ってニューキャッスル・ストリート、ホリーウェル・ストリート、そしてハーフムーン・アリーを経由してストランドへ出た。すぐにそこを横断して、デヴァルー・コートからようやくテンプルに入った。

それでもわたしは警戒を解くことはしなかった。建ち並ぶコートを急ぎ足で通り抜けながら、テンプル法曹院のメンバー以外にはほとんど知られていない暗い出入口や思いがけないところにある通路にたたずんだりしていたのだが、身を隠すところのないキングズ・ベンチ・ウォークの広い通りまで来て、ようやく光の当たるところへ出ていった。階段を途中までのぼった暗がりの中で立ち止まり、階段の窓から通りの入口を観察した。ずいぶん待ってから、ようやく自分が考えられる限りの用心をし尽くしたと満足し、ドアに鍵を挿してソーンダイクとわたしの事務所に入った。

ソーンダイクはすでに戻っていて、わたしが部屋に入ると立ち上がり、安堵の表情をありありと浮かべて出迎えてくれた。

「顔を見て安心したよ、ジャーヴィス」彼は言った。「けっこう心配していたんだ」

「どうして？」わたしは尋ねた。

「理由はいくつかある。一つめに、きみは犯人たちにとって唯一の危険な存在であるから——彼らが知っている限りはね。次に、ぼくたちはまったく馬鹿げたまちがいを犯してしまったから。すぐに思いつくべきだった事実を見逃してしまったんだ。きみは大丈夫だったのかい？」

「運よくね。あのご婦人がどこまでもくっついて離れなかったんだよ——少なくとも、ぼくはそう思ったけど」

「ああ、きっとそのとおりだよ。彼女には見事な不意打ちを食らったからね」

「どういうこと？」

「この後すぐに説明するよ。まずはきみの冒険談を聞かせてくれ」

わたしは彼と分かれてから帰ってくるまでの自分の行動について、覚えていることはすべて省かずに話し、過剰なまでに蛇行を重ねた帰り道についても思い出せる限り伝えた。

「見事な退却だ」彼は大きな笑みを浮かべた。「それならどんな追跡者も完全にお手上げだったろう。残念なのは、おそらく誰もきみを尾行していなかったことだ。その段階では、きみの追跡者は逃亡者となっていたからね。だが、それだけの予防策を取ったのは賢明だった。ヴァイスがきみを追ってくる可能性だって、当然あったのだから」

「ヴァイスならハンブルクにいるはずじゃないのか？」

「そんなことを信じていたのか？　医療弁護士の卵にしては、人を信用しすぎるね、きみは。もちろん、彼がハンブルクにいないとは言いきれない。だが、彼がハンブルクを転居先として告げたということは、きっと別のところにいることが強く疑われるんだよ。きみが彼に見つかっていないことを祈るばかりだが、きみの行動の後半を聞く限り、たとえ彼が喫茶店から尾行していたとしても、きっときみはうまくまけたと思うよ」

「ぼくもそう祈るね。だが、彼女のほうはどうやってあんなふうについて来られたんだろう？　ぼくたちが犯したまちがいというのは何だい？」

ソーンダイクが苦笑いした。「それが、まったく馬鹿げたまちがいなんだよ、ジャーヴィス。きみが乗った乗合馬車は、のろのろと走る馬に引かれてゆっくり進んでいただろう？　そしてきみもぼくも、ケンジントン・パーク・ロードの下に何があるかをすっかり忘れていたんだ」

「道路の下！」わたしはその瞬間、まったくわけがわからずに大声を上げてしまった。すると、彼の言っている意味が突然理解できた。「そうか！」わたしは大きな声で言った。「ぼくはなんて馬鹿なんだ！　きみが言いたいのは、地下鉄のことだね？」

「そうだ。それですべて説明がつく。ミセス・シャリバウムはどこかの店の中からぼくたちの様子を伺ってから、通りを歩いているところをそっとつけて来たにちがいない。周りには女性が大勢いて、ぼくたちと同じ方向へ歩いている女性も何人かいた。きみがあの中から彼女の顔を見つけ出す以外に尾行に気づくことはできなかっただろうし、どのみち彼女がヴェールをかぶった上に一定の距離を空けていたとしたら、とてもわからなかっただろう。少なくとも、ぼくは無理だと思う」

「そうだね」わたしも同意した。「ぼくには彼女の顔はわからなかったと思うよ。薄暗い部屋の中でしか会ったことがなかったんだから。外出着を着てヴェールをかぶっていたのでは、よほど近くでじっくり観察でもしない限り、確信を持って彼女だとは言いきれなかった。第一、変装だかメーキャップだかまでしていたのだから」

「そのときはまだしていなかったよ。自分が借りていた家に帰ってくるのに変装なんてしないさ。誰かに呼び止められて、何者なのかと尋ねられるかもしれないからね。おそらく本格的な変装ではなく、つばの大きな帽子とヴェールをかぶっていたぐらいだろう。それもあって、通りにいたほかの女性たちに紛れて顔がわかりにくかったんだ」

「それで、その後はどうなったんだ？」

「きっとぼくたちが乗合馬車がやって来るのを待っているあいだに、黙って横を通り過ぎて――おそらく、道の反対側を通ってね――ケニントン・パーク・ロードを曲がったんだろう。こちらが乗合馬車を待っていると読んで、馬車が向かうはずの方向へ先に歩いていったんだ。やがて乗合馬車が彼女を追い抜くとき、車体の上できみが隙のない視線を見当違いの方向に向けているのが丸見えになっていただろうね。それから彼女が少し歩を速めれば、一、二分で地下鉄のサウスロンドン線のケニントン駅に着いたはずだ。さらに一、二分後には、きみの馬車がのろのろと走っている道の下を電車で駆け抜けていただろう。ボロ駅で降りたか、あるいは危険を冒してモニュメント駅まで乗ったかもしれない。いずれにしろ、どこかできみを乗せた馬車を呼び止めて、彼女も乗り込んだんだ。途中で何人か乗ってきたのだろう？」

「ああ、もちろん乗ってきたとも。二、三分おきに停まって、客を乗せたり降ろしたりしていたよ。そのほとんどが女性だった」

「なるほど。では、きみがマンション・ハウスで降りたとき、ミセス・シャリバウムは同じ馬車の車内席に座っていたと推察される。考えてみれば、おかしな状況だね」

「そのとおりだ、あの女め！　きっとぼくたちのことをひどいぼんくらだとでも思っていたのだろう！」

「そうにちがいない。そしてそれがこの一件で唯一の救いなんだよ。彼女がぼくたちを騙しやすい単細胞だと思っていたことが。まあ、先を続けるよ。もちろん彼女はまたきみと同じ乗合馬車に乗ってケンジントンまで行った——きみはどっちの馬車でも、車内席を選ぶべきだったんだ。そうすれば、乗り込んでくる人間も、中に座っていた客も確認できただろう。彼女はきみをエンズリー・ガーデンまで尾行して、どの家に入ったかを見ていたはずだ。そこからまたレストランまで尾行して、ひょっとすると同じ店で昼食まで摂ったのかもしれない」

「考えられるね。店の中には部屋が二つあって、どちらもほとんど女性客で満席だったから」

「その後、きみをスローン・ストリートまで尾行したときも、きみが二階席に固執していたために、同じ乗合馬車の車内席に堂々と乗ることができた。きみが劇場に入ると、彼女はこれぞ神様からの贈り物だと思っただろう。彼女が特別な手段を取れるように段取りをしてくれたのだと」

「どうして？」

「おいおい、ジャーヴィス！　頭を使うんだ。彼女はきみを劇場の入口まで尾行し、無事に席に座るのを見届けさえすればよかった。きちんと着席したきみは、彼女が再び劇場に戻ってくるまで、もうその場を動くことはないんだから。おかげで彼女は一旦家に帰り、役に合わせてメーキャップを施す時間ができた。作戦を立て、おそらくはミスター・ヴァイスの力を借りて必要な手段と道具をそろえ、時間が来たら再びきみを見つけにいった」

「ずいぶんと憶測が多いんじゃないのか？」わたしは反論した。「たとえば、彼女がスローン・スクエアからほど近い所に住んでいるのも仮説にすぎないだろう？　まずそれが真実でなければ、すぐ戻って来られなかったはずだ」

「それはそうさ。逆に、すぐに戻って来たことを前提に、仮説を立てたのだから。まさか彼女が常日頃からポケットの中に細工済みの角砂糖を持ち歩いているとは思っていないだろう？　そして角砂糖を持ち歩いていないのなら、どこかへ取りに行ったはずなんだ。あのビーズの騒動はよく練られた計画性を感じるし、今も言ったように、ケニントン・レーンでばったり会ったときにはまだ変装をしていなかったはずだ。これらのことから、彼女が今住んでいるのはスローン・スクエアからほど近いと推定されるわけさ」

「そうだとしても、彼女は大変な危険を冒したことになる。戻ってくる前に、ぼくが劇場を立ち去る可能性もあったじゃないか」

「そうだね」ソーンダイクが同意した。「でも、女性というのは危険をいとわないものだからね。男ならたぶん、きみが警戒を解いた機会をとらえて、ずっとそばから離れなかっただろう。だが彼女には、危険なチャンスに賭ける覚悟があった。地下鉄で先回りするというチャンスに賭けて、結果としてうまくいった。きみが途中で劇場を出ないことに賭けて、それもうまくいった。劇場を出たきみがどこかで紅茶を飲むだろうという可能性を計算し、またしても大当たりだった。だが、そこでさらにもうひと勝負に出てしまった。きみが紅茶に砂糖を入れるだろうと踏んだのだが、それはまちがっていた」

「さっきから、やけにあの角砂糖に細工がしてあったという前提で話を進めるじゃないか」

「そうだね。これはあくまでも仮説にすぎないし、まったくまちがっているかもしれない。だが、この説明だとすべてがうまく当てはまり、もしも角砂糖から毒物が検出されたら、ぼくたちの考えが正しかったとみなすのが理論的だ。あの角砂糖は決定的実験《エクスペリーメントゥム・クルキス》なんだ。ぼくに渡してくれないか。上の研究室へ持っていって、いくつか予備検査をしてみよう」

わたしはポケットの中から角砂糖を取り出して手渡し、ソーンダイクはそれをガスバーナーのところへ持っていって、その光に透かしながら拡大鏡越しに観察した。

「表面には性質のちがう結晶は見られないね」彼は言った。「だが、水溶液を作ってから順に検査をしてみないと。毒を含ませるのなら、たぶんアルカロイドの何かだとは思うが、念のためにヒ素の検査もしておこう。ただ、ヴァイスのような男ならほぼまちがいなくアルカロイドを使うと思う。体積が小さいし、素早く水に溶けるからね。なあ、こういうときはポケットにそのまま入れるべきじゃないよ。法的証拠として採用するには、証拠能力が著しく損なわれる。毒を含んでいると疑われる対象物は注意深く隔離して、のちの分析結果で疑念を生じかねない物質との接触を避けて保管すべきだ。今回はかまわないがね。あくまでもこの分析はぼくたちの好奇心を満たすためであって、きみのポケットの内側については無視してもいいんだから。だが、次回からはしっかり覚えておいてくれ」

わたしたちは階段を上がって研究室へ向かい、ソーンダイクは早速精製水を弱火で温めながら、その中に角砂糖を溶かし始めた。

「ここに酸性の物質を加えたり、別のものを混ぜたりする前に、まずは手っ取り早い予備検査、つまり舐めて味を確かめるとしよう。砂糖の甘さが邪魔ではあるが、アルカロイドや、ヒ素以外の金属性の毒物のいくつかには特徴的な味があるんだ」

ソーンダイクはガラス棒をその温かい水溶液に突っ込んでから、そっと自分の舌に当ててみた。

「は！」彼は大声を上げ、ハンカチで注意深く口を拭った。「やはり単純な作業こそ重要だな。この砂糖の中に何が混じっていたか、はっきりわかったよ。わが博学の兄弟にも味見をしてもらおうじゃないか。だが、気をつけて。ちょっと飲んだだけで効きめが出てしまうからね」

彼は新しいガラス棒をラックから持ってきて、その先を水溶液につけてからわたしに手渡した。わたしがその先端を注意深く舌に当てたとたん、ぴりぴりとした奇妙な感覚とともに舌の動きが鈍くなった。

「どうだい?」ソーンダイクが言った。「これは何だと思う?」

「トリカブトだ」わたしは迷わずに答えた。

「そうだ」彼は同意した。「たしかにトリカブトだ。あるいは、それに含まれるアコニチンと言うべきか。それさえわかれば、ぼくたちには充分だよ。わざわざ完全な分析をしなくてもかまわない。含有量の計測だけは後でしておくつもりだがね。この強烈な味から、水溶液の濃さがわかるというものだ。明らかにあの角砂糖には多量の毒物が含まれていた。もしもあのまま紅茶に溶けていたら、きみが飲み込んだ量だけでも、数分のうちに気を失うほどのアコニチンが含まれていただろう。これでミセス・シャリバウムがすぐにでも店を立ち去ろうとしたわけがわかった。彼女はきみがカップから紅茶を飲むところを見届けたが、カップをひっくり返して角砂糖を取り除くところは見ていなかったんじゃないかな」

「ああ、たぶんそれは見ていないと思う。彼女の表情から察するとね。恐怖におののいた顔だった。彼女は共犯者の悪党に比べれば心が弱いのかもしれない」

「それがきみにとって幸運だったんだよ、ジャーヴィス。彼女があそこまで慌てていなければ、おそらく当初の計画どおりに、きみが紅茶をカップに注ぐのを待ってからビーズ騒動を起こしたか、あるいは角砂糖をミルクピッチャーの中に落とすかしたかもしれない。どちらの場合でも、きみは何かに気づく前に致死量の毒を飲んでしまっていただろう」

「なんともお似合いの二人だな、ソーンダイク」わたしは声を上げた。「あいつらにとって人間の命なんてハエかカブトムシほどの価値しかないらしい」

「そのとおりだね。彼らは一番質《たち》の悪いタイプの毒殺者だ。知識があって用心深く、必要なものが入手できる。社会にとっての脅威だ。やつらが野放しになっている限り、人間の命が危険にさらされる。ぼくたちの使命は、彼らの野放し状態を一刻も早く終わらせることだ。そこで次の話題に繋がるんだがね。ジャーヴィス、今日から数日間、きみは外へ出ないほうがいい」

「馬鹿なことを言わないでくれよ」わたしは異を唱えた。「自分の身ぐらい自分で守れるよ」

「そのことに反論はないよ」ソーンダイクが言った。「いや、あるかな。だが、これはきみの命にかかわる重要な問題で、用心に用心を重ねるべきだ。あいつらを有罪に持ち込む証言ができるのはきみだけなんだから。向こうもそれがわかっているから、きみを消すためには何だってするだろう――なにせ、今ごろは喫茶店での作戦が失敗したことを確信しているにちがいないからね。きみの命は今、きみ自身と、誰とは言わないがぼくの知っているある人にとってかけがえのないものだ。だがそれ以外にも、きみは社会からあのきわめて危険な害虫を駆除するために不可欠な存在でもあるんだ。さらに言えば、もしきみが外でやつらに見つかって、この事務所との関わりを嗅ぎつけられたら、簡単な問い合わせをするだけで、われわれがこの一件について本格的な捜査をしていることが知られるだろう。もしヴァイスがまだイギリスに留まっているのなら、今度こそすぐに国を出ていってしまう。もしすでに国外にいるのなら、ミセス・シャリバウムもすぐに後を追うだろう。そしてぼくたちは二度とあの二人に手が届かなくなってしまうんだ。外へは出ないでくれ、誰にも見られないように。それからミス・ギブスンに手紙を書いて、きみについての情報を誰にも漏らすなと使用人たちに警告するように伝えるんだ」

「それで、ぼくの保護観察期間はいつまでだい?」

「そう長くはないと思う。かなり順調なスタートを切ったからね。運にさえ見放されなければ、必要な証拠は一週間ほどでそろえられるはずだ。だが、その中には運によって状況が変わるものもあるから、はっきりいつまでとは言えない。それに、このスタートがまったくまちがっているという可能性だってないわけじゃない。明日か明後日にはもう少しわかるだろう」

「それで」とわたしは陰気な声で言った。「ぼくは捜査から一切手を引かなきゃならないわけだね?」

「とんでもない」彼は答えた。「きみにはブラックモアの件があるじゃないか。あの一件に関わる資料は全部きみに渡して、すべての証言を順序どおりに要約したリストを作ってもらうつもりだ。それさえできれば、後はきみ自身で調査を進められるからね。それに加えて、ボルトンの作業も手伝ってほしい。暗闇に明るい光を投げかけるための作業だから、きみにとっても興味深いと同時に勉強になると思う」

「もしもミセス・ホーンビイが、ここの中庭で一緒に紅茶を飲みたいから訪問してもいいかと言ってきたら、どうすればいい?」わたしは訊いてみた。

「ミス・ギブスンも連れて、だろう?」ソーンダイクが冷たい声で言った。「駄目だ、ジャーヴィス、絶対に断わるんだ。彼女にもそれははっきりと伝えておいてくれ。ミセス・シャリバウムがエンズリー・ガーデンの家を記憶に焼きつけた可能性は高く、彼女の知っている限りでは、あそこがきみと繋がりのある唯一の場所である以上、きっとヴァイスと二人であそこを――彼がまだイギリスにいるとすればだが――見張り続けるにちがいない。もしもあの家からここまでたどって来られたら、少し聞き回るだけで、この件の調査状況がわかってしまう。駄目だ。可能な限り、彼らに情報を与えちゃいけない。そうでなくても、すでに手の内を知られすぎているんだ。きみには辛いことだろうが、我慢してもらわなきゃならないんだよ」

「いや、別に不平を言ってるんじゃないんだ」わたしは大声で言った。「捜査上どうしても必要だと言うのなら、ぼくだってそれを望んでいる。初めはきみが単にぼくの身の安全を心配しているのかと思っただけだ。さて、ぼくの作業はいつから始めればいいかな？」

「明日の朝から頼む。ブラックモアの一件について、ぼくが取ったメモと遺言書や供述書のコピーを渡すから、きみ自身がそれを読んで、起きた事の要旨を時系列に沿って書き出し、そこから推定される結論についての見解も書き込むといい。それ以外に、ニュー・インで拾い集めてきたものを調べ、検討しなければならない。そちらに関しては、あの壊れた眼鏡を証拠品として提出するのであれば、形がよりわかりやすいように部品を繋げなければならないね。眼鏡の修復と、それに付随するほかの作業だけで、二日ほどはきみも手が離せなくなるだろう。さて、もう仕事の話はこれでおしまいにしよう。夕食はまだなんだろう？　ぼくも食べていないんだが、もしかするとポルトンが何かしら食事を用意してくれているんじゃないかな。下へ降りてみよう」

階段を降りると、ソーンダイクの期待通りにテーブルの上に皿がきちんと並べられ、ポルトンがちょうど料理の仕上げをしているところだった。

第十一章　ブラックモア事件の調査

医療をなりわいとする者に求められる条件の一つに、たった今注目を傾けていた状況から、同じぐらい重要な、だがまったく別の状況へと瞬時に頭を切り替える能力がある。一般診療医は往診で訪れるそれぞれの家で個別の独立した症状群を診察し、瞬発的に全神経を集中させて診断をくださなければならないが、次の往診先へ向かうときにはまた瞬時にすべてを頭から消し去らなければならないのだ。この習慣を身につけるのは難しい。なぜなら重要な事案、悲惨な事案、あるいは原因不明の事案というのは頭の中を占めがちで、その後で診る患者たちに充分な注目を向ける妨げになってしまうからだ。だが医者は経験を重ねるうちにこの能力が必要不可欠であると悟り、やがて今この瞬間に目の前にいる患者以外のことはすべて忘れるすべを覚えていくのだ。

ブラックモアの調査の初日の朝、わたしはそれと同じような能力が法律の分野でも求められていることを知った。そして、わたしにはまだそれが備わっていないことも思い知った。なぜなら、供述書や遺言書のコピーを読み返しながら、頭の中にはあのケニントン・レーンの謎めいた家の記憶が何度も忍び込んできて、ミセス・シャリバウムの姿や、あの青白い、何かが起きるのを待っているような恐怖に歪んだ顔が頭から離れなかったからだ。

実のところ、ブラックモアの案件はほとんど空論にすぎないが、一方のケニントンの事案にはわたし自身が深く関わっており、個人的に気になってしまう。わたしにとってジョン・ブラックモアというのは実体のない名前であり、ジェフリーはどんな人格かまるでわからないぼんやりとした人物であり、依頼人のスティーヴン自身もほとんど面識のない他人同然だ。それに引きかえ、ミスター・グレーヴズは生身の人間だった。わたしは彼の死の前触れだったであろう悲劇的場面に立ち会い、そこを立ち去った後もその生々しい記憶だけでなく、彼がいったいどんな運命をたどったのかという深い同情と懸念が心から離れないのだ。極悪非道なヴァイスと、彼を手助けし、けしかけ、ひょっとすると操っていたかもしれないあの恐ろしい女もまた、わたしの中に鮮やかで、忌まわしいほど現実的な記憶として残っていた。ソーンダイクには何も言わなかったが、わたし自身が深く関心を引かれているこちらの事案に関わる作業を——そんな作業があればだが——何ひとつさせてもらえないことを、わたしは内心ではひどく残念に思っていた。その代わりに与えられたのが、ジェフリー・ブラックモアの遺言書という無味乾燥な、法律的には完全に困惑するばかりの案件だとは。

それでも、わたしは従順に課題に取り組んだ。供述書と遺言書のすべてに目を通し——新しい視点はまったく見えてこなかったが——すべての事実を注意深く要約していった。それをソーンダイクのメモ——そのコピーももらってあった——の内容と突き合わせると、わたしが見落とした事柄が彼の短いメモの中にいくつも含まれているのを発見した。それからわたしはニュー・インへの訪問についても短くまとめ、そこで観察したり持ち帰ったりしたものをリストにした。それが終わると課題の後半、つまりまとめた事実から自分なりの結論を書き込むという作業に取り組んだ。

いざ書こうとしたところで、自分がまったく何もわかっていないことに気づいた。メモのコピーにも書かれていたマーチモントの証言をじっくり検討するようにというソーンダイクの提案や、その証言の中に何か非常に重要なものが見つかるはずだというヒントにもかかわらず、わたしはただ一つの結論——そしておそらくは誤った結論——に執着していた。つまり、ジェフリー・ブラックモアの遺言書は、形式にのっとった正当で有効なものであるということだ。

わたしはありとあらゆる観点から遺言書の有効性を崩せないかと試みたが、ことごとく失敗に終わった。本物であるかという点については、疑うことすらできなかった。どうしても異議を唱えるとしたら、考えられる可能性は二つしかない。すなわち、ジェフリーが遺言書を作成する法的能力があったかという点と、そのときの彼が不当威圧を受けていたのではないかという点だ。

第一の点については、ジェフリーがアヘン依存症だったという疑いの余地のない事実があり、状況によればそのせいで遺言書作成者としての法的能力が妨げられた可能性はある。だが、そのような状況がこの件にあっただろうか？　薬物依存が故人の精神状態を大きく変え、判断力を奪うなり損ねるなりしたのだろうか？　そう信じるための証拠は何ひとつない。死ぬ直前まで、彼は身の回りのことは自分で処理していたし、以前の生活習慣とは大きく変わったとは言え、完全に正常で責任能力のある人間としての生活をしていたにはちがいなかった。

不当威圧を受けていたかというのは、もう少し厄介な問題だ。もし誰かの威圧を受けていたのだとすれば、相手はジョン・ブラックモア以外に考えられない。ジェフリーの大勢の知り合いの中で、彼がニュー・インに入居したことを知っていたのは兄のジョンただ一人だった。さらに、ジョンは何回かニュー・インに弟を訪ねている。ゆえに、ジョンが故人に不当威圧をかけていた可能性はある。だが、その証拠はどこにもない。故人の住まいを知っていたのが唯一の兄だけだったという事実は特に目を引くものではないし、ジェフリーがニュー・インの部屋を借りるにあたって保証人を見つけなければならなかったことを考えれば納得がいく。不当威圧という仮説にさらに反証するのが、故人が自ら管理人室に遺言書を持ち込み、何の利害関係もない証人の前で署名した点だ。

さんざん考えた挙句、わたしは失意のうちにこの問題を諦めて書類を投げ出すと、ニュー・インを訪れたときに発見したものに考えを移した。

あの探検から何がわかったのだろう？　ソーンダイクの目には、重要な意味を持つ事柄がいくつか見つかったのはまちがいない。だが、どういう意味で重要なのだろう？　唯一争えるとすれば、ジェフリー・ブラックモアの遺言書が有効であるかどうかだ。そしてあの遺言書の有効性が、まったく争う余地のない確実な証拠によって立証されている以上、わたしたちがあの部屋で見たどんなものであれ、この一件に重要な意味など持つはずがないのだ。

だが、もちろん、それは誤りだ。ソーンダイクは夢想家ではないし、馬鹿げた憶測を妄信したりしない。もしあの部屋で見つけたものがこの一件に関係すると彼が思うのなら、わたしもそれが必ず関係するという仮説を信じる。たとえまだその関係がまったく見えなかったとしても。そしてその仮説を元に、もう一度あそこで見つけたものを見直すことにした。

さて、ソーンダイクが一人で何を発見したのかはわからないが、わたし自身はあの死んだ男の部屋からたった一つの事実だけを持ち帰ってきた。それも、実に奇妙な事実だ。楔形文字の碑文が上下逆さまに飾られていたこと。わたしが集めた証拠を集約すると、その一点になる。そして問題は、そこから何がわかるのか、ということだ。ソーンダイクはそこに何か深い意味を酌み取ったらしい。それはいったい何なのだろう？

上下逆さまになっていたのは、一時的なミスではない。もしもあの額縁が棚に立てかけられていたとか、台の上に設置されていたのなら別だ。だが、碑文は壁に掛けられており、額縁に金具がネジ留めされていたことから、長く上下逆さまにされ、一度も正しく掛けられていないことがわかる。ジェフリー本人が飾ったのでないことは明らかだ。だが、あそこに引っ越してきた際に作業員の誰かがあの状態で飾ったのだとしても、もう数ヵ月もあのままになっていたわけで、楔形文字の研究家であったジェフリー・ブラックモアが上下逆さまになっていることに気づかなかったという謎は変わらない。あるいは、気づいていたのだとすれば、どうして直そうとしなかったのか。

これにはどんな意味があるのだろう？　彼がまちがいに気づいていながらそれを直そうとしなかったのだとしたら、彼の精神が特異な状態だったことを示している。たとえアヘン依存症だったとしても、あまりに愚鈍で無反応だ。だが彼がそんな精神状態だったと仮定しても、それが遺言書と関係がありそうには思えない。文言にこだわって不必要な修正を加えたという遺言者の実際の行動とは、かなり乖離する印象があることを除けば。だが一方で、もし彼があの碑文の写真が逆さまになっていることに気づかなかったのなら、ほとんど目が見えなかったか、知的障害を起こしていたにちがいない。なぜなら、あの写真の長さは優に二フィートはあったし、楔形文字は通常の視力の人間なら四、五十フィート離れた位置から簡単に読める大きさだった。彼はけっして認知症ではなかったが、視力は非常に悪かったという話だ。それに、あの写真から導ける結論があるとしたら、故人の目の悪さが察せられるということだとわたしは思った――つまり、間もなく完全に失明するほど悪化していたのだと。

とはいえ、そこには驚くような新しい発見はなかった。彼は自らの口で、加速度的に視力が落ちていると話していた。そもそも、部分的に視力を失くしていたことが遺言書にどんな意味を持つだろう？　完全に失明していたら、初めから遺言書など書けない。だが、自分で遺言書を書き上げて署名ができるほどに視力が残っていた場合、単なる視覚異常のせいで遺言書の条項を混同することはない。それでも、きっとソーンダイクの頭にあったのはこれに近いことだったのだろうという気がした。と言うのも、彼が管理人に向けた質問を思い出したのだ。『ミスター・ブラックモアの目の前で遺言書を読み返したとき、声に出して読み上げたのかい？』その質問が意味することは一つしかない。つまり遺言者が署名しようとしている書類の内容をきちんと理解していないのではないかと、ソーンダイクが疑っていたことになる。だが、自分で文面を書いて署名することができたのなら、当然内容を読み返すこともできたはずだ。認知症でなければ、自分が書いた内容を覚えていたはずだから。

そこでまたしても、理論的思考を重ねてきたわたしは袋小路に迷い込んでしまった。袋小路の先には、あの遺言書が正当で有効で法律上必要な条件はすべて備えているという事実がある。こうしてわたしは再び負けを認め、〝異議を申し立てることもできない〟〝争う余地はない〟と言っていたミスター・マーチモントの言葉に完全に同意せざるを得ないのだった。それでも、わたしはソーンダイクのメモのコピーと、ニュー・インを訪れたときの覚書きと、わたしが導き出した数少ない不完全な結論を、ソーンダイクがくれたファイルに綴じた。これをもって、新しい職場での初めての朝は終了としよう。

「わが博学の友人に、何か進捗はあったのかな？」ともに昼食の席に着いた時、ソーンダイクが尋ねた。「ミスター・マーチモントに遺言書の差し止め請求を出すよう進言するつもりになったかい？」

「書類は全部読んだし、煮詰まったゼリー状になるほどじっくり考えて要約し終えた。だがそれでもなお、霧の中にいるように何も見えてこない」

「わが博学の友人は、隠喩の使い方に失敗しているようだね。だが、そんな霧など気にするな、ジャーヴィス。霧にも長所はある。霧は額縁のように肝心なものだけを取り囲み、無意味なものから切り離す中立的な帯を作ってくれる」

「それは実に深い見解だな、ソーンダイク」わたしは皮肉をこめて言った。

「ぼくも自分でそう思う」

「じゃ、それがどういう意味なのか、是非ご教授願い――」

「いや、それはずるいよ。誰かが微妙に哲学的な傍論《オビテル・ディクトゥム》をさりげなく口にするのを聞けば、判断力の優れた批評家にその意味を尋ねたくなるものだ。ところで、午後はきみに写真術という繊細な芸術の手ほどきをしようと思うんだ。ジェフリー・ブラックモアがニュー・インに住み始めてから書いたすべての小切手――全部で二十三枚しかなかった――を貸してもらえることになったから、その写真を撮っておきたいんだ」

「まさか銀行がそんなものを、一時的にでも手放すとは思わなかったな」

「手放したりしないよ。銀行のパートナーの一人、ミスター・ブリトンが小切手をここまで持ってきて、写真撮影するあいだ同席するそうだ。つまり、常に彼の目の届くところに置くということだね。それでもかなりの譲歩にはちがいないよ。ひとえに、わたしがあの銀行のためにさんざん力を貸してやったことと、ミスター・ブリトンとは多少なりとも個人的な交流があるおかげだ」

「ところで、どうしてその小切手は銀行にあるんだ？　どうして通常の手順どおり通帳とともにジェフリーに戻されなかったんだろう？」

「ブリトンの話では、ジェフリーが書いた小切手はすべて彼自身の要請で銀行に保管してもらっていたらしい。かつて旅を続けていた頃に投資証券やほかの貴重な書類を銀行に預けたきり、結局返却請求をしないままになったために、それもまだ銀行に残っていて、遺言書の有効性が証明されるまではこのまま保管し続けるそうだよ。有効だと証明されれば、当然ながら遺産管理人にすべて引き渡されるがね」

「その小切手の写真を撮る目的は何だい？」わたしは尋ねた。

「目的はいくつかある。まず、質のいい写真であれば原本とまったく同じに写るから、写真が手に入れば原本と同じように精査できる。次に、写真は無限に焼き増しができるから、損壊を伴うような調査も行なえるようになる。当然ながら、それは原本では不可能だ」

「そうじゃなくて、最終目的だよ。その写真を使って、きみは何を証明しようとしているんだ？」

「やれやれ、きみにはまいったな」ソーンダイクが声を上げた。「何を証明しようとしているかなんて、ぼくにわかるはずがないだろう？　これは調査なんだ。初めから結果がわかっているのなら、こんな実験をしようとは思わないよ」

ソーンダイクは懐中時計をちらりと見て、テーブルから立ち上がって言った。「食事が済んだのなら、研究室へ上がって器具の確認をしておこう。ミスター・ブリトンは忙しい中をわざわざ協力しに来てくださるんだ。到着されたら、待たせるわけにはいけない」

わたしたちが階段をのぼって実験室へ入ると、そこではポルトンがすでに複写カメラの大型装置を点検していた。長い鉄製のレールの上をイーゼルと呼ばれる被写体ホルダーが横移動するようになっていて、実験室の片側を占める長い科学実験用テーブルと向き合うように、実験室の奥行いっぱいまでレールが伸びていた。写真芸術を任されるにあたり、わたしはこれまでにないほどじっくりと装置を観察した。

「以前にご覧になったときから、さらに改良を加えたんですよ」ポルトンがレールに潤滑油をそっと塗りながら言った。「黒鉛を塗った木製のレールを使っていたのですが、鉄製に変えたのです。それから縮尺の目盛りを二つに増やしました。おや！　下でドアの呼び鈴が鳴っていますね。博士、わたしが出ましょうか？」

「そうしてくれるかい？」ソーンダイクが言った。「ミスター・ブリトンとは限らないからね。もしちがうなら、ぼく自身がここを離れて時間を無駄にしたくないんだ」

だが、訪問客はやはりミスター・ブリトンだった。陽気で用心深そうな中年男性で、すでにわたしのことは聞かされていたらしく、ポルトンに案内されて研究所に入ってくると、ソーンダイクとわたしのそれぞれと温かい握手を交わした。彼は小型ながら頑丈そうな鞄を持っており、中身を取り出す直前まで後生大事に抱え込んでいるつもりらしい。

「なるほど、これがそのカメラですか」彼は詮索するように装置をゆっくりと目でなぞった。「素晴らしい機械ですね。実はわたしも写真を撮るのが好きでして。あの横棒についている目盛りは何ですか？」

「倍率の目盛りです」ソーンダイクが答えた。「あれで拡大率、あるいは縮小率を表示しているんです。イーゼルに指針がついていて、レールを移動させたときに、その位置で撮れる写真の正確な大きさを指すのです。指針が〝0〟を指していれば、写真は被写体とまったく同じ大きさで撮れるわけです。指針が、たとえば〝×6〟の目盛りを指していたら、原本と比べて長さが六倍、つまり拡大率はその二乗で三十六倍になり、指針が〝÷6〟を指していたら、長さが原本の六分の一、あるいは縮小率は二乗で三十六分の一になるわけです」

「どうして目盛りが二つもあるんですか？」ミスター・ブリトンが尋ねた。

「わたしたちが主に使う二種類のレンズにそれぞれ対応しているからです。拡大率、あるいは縮小率が大きい写真を撮るには、焦点距離の短いレンズを使います。その一方、焦点距離が長いほうが明瞭度の高い写真が撮れるので、その場合には焦点距離の非常に長い――三十六インチの――レンズを使って、拡大率、または縮小率の小さな写真を撮るのです」

「この小切手も拡大して撮るのですか？」ミスター・ブリトンが尋ねた。

「今は拡大しません」ソーンダイクが言った。「手間と時間を省くために、半分の大きさで撮ります。そうすればネガ一枚につき、小切手六枚が一度に撮れますから。そのネガから、後でいくらでも拡大写真が作れるのです。どのみち拡大するのは署名の部分だけでいいのですから」

大事に抱えていた鞄の口がついに開かれ、中から取り出した二十三枚の小切手が実験テーブルの上に日付順に並べられた。それを六枚ずつに分けると、それぞれの署名部分が中心を向くように、小さな画板の上に並べてテープで――ピンで留めると穴が開いてしまうため――貼りつけられた。一枚目の画板をイーゼルに取りつけ、指針が〝÷2〟の目盛りを指す位置に移動させると、ソーンダイクはポルトンが作った小型顕微鏡を覗きながらカメラの焦点を合わせようとした。顕微鏡を通してくっきりとした像がピントグラスに映し出されるのを、ミスター・ブリトンとわたしも確認させてもらったところで、ポルトンが最初の感光板を設置して露光させた。次の六枚の小切手を貼りつけた画板がまたイーゼルに取りつけられているあいだに、ポルトンは黒い箱に入った感光板を現像しに暗室へ向かった。

ほかのすべての技術と同様に、ポルトンは写真術においても、できる限り雇用主兼指導者の規律正しい手順に倣うよう努めていた。慌てることなく正確に処理することによって完璧な結果が達成される、あの特有の手順だ。ポルトンが暗室から持ってきた濡れたままの最初のネガには、しみや汚れ、傷や針穴は一つもなかった。色は均一で、期待通りの濃さだった。そこには六枚の小切手が——長さが半分になっただけなのに、滑稽なほど小さく見えた——繊細なエッチングのように鮮やかにはっきりと写っていた。ただし、実のところわたしがそれを確認する機会は限られていた。濡れたネガを絶対に傷つけさせまいといつになく慎重になったポルトンが、わたしたちから遠ざけて持っていたからだ。

「さてと」交霊会《セアンス》が終わり、宝物を鞄に戻したミスター・ブリトンが言った。「これであなたはどこからどう見ても、われわれが預かっている小切手二十三枚を手に入れたわけですね。どうか違法な目的には使わないでくださいよ——うちの出納係には用心するよう忠告しておかなきゃいけないな。それから」——そう言うと注意を引くように声を落とし、わたしとポルトンに向かって言った——「お二人は、これがわたしとソーンダイク博士のあいだの、個人的な取り決めだということは理解していますね？　もちろん、ミスター・ブラックモアはすでに亡くなられた以上、法的な目的で彼の小切手の写真を撮ったとしても咎められる理由はありません。ですが、だからと言ってこのことを公言してほしくはありません。それはきっとソーンダイク博士も同じ気持ちでしょう」

「そのとおりです」ソーンダイクが強調するように賛同した。「ですが、ご心配には及びませんよ、ミスター・ブリトン。ここにいる者たちはみな非常に口が堅いですから」

ソーンダイクと一緒に訪問者を見送ろうと階段を降りていると、ミスター・ブリトンが再び小切手の話題を持ち出した。

「どうしてあんなものが欲しいのか、わたしにはさっぱりわかりませんね。まさかミスター・ブラックモアの遺言書の署名を疑っているわけではないでしょう?」

「そうですね」ソーンダイクは曖昧に答えた。

「無駄ですよ」ミスター・ブリトンが言った。「ミスター・マーチモントの言うとおりだとすれば。それに、たとえ遺言書の署名を疑っているのだとしても、言っておきますが、あの小切手は何の役にも立ちませんよ。わたし自身、あの小切手の署名は丹念に調べました——わたしがこれまでどれほどの署名を見てきたかは想像がつくでしょう。マーチモントから、形式上あの小切手の署名を調べておいてくれと頼まれたのですが、わたしは形式上などというのは受け入れられない質《たち》でしてね。だから入念に調べ尽くしたわけです。筆跡のちがいは大いに認められます。非常に大きなちがいがあります。い、い、それでも、それぞれにちがいはあっても、すべての大元《おおもと》に一つの人格が（これこそが肝要なのですが）感じられるのです。専門家の目に、これぞジェフリー・ブラックモアの筆跡だとわかるような、微妙で説明のできない性格が見えるのです。わたしの言いたいことはわかっていただけますよね?乱雑に書かれた字体がそれぞれちがっても、そのすべてに変わらず見受けられる性質があるのです。たとえるなら、人間が歳をとったり、太ったり、髪が抜けたり、あるいは酒に溺れるようになったりして、すっかり変わったとしましょう。それでも、どれだけ見た目が変わろうとも、彼の家族には本人だとわかる特別な何かだけは失うことなく持ち続けているようなものです。つまり、そういう何かをわたしは署名に見てとれるし、筆跡鑑定の経験さえ積めば、あなたがたにもきっとわかるでしょう。もしやあなたたちが無駄なことに労力をつぎ込むつもりじゃないかと心配になったので、ひと言申し上げました」

「お心遣い、感謝します」ソーンダイクが言った。「言うまでもなく、今のお話は実にためになりました。あなたほどの専門家のおっしゃることですからね。実のところ、今のヒントは大いに役に立ちそうです」

彼はミスター・ブリトンと握手を交わし、客が外の階段を降りて見えなくなると、居間のほうへ引き返した。

「今のは実に重大で、深い意味を持つ見解だったね、ジャーヴィス。あらゆる意味で、きみもしっかりと心に留めておくべきだよ」

「小切手の署名がまちがいなく本物だということがかい？」

「そうじゃない、ブリトンの話の中にあった非常に興味深い、一般的な真実だよ。言うならば、人相というものは、単に人の顔つきだけじゃないってことさ。顔以外にも体のあちこちに、誰ともちがう、その人固有の特性を持っているんだ。神経系統や筋肉の特性は、その人に独特な動きや歩き方を生じさせる。喉の特性によって、個別の声が出る。口もそうだ。だから話し方やアクセントがそれぞれちがってくる。そして神経系統は、これらの特徴的な動きを通して、そうした動作から生み出された無生物にまで特異性を宿らせる。たとえば絵画や彫刻や音楽の演奏や、そして筆跡に見られるように。レノルズやロムニーとそっくりに絵が描ける人間はいない。リストやパガニーニとまったく同じ演奏ができる人間もいない。それらの絵画や演奏は、言ってみれば、その芸術家の人相の延長線上にあるものだからだ。そしてそれは筆跡にも同じことが言える。どれ一つとっても、それぞれの人間の脳の中にある運動中枢が生み出したものなのだ」

「面白い説だがね、ソーンダイク」わたしは言った。「この件とどう関連するのかが見えない。そういうものが、このブラックモアの一件に特に関連すると言うのかい?」

「そうだ、かなり直接的に関連すると考えているよ。ミスター・ブリトンがあの輝かしい見解を述べているあいだ、ずっとそう考えていたんだ」

「ぼくにはそんな関連はまるで見えないがね。それどころか、そもそもどうしてきみが署名に注目しているのかさえわからない。遺言書の署名は本物だという結果が出ているんだ。それだけで話は終わっているんじゃないのか」

「ああ、ジャーヴィス。きみもマーチモントも、自ら進んである一つの事実に縛りつけられている。それがきわめて印象的で重大な事実だということはぼくも認めるが、ほかの事柄とは独立した事実でもあるんだ。ジェフリー・ブラックモアは形式にのっとった遺言書を作成し、必要な手続きも条件も満たしていた。そのただ一つの状況をひと目見ただけで、きみもマーチモントもボクシングで言うように〝タオルを投げて〟しまったんだ。それは大きなまちがいだ。誰かがたった一つの事実を元にきみを脅したり、威嚇したりしても、絶対に屈してはいけない」

「そうは言うけどね、ソーンダイク」わたしは抗議した。「その事実が決定的なものにしか思えないんだ。すべての推測を撥ねつけるものなんだよ——それともそれを切り崩すような推理があるとでも言うのかい?」

「そんな推理なら一ダースもあるよ」彼は答えた。「一つ挙げてみようか。ジェフリーが何かの賭けに参加する条件としてあの遺言書を作らされたとする。賭けが終わった直後にその遺言書を取り消し、再度新しいものを作り直して誰かに預けたが、その人物が新しい遺言書の存在を揉み消しているという説だ」

「まさかきみは本気でそんなことを言ってるんじゃないだろうね！」わたしは大声で言った。

「もちろん、本気じゃないさ」彼はにっこり微笑んで答えた。「きみが決定的で絶対的な事実だと呼ぶものが、条件によっては切り崩すこともできるという一例を挙げたにすぎない」

「彼が三通めの遺言書を作った可能性があると思うのか？」

「その可能性はまちがいなくあるね。遺言書を二通作るような男は、三通でも四通でも作るかもしれない。だが、今のところ別の遺言書があると推定する根拠は何もない。ぼくが強調しておきたいのは、すべての事実を検討してみることの大切さなんだ。一番目立つ事実に真正面からぶつかって、ほかのものの存在は無視するのではなく。ところで、きみにちょっとしたクイズを出そう。これはいったい何の欠片だと思う？」

彼は小さな紙箱の蓋を取ってテーブルの上に載せ、わたしのほうへ押した。箱の中には割れたガラスの小さな破片がいくつも入っていて、そのうちのいくつかはすでに断面同士を糊で貼り合わせてあった。

「これは、たぶん」わたしはその小さな収集物を好奇心旺盛に熱心に眺めた。「哀れなブラックモアの寝室でぼくたちが拾い集めてきたガラスの欠片かな？」

「そのとおり。見てわかるとおり、それが何かまではわからないが、ポルトンが修復しようと頑張ってくれた。ただ、あまりに破片が小さく、いびつな形に割れているうえに、破片のすべてがそろっていないから、うまくいかなかったらしい。だがこっちにあるのは六個の破片を繋ぎ合わせたもので、元の形がどんなものだったかが実によくわかる」

彼は奇妙な形をしたその物体をつまみ上げ、わたしに手渡した。小さな破片を繋ぎ合わせたポルトンの器用さは、称賛するばかりだった。

わたしはその小さな〝修復品〟を手に取って目の前に掲げると、窓のほうを透かして見ながら顔に近づけたり遠ざけたりしてみた。

「これはレンズじゃないぞ」やがてわたしは宣言した。

「そのとおり」ソーンダイクも同意した。「レンズじゃなかったんだ」

「つまり、眼鏡に使われていなかったということだ。だが両面が曲面状――片側が凹面でもう片側が凸面――だし、割れる前の縁だった部分を含んだ欠片をよく見ると、端が削られて、何かの枠かフレームにはまるように処理されている。ぼくの見たところ、これは懐中時計のカバーとしてはめる〝時計皿〟の欠片のようだ」

「ポルトンも同じ意見だった」ソーンダイクが言った。「そしてぼくは、きみたち二人はまちがっていると思う」

「じゃ、小さな肖像画入りのアクセサリーかロケットのカバーかな?」

「そっちのほうが可能性は高そうだね。だが、ぼくの推理とはちがう」

「きみはこれが何だと思うんだい?」わたしは尋ねた。だが、ソーンダイクはすんなりとは教えてくれなかった。

「この問題は、是非わが博学の友人に解いてもらおうと思うんだ」彼は憎らしい笑みを浮かべながらそう答えてから、さらに言った。「きみとポルトンの推理が完全にまちがっているとは言わない。ただ、ぼくの考えとはちがうというだけだ。この物体の特徴を書き留めておいて、後でゆっくり考えてみたらいいと思うよ。ブラックモアの遺言書の件を熟考するときにでも」

「いくら熟考しても同じ結論に戻ってきてしまうんだ」

「戻らないようにするんだよ、自分でね」彼は答えた。「集めた情報をトランプのように、一度めちゃくちゃに掻き混ぜてごらん。そこから想像力豊かな仮説を作ってみるんだ。奇想天外な筋書きでかまわない。突飛だからといって捨ててしまっちゃいけないよ。そうして真っ先に生み出した仮説を、今度はすでにわかっている事実と徹底的に突き合わせてみる。たぶんその仮説は排除しなきゃならなくなるだろうが、そこから何か新しく得られるものもあるはずだ。そしてもう一度初めから、まったく別の仮説を考えるわけさ。覚えているかい？　ぼくがまだ法律の仕事を始めたばかりで、暇を持て余していた時期の話を」

「何だったかな」

「その頃のぼくは時間つぶしに、さまざまな犯罪を空想していたんだ。自分の勉強のため、そして経験を積むためにね。たとえば巧妙な詐欺事件を起こそうと考えたら、詳細な計画を練り、失敗や露見を避けるために考え得る限りの予防策を取り、想像される偶発的な障害をすべて考慮し、入念な対抗策を講じる。その当時、ぼくはこうした犯罪計画にすべての神経を傾け、それを完璧で、安全で、察知されないものにするために知識と創造力を駆使していた。まるで本当にその犯罪を実行するような、ぼくの命や自由がその成功にかかっているようなつもりになって知恵を絞った。計画の詳細までメモに残してはいたがね。こうしてぼくにとって完璧と呼べるまでの計画に仕上げて、もうこれ以上改善する余地などないと思えた瞬間に、今度は立場を入れ替えて、捜査する側から見てみるんだ。事件を分析し、避けようのない固有の弱点を見つけ出す。そして何よりも、どれだけ本物らしく見せようとしても、ある種の詐欺師の行動が本物とはちがう点がわかってくる。この訓練はぼくにとって実に価値あるものになったよ。現実の事件を扱ったのと変わらないほどの経験をそうした空想上の事件から積むことができたし、今に至る捜査法を身につけることができたからね」

「まさか、きみは今も脳みその体操がわりに、空想上の犯罪を企ててるって言うのかい？」

「ちがうよ。ぼくが言いたかったのは、何か複雑な問題に直面した際には、わかっている事実と、関係者のうちの一人に想定される動機とに矛盾しない筋書きの事件を創造してみるってことだ。そしてその筋書きで、すべてがうまく説明できるのか、あるいは根本的な矛盾が見つかるのかを調べる。矛盾があればその案は排除して、初めから全部やり直すんだよ」

「その方法だと、ものすごく多くの時間とエネルギーが無駄になるんじゃないのかい？」

「いいや。なぜなら、仮説が一つ崩れるたびに、事実を説明するための考え方が一つ排除され、調査の幅を絞り込むことができるからだ。この手順を繰り返すうちに、最終的にはすべての事実を説明できるような空想上の事件に必ず行き当たるはずなんだ。そうなったら、その空想上の事件こそ現実にあったものだということになり、問題は解決だ。きみにも、是非この方法を試すことをお勧めするよ」

いい結果が得られるとはとても期待できなかったものの、わたしはそうしてみると約束し、おかげでとりあえずその話題は終了となった。

第十二章　ポートレート写真

ソーンダイクがわたしに訓練するようにと進言した考え方は、容易に身につくものではなかった。ブラックモアの件に関わる事実をどれだけめちゃめちゃに掻き混ぜてみても、トランプの山の一番上をめくると、いつも同じカードが出てきたからだ。この事案について考えるたびに、ジェフリー・ブラックモアが遺言書を作成した現場の状況が、救いようのないしつこさでわたしの認識の中に割り込んできた。処刑されたチャールズ国王の首のことが頭から離れなかったミスター・ディックのように（チャールズ・ディケンズ著『デイヴィッド・コパフィールド』より）、遺言書に署名がされた管理人室での場面がわたしにつきまとうのだ。この件になんとか理解できるような筋書きを作ろうと涙ぐましい努力をするたびに、その場面が浮かんできて頭の中が大混乱に陥るのだった。

次の数日間、ソーンダイクは別の民事訴訟が一、二件あって、連日開廷時間のほとんどを法廷で過ごさなければならなかった。帰ってきてからも仕事の話はしたくない様子だった。そのあいだにポルトンはせっせと署名の写真の現像作業を進め、今後のためにわたしも彼の手伝いをしながらその手順を見守った。

今度の作業は、署名部分を原寸――一インチ半に満たない長さ――から、四インチ半にまで拡大するものだった。拡大すると、筆跡の細かい特徴のすべてがはっきりと見やすくなった。通し番号と元の小切手の日付を書き込んだカードに、拡大したそれぞれの署名だけの写真を貼りつけることで、好きな二枚を取り出して比較できるようになった。わたしはカードを一枚ずつ見ていきながら、少しでもちがうと思われる署名どうしを細かく見比べたが、ミスター・ブリトンの見解によって説明された以上のものは何も発見できなかった。細かなちがいはあっても、どれもおおむね似通っていて、見たところ同じ手によるものだとしか言えなかった。

どのみちそこが争点になっていないのは明らかだったので、そこから新しい情報が見つかることもなかった。ソーンダイクの狙いは——やはりわたしには、写真を使うことに彼が特定の目的を持っているとしか思えなかった——署名の真偽以外にあるはずだ。だが、それはいったい何だろう？　こういう質問は彼が一番嫌うものであり、直接訊くつもりはなかった。あとはおとなしく様子を伺いながら、彼があの写真をどう使うのかを見守るしかない。

署名の拡大写真が全部仕上がったのは、スローン・スクエアでのわたしの冒険から四日めの朝で、ポルトンは朝食のトレーと一緒にカードの束も運んできた。ソーンダイクがホイスト（カードゲームの一種）を始めるかのようにカードをまとめて手に取って一枚ずつ確認していくのを見ているうちに、わたしはカードの枚数が二十三枚ではなく、二十四枚に増えていることに気づいた。

「もう一枚は、マーチモントが保管している一通めの遺言書の署名だよ」ソーンダイクが説明した。「どの小切手よりも前に書かれたものだから、追加したんだ。二通めの遺言書の署名は、どうせ同時期の小切手のものと似ているだろうからね。そっちは重要じゃないだろうし、もし重要だと思われる状況が起きれば、そのときに二通めの遺言書の調査を申請すればいい」

彼はカードを日付順にテーブルの上に並べ、ゆっくりと眺めていった。わたしは彼の様子を見ていたが、やがて思いきって尋ねてみた。

「きみはミスター・ブリトンが言っていたように、このすべての署名に共通する性質を感じるかい？」

「ああ」彼は答えた。「ぼくもまちがいなく、これらが同一人物の署名だと判定するだろう。ちがいはわずかなものだ。新しい署名のほうが多少ぎくしゃくとして、少し震えたように不明瞭だし、古いものに比べると〝Ｂｌａｃｋｍｏｒｅ〟のうちの〝Ｂ〟と〝ｋ〟にかなりのちがいが見られる。だがこうして全部を並べると、別のある要素が見えてくるんだ。実に目を引く、重要な意味を持つもので、ミスター・ブリトンがそのことに触れなかったことに驚きを隠せないよ」

「本当か！」新たな興味を引かれて、わたしは写真をじっくり見ようと腰を屈めた。「どんな要素だい？」

「非常に単純で明白だが、さっきも言ったように、重要な意味を持つものだ。一番のカードを見てごらん。これが最初の遺言書の署名で、三年前のものだ。それを、去年の九月十八日に書かれた三番の署名と比べてみてくれ」

「ぼくの目にはまったく同じに見えるがね」わたしは注意深く見比べてから言った。

「ぼくの目にもそう見えるよ」ソーンダイクが言った。「どちらの署名にも、後で出てくるちがいは見られないからね。ところが、二番の九月十六日に書かれた署名には、その特徴があるんだ。四番の九月二十四日付けのもそうだ。かと思うと、十月初めに書かれた五番と六番は一番と同じだ。それ以降のものには全部、変化後の特徴がある。ところが、九月十六日付けの二番と、今年の三月――ジェフリーが亡くなった当日――に書かれた二十四番とを比べると、これまた特徴が一致するんだ。どちらも〝変化後〟の筆跡ではあるが、最新の二十四番が最も古い二番に比べて変化の度合いが進んでいるわけではまったくない。どうだい、目を引く、重要な意味をもつ事実だと思わないかい？」

わたしはしばらく考え込み、ソーンダイクがわたしに見せようとしている深い意味を理解しようとした――が、さっぱりわからなかった。

「つまり」わたしは言った。「ときどき古い特徴に戻っていることに、何か深い意味があると言うのかい？」

「そうだ。だが、それだけじゃない。この一連の署名を調べると、こういうことがわかるんだ。署名の特徴には変化があること。ごくわずかな変化だが、見ればすぐにちがいがわかる。さて、その変化というのは、徐々に、あるいはゆっくりと、あるいは絶えず変わっていったわけではない。ある特定の時期に突然起きたんだ。初めは、最初の署名とちがうものが一、二度出てきただけだったが、六番以降は一貫して〝変化後〟の特徴が最後まで見られる。しかも、見てわかるとおり、〝変化後〟にそのちがいが大きくなったり、別の変化が加わったりはしていない。変化の途中段階に当たるものはない。署名のうちのいくつかが〝変化前〟で、残りは〝変化後〟なんだ。両方が入り混じったものは一つもない。もう一度まとめて言うよ。ここには二つのタイプの署名がある。どちらもよく似ているが、そのちがいは歴然としている。片方のタイプからもう片方へと移ることはあるが、混じり合った中間のものはない。変化は突然現れ、時間の経過とともに大きくなることはない。進行性の変化ではないのだ。さあ、どういうことだと思う、ジャーヴィス？」

「注目すべき指摘だね」わたしはソーンダイクの見解を確認しようと、カードをまじまじと見つめた。

「どういうことかなんて、ぼくにはわからないよ。もし偽造が考えられるような状況で書かれていたとしたら、このうちのいくつかの署名は本物ではないと疑うところだ。だが偽造できる状態ではなかった——少なくとも、新しい遺言書の署名については——うえに、ミスター・ブリトンの見解に反する」

「それでも、署名の特徴が変わったことには何か説明があるはずで、それは書いた本人の視力低下のせいではないんだ。なぜなら、視力の低下は徐々に進行し続ける変化であり、筆跡の変化は突然で断続的だ」

わたしはソーンダイクの言ったことを少し考えた。すると突然光が——まばゆいほどの光ではなかったが——射し込んだように感じた。

「きみが何を言おうとしているのか、見えてきたよ。つまり、筆跡が変わったのは、何か別の事情が書き手に影響を及ぼしていたからで、それが断続的に起きていたということかい？」

ソーンダイクが満足げにうなずいたので、わたしはさらに続けた。

「断続的に影響を及ぼすと言えば、今のところアヘンしか思い当たるものはない。それなら、はっきりとした署名はジェフリーが正常な状態のときに、不明瞭なものはアヘンを吸った後に書いたと考えられる」

「完全に理にかなった説明だ」ソーンダイクが言った。「そこから、さらにどんな結論が導かれる？」

「アヘンの吸引は、最近になって始まったということだ。なぜなら署名の変化は、ブラックモアがニュー・インに引っ越した頃から現れているからだ。変化した署名が、初めは断続的に、やがて持続的にみられることから、アヘンも初めはときどき吸うだけだったのが、やがて常習するようになったと考えられる」

「なかなか理論的な結論で、非常に明確に述べられているね」ソーンダイクが言った。「きみの意見に完全に同意するわけじゃないし、この署名からわかることがそれだけだとも思わないがね。それでも、きみは正しい方向へ足を踏み出したよ」

「正しい道を歩き始めたのだとしても」とわたしは陰気な声で言った。「早速足がぴたりと止まって、ちっとも前に進めそうにないよ」

「だがきみには膨大な情報があるじゃないか」ソーンダイクが言った。「ぼくも同じだけの事実を元にスタートし、そこから一つの仮説を導いて、今はそれが正しいことを検証しているところだ。その後に情報はもう少し増えたがね。〝金《かね》は金《かね》を生む〟のと同様に知識は知識を生み出し、ぼくは元入資本を投資して利子を得たんだ。どうだい、ぼくたちが共有で摑んでいる事実を一覧にして、それらがどんな意味を持つか検討してみると言うのは？」

わたしはすでに自分のまとめたメモを何度も読み返していたが、その提案に一も二もなく飛びついた。

ソーンダイクは引き出しから新しい紙を一枚出してきて万年筆の蓋を外し、主な事実を箇条書きにして、一つ書くたびに声に出して読み上げた。

「〝一。二通めの遺言書には新しい事柄、新しい意思、新しい条項は何ひとつ加えられておらず、また最初の遺言書の内容は明確で充分なものであり、よって二通めの遺言書は作る必要がなかった。

二。遺言者の明らかな意思は、財産の大部分をスティーヴン・ブラックモアに遺すことだった。

三。今わかっている状況においては、二通めの遺言書はこの意思に沿わず、一方で元の遺言書は

この意思に沿うものだった。

四。二通めの遺言書の署名は最初の遺言書のものに比べてわずかなちがいがあり、また通常時の遺言者の署名ともわずかに異なる〟


ここから先は、非常に興味深いいくつかの日付に触れようと思うから、きみも是非この点に注意しながら考えてほしい。


〝五。ミセス・ウィルソンは自分自身の遺言書を、昨年の九月初めに作成した。そのことをジェフリー・ブラックモアに知らせることはなく、彼もその遺言書の存在についてまったく知らなかった。

六。ジェフリー・ブラックモアが二通めの遺言書を作成したのは、昨年の十一月十二日だった。

七。ミセス・ウィルソンは癌のため、今年の三月十二日に亡くなった。

八。ジェフリー・ブラックモアが生前最後に目撃されたのは、三月十四日だった。

九。彼の死体が発見されたのは、三月十五日だった。

十。彼の署名の特徴に変化が現れたのは、昨年の九月頃からで、さらに十月半ばから先はその変化が定着した〟


よくよく注意して観察すれば、事実は一つの点に集約されるものだとわかるはずだよ、ジャーヴィス。特に次の情報と合わせて考えればね。

〝十一。ブラックモアの部屋で、大型の額縁入りの碑文が逆さまに飾ってあるのを見つけ、また割れた時計皿のように見える何かの欠片と、ステアリン蠟燭の箱と、ほかにもいくつかのものを発見した〟」

ソーンダイクはその箇条書きの紙をわたしに手渡すと、わたしは目を凝らし、あらん限りの意思の力を使ってそこに書かれたさまざまな事柄に神経を集中させた。だが、どんなに努力しようとも、明らかに無関係なたくさんの事実の中から、すべてを満たすような結論を浮かび上がらせることはできなかった。

「どうだい？」わたしの無益な努力を、しばらく真剣な顔でじっと眺めていたソーンダイクが尋ねた。

「何か思いついたかい？」

「何も！」わたしはやけくそで大きな声でそう答え、テーブルの上にメモを叩きつけた。「もちろん、いくつか奇妙な偶然があったことには気づいたよ。だが、それがこの案件にどう関係するっていうんだ？　きみがこの遺言書を無効にしたがっていることはわかってるんだ。遺言書の署名が無理強いや暗示をされたものではなく、二人の立派な証人の目の前でなされたものであり、また彼らによって遺言書の中身にまちがいがないと証言されたにもかかわらず。それがきみの目的なんだろう？」

「まったくそのとおりだよ」

「だったら、それをいったいどうやって証明するのか、お手並みを拝見したいものだね。なにせ、曖昧な偶然をいくつか提出したところで、きみ以外の人間の脳を混乱させるだけだから」

ソーンダイクはくすくすと笑っただけで、その話題には触れなかった。

「その紙もほかのメモと一緒にファイルしておくんだね」彼は言った。「そして、時間のあるときにじっくり考えてみるといい。さて、きみに力を貸してもらいたいことがある。人の顔を覚えるのは得意かい？」

「まあまあ得意だと思うが。どうして？」

「ひょっとするときみが会ったことがあるかもしれない男の写真があるんだ。何も訊かずにそれを見て、見覚えのある顔かどうかを教えてくれ」

彼は朝の郵便で届いた封筒の中からキャビネット判の写真を取り出して、わたしに手渡した。

「絶対にどこかで見たことがあるぞ」わたしはそのポートレート写真をもっとよく見ようと窓辺へ持っていった。「だが、どこで会ったかが思い出せない」

「よく思い出してごらん」ソーンダイクが言った。「前に見たことがある顔なら、きっとそれが誰なのか、記憶を呼び起こせるはずだ」

わたしはじっと写真を見つめた。じっくり見れば見るほど、見覚えがあるという気持ちが強くなった。突然その男の正体が頭の中に浮かび、わたしは驚きに大声を上げた。

「まさか、ケニントンにいた気の毒な男、ミスター・グレーヴズじゃないだろうね？」

「そのまさかだよ」ソーンダイクが答えた。「ぼくもそうだと思う。だがきみは法廷でも、まちがいなく彼だと宣誓できるかい？」

「ぼくはこの写真がミスター・グレーヴズであると固く信じている。そう宣誓することならできるよ」

「それ以上のことを誓える人間はいないよ」ソーンダイクが言った。「誰かを認定するというのは、意見か信念でしかないんだ。記憶だけを頼りに無条件に誰かを認定するやつの証言など、証拠能力不充分で削除されるべきなんだ。きみの宣誓証言は充分認められるものだよ」

言うまでもないが、その写真を見せられたわたしは、それをソーンダイクがどうやって手に入れたのかと、驚きと好奇心でいっぱいになった。だが、何も言わずに無表情な顔で写真を封筒に戻したソーンダイクを見るうちに、それを彼に直接訊くことはできないと感じていた。それでも、わたしは間接的に探ってみることにした。

「ダルムシュタットからは、何か報告はあったのかい？」わたしは尋ねた。

「シュニッツラーの件か？　ああ。政府関係の知人を通して、彼らがドクトル・H・ヴァイスという人物については何の情報もないと言っていることがわかった。ただ単に、ヴァイスからモルヒネの純粋な塩酸塩百グラムの注文があり、商品を発送したという話だ」

「全量を一度に？」

「いいや。二十五グラムずつに分けて送ったそうだよ」

「ヴァイスについてわかっているのは、それだけかい？」

「ぼくが実際に摑んでいる情報はそれだけだ。が、推測だけならまだある――かなりしっかりした根拠を元にね。ところで、きみはあの御者についてはどう思った？」

「御者について何かを思うべきだったのかな？」

「御者とヴァイスが同一人物だと疑ったことはなかったかい？」

「ないよ。どうしてそんなことがあり得るんだ？　二人はまったく似ていなかったんだぞ。それに片方はスコットランド人で、もう片方はドイツ人だ。それでも二人が同一人物だったと、きみは知っているわけだね？」

「ぼくが知っているのは、きみに教えてもらったことだけさ。ただ、きみが二人を同時に見ていないこと、ヴァイスがきみの前では御者を呼んで使い走りや介助を頼まなかったことを考えてみたんだ。それにヴァイスは、いつもきみが到着してからしばらくして姿を見せ、きみが帰るずいぶん前からいなくなっていた。それらから、もしかすると一人の人間じゃないかと考えたんだよ」

「いや、それは不可能だよ。外見があまりにもちがう。だが、仮に二人が同じ人間だったとして、それで何かが大きく変わるのかい？」

「もしそうなら、御者を見つける手間が省ける。もう少しよく考えれば、きっときみもほかに何かしら推察されるものが見えてくるだろう。ただし、今は単なる憶測にすぎないのだから、そこから推察を広げるのは危険だね」

「これはまた驚いたな」わたしは感想を述べた。「ケニントンでの一件について、きみはずいぶんと考えてくれていたんだね。それも、どうやらかなり熱心に。きみはブラックモアの件に全神経を向けているものとばかり思っていたよ」

「それじゃ失格だよ」ソーンダイクが答えた。「すべての注目をたった一つの案件に傾けてしまうのは。ぼくはたった今も、ほかに一ダースもの事案――ほとんどがあまり重要でない案件だが――を抱えているんだ。まさかぼくがきみをいつまでもうちの中に閉じ込めておくつもりだなんて思っていないだろうね？」

「いや、もちろんそんなことは思っていないよ。ただ、あのケニントンの一件に取りかかってもらうには、順番を待たなきゃならないと思っていただけさ。それに、捜査をさらに進めることのできる事実を、きみが手に入れていたとは知らなかった」

「だって、あの事案で目を引く事実はきみだってすべて知っていたし、あの空き家から持ってきた新たな証拠品のことも知っているじゃないか」

「炉床の金網の下から掻き出してきたゴミのことか？」

「そうだ。例の葦で作られた興味深い物体と、眼鏡を覚えているだろう。今はそこのキャビネットの一番上の引き出しに入っているから、もう一度じっくり観察することを勧めるよ。ぼくにとっては、非常に役に立つ手がかりとなった。葦製品のほうは、ある非常に意味のある推理のヒントになったし、あの眼鏡によってその推理を試すことができ、結果的に正しいことが立証できたからね」

「残念だけど」とわたしは言った。「葦の断片なんか眺めても、ぼくには何も伝わってこないよ。あれがいったい何なのか、どんな物の一部を成していたのかがわからない」

「たぶん、きみが本当に神経を集中させて観察すれば、あれが何のための道具なのかはすぐにわかると思う。あの家にいた謎めいた一人ひとりについてきみが知っていることを全部思い出してごらん。そこから、彼らの行動をすべて理路整然と説明できるような仮説はないか、考えてみるんだ。それから、すでに持っている情報を使って、彼らのうちの誰かの正体を特定できないか、さらにそこから残りの人間の正体までたどっていけないかもだ。今日は静かに考え事に集中できるよ、わたしは夜まで留守にするからね。今きみの手元にある材料だけで、彼らのうちの少なくとも一人については、正体を特定――あるいは推定した正体を確認――することが可能だと、ぼくが保証するよ。集めた情報を順番に、もう一度じっくり見直してごらん。そして夜になったら、今後どのような調査をすべきか、きみの提案を聞かせてもらおう」

「わかったよ」わたしは言った。「きみの言葉どおりにやってみるよ。ミスター・ヴァイスと患者の一件で今一度自分の頭を大混乱させ、ブラックモアのほうは成り行きに任せる」

「その必要はないよ。夜まで、まだまる一日もあるんだ。ケニントンの家の件に一時間も真剣に取り組めば、次のステップは見えてくるはずだから、その後は好きなだけジェフリー・ブラックモアの遺言書について考えればいい」

この最後のアドバイスを残し、ソーンダイクはその日の仕事に必要な書類を掻き集めて鞄に放り込むと、考え事を抱えたわたしを置いて出ていった。

第十三章　サミュエル・ウィルキンズの証言

ソーンダイクが出ていくと、わたしはどうにかして今まで疑うことのなかった、驚くべき事実が引き出せないものかと、藁《わら》にもすがる思いで調査を再開した。言われたとおりの引き出しを開けて、革製の二つの物体と壊れた眼鏡の残骸を取り出し、テーブルの上に置いた。ソーンダイクが修復してみると言っていた眼鏡は、そのままになっていた。明らかに修復の必要はなかった。発見当時の状態であっても、目の前の破壊された眼鏡からは必要な情報は得られた。と言うのも、ソーンダイクがミスター・グレーヴズのポートレート写真を手に入れたということは、すでに彼をよく知る人物との接触に成功していたからだ。

状況は一歩前進したと言えるはずだった。だが、なぜかそうは思えなかった。ソーンダイクに可能なことなら、理論上はわたしにも——あるいは、ほかの誰であっても——可能なはずだ。ところが、実際にはわたしたちにもあるはずの可能性は実現しない。そこには個人差が働くからだ。ソーンダイクの頭は普通の人とはちがう。彼の頭脳であれば、いくつかの事実を見て瞬時にその関連を見抜けるのに、ほかの人間にはまったく無関係で無意味なものにしか見えない。これまでに何度も気づかされたように、彼の観察力と素早い推理力は信じがたいほどで、わたしはいつも不思議に思えてしかたなかった。彼はひと目見ただけで何もかもを理解し、それぞれに秘められた意味を瞬時に見抜くのだ。

今回の事案がそのいい例だ。彼が見たものはわたし自身もすべて見たはずで、むしろ彼よりも多くを見てきたぐらいだ。なぜなら、わたしは問題となる人物たちと直接会って、彼らの行動をこの目で目撃したのに対し、ソーンダイクは誰ひとりとして見ていないからだ。彼が慎重に掻き集めてきたひと掴みほどのゴミの山にしても、わたしがどれだけじっくり見ようとも、やはりもう一度火格子の下へ放り込むべきゴミにしか思えなかった。謎だらけの雲に閉じ込められて一筋の光も見出せず、悟りを求めるにはどちらを向けばいいのかさえわからない。それなのにソーンダイクは、わたしが気にも留めなかったような事実、たった数日で早くも調べるべき範囲を完璧なまでに絞り込んだ事実を、わたしには理解の及ばない方法で繋ぎ合わせていたのだ。

こうしたことを考えているうちに、わたしは再びテーブルの上の物体に注目を戻した。眼鏡についてはいくらか専門知識を持ち合わせており、わたしにとって馴染みのないものではなかった。眼鏡というのは、持ち主を特定するのに有力な証拠となり得る。それははっきりわかっていた。適当な店で思いつきで買った既製品ではなく、特定の顔に合わせて、特定の視力障害を矯正するために腕のいい眼鏡技師が作り上げた注文品ならなおさらだ。そして目の前にあるこの眼鏡がまさにそうなのだ。フレームは特殊な形をしている。残っているガラスの欠片から円柱レンズが使用されていたと推定されるが、それは片方のガラスが処方された指示通りに特定の形状に削られたことと、レンズ中心間の距離を細かく調整していることを示していた。つまり、この眼鏡は独特なものだ。とは言え、ヨーロッパじゅうの眼鏡メーカー――必ずしもイギリス製とは限らない――に問い合わせるのは明らかに不可能だ。立てた推理の裏付けとしてなら、眼鏡は貴重な証拠になる。が、何もないところから調べ始めるには、まったく何の役にも立たないというわけだ。

わたしは眼鏡から葦製の二つの物体へと注目を移した。これこそは、ソーンダイクに取っかかりを与えた手がかりだ。わたしにも、どこかへ繫がるヒントを与えてくれないものか。しげしげと眺めながら、それらがソーンダイクに伝えたことは何だったのかを考えた。赤い紙のラベルの小さな断片には、こげ茶か薄い黒のフレット文様の飾り枠が印刷され、金箔飾りからはがれたのか、小さな金粉が二つほどついていた。だが、それ以上は何もわからなかった。一方、短いほうの物体は中を人工的にくりぬいて、長いほうにぴったりとかぶさるようになっていた。明らかに保護のための鞘か蓋として作られたのだろう。だが、いったい何を保護していたのか？　おそらくは、何らかの針か刃だ。ポケットナイフの類の、たとえば小型のステンシルナイフだろうか？　いや。葦はナイフの持ち手にしてはもろすぎる。同様に、ステンシル用の針でもない。手術器具でもない——少なくとも、わたしが知っている手術器具のどれでもないはずだ。

わたしは頭の中であらゆる角度から考え、知恵を絞った。すると、ある素晴らしい考えが浮かんだ。これは先の折れた〝葦ペン〟ではないか？　装飾系の図案を描く画家の中には、独特の太線が描けるのを好んで今も葦ペンを使う人がいることは知っていた。関係者の誰かが画家である可能性はあるだろうか？　この難問の答えとしては、それが一番もっともそうだし、考えれば考えるほどそれが正しい気がしてきた。画家というのは、たいてい作品にわかりやすく署名を入れるもので、たとえ署名でないものが書かれていても、誰の作品か特定するのは容易だ。仮にミスター・グレーヴズが、たとえばイラストレーターだったとして、ソーンダイクは太線を使うので知られる画家の作品をあれこれ調べているうちに彼の身元に行き当たったのだろうか？

この疑問を考えているうちに一日が過ぎてしまった。わたしの考えた推理は、ソーンダイクが説明してくれた方法にのっとっていないと思った。が、ほかには何も思いつかなかった。一人きりの昼食中にもあれこれ考えた。午後、何度もパイプの助けを借りながら熟考した。紅茶を飲んで頭をすっきりさせた後、テンプルの中庭へ散策に出て——保護観察の身でも、そこはソーンダイクから許可されていた——新たに考え直してみた。

その結果は満足できるものではなかった。わたしはあの葦製の物体が特定の芸術品に付随する特定の道具だという前提で仮説を立てていた。だが、あれはまったく別のものかもしれない。まったく別の芸術品に付随するか、そもそも芸術品とは無関係なのか。いずれにしろ、あの遺留品がある特定の人物を指し示すことはなく、どうやって探せばいいのかについてもあまりにも曖昧にしかわからなかった。二時間を超える散策をゆっくりと楽しんだ後、わたしはようやく事務所へ引き返し、ちょうど点消方の男が全部のガス灯に火を入れ終わったところへ帰ってきた。

さんざん考えても実りがなく、わたしはいくぶん苛立っていた。事務所の近くまで帰ってくると、部屋の灯りが見えた。ソーンダイクはもう帰っているんだな。もう少し情報をくれるように頼んでみよう。そう思いながら部屋に入ったわたしは、そこにソーンダイクの姿がなく、見知らぬ人物——それも後ろ姿——を見つけたときには、落胆と苛立ちを覚えた。

その男はテーブルのそばに座り、リースの契約書らしい大判の書類を読んでいた。わたしが部屋に入ったときには何の反応もしなかったものの、近づいて「こんばんは」と声をかけると、腰を浮かせて無言で会釈を返した。そのとき初めて相手の顔が見え、わたしはひどく驚いた。一瞬、ミスター・ヴァイスかと本気で思うほど、そっくりな男だったのだ。だがすぐに、ヴァイスより背が低いことに気づいた。

わたしは彼のほぼ真向いに腰を下ろし、時おりちらっと様子を盗み見た。あまりにもヴァイスに似ている。同じ亜麻色の髪、同じぼさぼさの髭《ひげ》、よく似た赤い鼻と、そこから両頬に広がる酒さ《しゅ》（顔の中央に赤みと吹き出ものが生じる皮膚炎）。おまけに眼鏡もかけていて、時々わたしを眼鏡越しにちらりと見ては、すぐに書類に視線を戻していた。

しばらく気まずい沈黙が続いた後、わたしは思いきって、今夜は気持ちのいい夜ですねと言ってみた。それに対して男は「ふんふん」というスコットランド人らしい応答をして、ゆっくりと首を縦に振った。またしばらく沈黙があり、わたしは彼がミスター・ヴァイスの親戚だという可能性はあるだろうか、そもそもいったい何をしにここへ来たのかと考えていた。

「ソーンダイク博士と面会の約束があるのですか？」ようやくわたしは訊いた。

彼は偉そうなお辞儀をして——おそらくは肯定の返事なのだろう——もう一度「ふんふん」と返した。

その非礼な態度にむっとして、わたしは鋭い目で彼を見つめた。すると男は顔を隠すように、読んでいた書類を目の前に広げた。その書類の裏側をちらりと見ると、驚いたことにわなわなと震えていた。

なんと、男は笑っているのだ！　わたしの簡単な質問のどこがそんなにおかしかったのか、さっぱりわからない。だが、まちがいない。書類の震え具合を見れば、どういう理由かは不明だが、彼がこみ上げる笑いを抑えられないのは疑いの余地がなかった。

実に不可思議だ。そのうえ、たまらなく屈辱的だ。わたしはポケットからファイルを取り出して、メモを読み返し始めた。しばらくして男に視線を向けると、彼は書類を下ろしており、顔が見えていた。やはり、あまりにもヴァイスに似ている。ぼさぼさの眉は、その下の目の窪みに影を落とすだけでなく、眼鏡との相乗効果で、わたしがケニントンで会った男と同じくフクロウに似たいかめしい印象を作り出していた。ついでに言えば、それはたった今目撃したこの男の行動とは、あまりに不釣合いだった。

ときどき男のほうをちらりと見ると目が合ったが、そのたびに彼はすっかり赤面して目をそむけるのだった。明らかに内気で神経質な男らしく、忍び笑いもその性格のせいなのかもしれない。と言うのも、内気か神経質である人間というのは、おかしなタイミングで微笑みがちで、じっと見つめられてきまりが悪くなるとくすくすと笑いだすことさえあると、わたしは経験上知っていたからだ。そして、どうやらわたしの視線をそんなふうに感じているらしく、男のほうを見たとたん、彼の持っていた書類が再びさっと上がり、大きく震え始めたのだった。

わたしは一、二分ほどは我慢していたが、あまりにも屈辱的な状況に耐えられなくなり、立ち上がるなり、「失礼する」とぶっきらぼうに言い残し、ソーンダイクが何時頃帰ってくるのかをポルトンに尋ねようと研究室へ向かった。だが驚くことに、研究室に入ってみると、そのソーンダイクがちょうど顕微鏡に検体を設置し終えたのが目に入った。

「きみに会いにきた男が下で待っているのを知ってるかい?」わたしは尋ねた。

「誰か、きみの知ってる人か?」ソーンダイクが訊き返した。

「いいや。赤鼻で眼鏡をかけた、にやにやと笑うおかしなやつだったよ。リースの契約書だか譲渡証書だかわからないが、何かの書類を使って、くだらない〝いないいないばあ〟ごっこをやってるんだ! 我慢できなくなって上がってきたところさ」

ソーンダイクは、客人についてのその説明を聞いて、楽しそうに大笑いした。

「何を笑ってるんだ？」機嫌をそこねてわたしは尋ねた。それを聞いて、ソーンダイクはますます大笑いし、さらに腹立たしいことに涙まで拭ってみせた。

「われらの友人は、きみをすっかり怒らせ《プット・アウト》たようだね」

「まさに部屋を追い出され《プット・アウト》たようなものさ。あのままあそこにいたら、あいつの頭を殴りつけていただろうからね」

「それなら、きみが席を立ってくれてよかったよ。だが今は下に戻ろう、彼を紹介するから」

「遠慮するよ。もう充分すぎるほど会ったから」

「それでも、是非きみに彼を紹介したい特別な理由があるんだ。きっときみにとって興味深い情報が得られると思うよ。第一、相手が陽気な性格というだけの理由でけんかをすることはないだろう」

「何が陽気だ！」わたしは声を上げた。「馬鹿みたいな振る舞いをするやつは、陽気とは呼ばないぞ」

その発言にソーンダイクは何も答えず、わかったような大きな笑みを浮かべただけで、わたしたちは一緒に階段を降りていった。居間に入っていくと、例の見知らぬ男が立ち上がり、恥ずかしそうにわたしとソーンダイクを交互に見ていたと思ったとたん、今度はあからさまにくっくっと笑い始めた。わたしは険しい目で彼を睨み、ソーンダイクは男の不作法な態度にも無反応のまま、真面目な声で言った。

「ジャーヴィス、紹介しよう。と言っても、きみはすでにこちらの紳士には会ったことがあると思うが」

「会ったことなんてないね」わたしはつっけんどんに言った。

「いいえ、お会いしたことはありますとも」見知らぬ男が言葉を差し挟んだ。そして、その言葉を聞くうちに、わたしは驚いた。なぜなら、聞き慣れたポルトンの声にそっくりだったからだ。

わたしは突然、訝しむような目を声の主に向けた。そうして見ると、よくわかった。金色の髪は鬘《かつら》だ。髭《ひげ》は明らかに人工的なものだし、眼鏡の奥からこちらを見つめる瞳は、われらの何でも屋《ファクトトゥム》にあまりにもよく似ていた。だが、赤みの広がった顔、先の丸い鼻、そして目の上にかかったぼさぼさの眉といった特徴は、わたしの知っている上品で教養深い顔つきの小柄な助手の性格とはまるで一致しない、かけ離れたものだった。

「これは質《たち》の悪いいたずらかい？」わたしは尋ねた。

「いや」ソーンダイクが答えた。「実証実験だよ。今朝きみと話していたとき、照明を効果的に調節するだけで、どれだけ人間の素顔をうまく隠せるものか、きみは全然わかっていないらしいと気づいたんだ。そこで、ポルトンは尻込みしたが、きみの目の前でそれを立証しようとぼくが準備したんだ。ここの照明は調節できなかったがね——でも、おかげでより説得力のある実証になった。この部屋はとても明るいし、ポルトンはとんだ大根役者だ。きみはポルトンと何分間か向き合って座り、さぞやしげしげと眺めたはずだと思うが、それでも彼の正体を見破れなかった。もしもここの照明がたった一本の蠟燭で、メーキャップに見合うぐらいポルトンが声や振る舞いをうまく使って役に臨んでいたなら、きみは完璧に騙されていたはずだ」

「ポルトンが鬘《かつら》をかぶっているのは、こんなにはっきり見えているじゃないか」わたしは言った。

「そうだろうね。だがこれが薄暗い照明の部屋なら気づかなかっただろう。反対に、もしもポルトンが真っ昼間にこの姿でフリート・ストリートを歩いていたら、観察力が特に優れていない通行人の目にもメーキャップははっきりとわかることだろう。メーキャップの秘訣は、照明を効果的に調節することと、見る者との距離を空けることなんだ。舞台のためのメイクをした役者が普通の部屋にいたら馬鹿みたいに見える。人工的な照明の部屋に合わせたメーキャップは、太陽光の下で見たら馬鹿みたいに見えるんだよ」

「太陽の元でも効果的なメーキャップなんてものはあるのかい?」

「ああ、あるよ。だが、舞台用のメイクよりもずっと抑えたものでなければならない。鬘《かつら》や、特に顎《あご》髭《ひげ》や口髭《くちひげ》といった付け髭《ひげ》は、実際に生えている髪や髭《ひげ》に端を合わせて透明な接着剤で貼りつけ、はさみで丁寧に切りそろえなければならない。眉も同様だ。それから肌を別の色に塗るのも、舞台のときよりもさりげなくないとね。ポルトンの鼻は鬘《かつら》用の接着剤を固めて作ったものだし、頬の吹き出物も同じ材料を小さく丸めて作ってある。それから全体的な肌の色は、ドーランを塗った上に軽くぼかすように粉末顔料をはたき、てかりを抑えている。これなら外でのメーキャップとしても大丈夫だろうが、さらに細心の注意を伴う繊細さが必要だ。実のところ、芸術評論家がよく言うように〝控えめ〟でなければならない。ごくわずかなメーキャップだけで充分で、やり過ぎれば致命的だ。ほんの少量の接着剤を使うだけで、鼻の形や全体の肌質をすっかり変えられるのを見たら、きっときみは驚くことだろう」

そう言い終わったとき、ドアに大きなノックがあった。ノッカーを一度だけ重く打ちつける音を聞いて、ポルトンは誰が来たかわかったらしく、跳び上がった。

「大変です、博士! あれはウィルキンズですよ、辻馬車の御者の! 彼のことをすっかり忘れていました。どうしましょうか?」

ポルトンはしばし滑稽なほど怯えて立っていたが、やがて鬘《かつら》と付け髭《ひげ》と眼鏡をむしり取り、戸棚の中へ押し込んだ。だがそのせいで、ソーンダイクさえも我慢できないほどおかしな姿になり、ソーンダイクは素早くポルトンの後ろに回った。なにせ、ポルトンの性格はすっかり普段通りに戻っていたというのに、外見だけがまったくの別人だったからだ。

「笑い事じゃありませんよ、博士」ポルトンが腹立たしそうに大声で言うのを聞きながら、わたしはハンカチを口に押し込むようにして笑いをこらえた。「早く誰かがドアを開けてやらないと、帰ってしまいますよ」

「そうだね、帰られては困る」ソーンダイクが言った。「でも大丈夫だよ、ポルトン。きみは事務所に隠れているといい、ドアはぼくが開けるから」

だが、頭に血がのぼったポルトンには何も耳に入らないらしく、どうしたらいいかわからないまま主人の後ろに留まっていた。ドアが開くと、くぐもったかすれ声が尋ねた。

「ここにポルトンってやつは住んでるかね？」

「ああ、住んでるとも」ソーンダイクが言った。「どうぞ中へ。たしかきみの名前は、ウィルキンズでは？」

「そうとも、旦那」くぐもった声が言った。ソーンダイクの招きに応え、いかにも伝統的な〝グロウラー〟(四輪の箱型馬車の呼称)の御者らしいいでたちで、うろこ模様のマントにぶらぶらと揺れるバッジまで着けた男が大股で入ってきた。気まずさと挑戦的な態度の入り混じった表情で部屋の中を見回していたが、突然ポルトンの鼻に興味を引かれたように熱心に眺めだした。

「よく来てくれたね」ポルトンは落ち着かない口調で言った。

「ああ」御者の声にはかすかな敵意が感じられた。「来てやったよ。おれに何の用だい？　それに、ミスター・ポルトンってのはどこだね？」

「わたしがミスター・ポルトンだよ」恥じ入るような声で、われらの助手が答えた。

「いや、用があるのは別のミスター・ポルトンさ」御者の視線は、まだ相手の目立つ鼻に釘付けになっていた。

「別のミスター・ポルトンなんていないよ」われらの助手が苛立ち混じりに答えた。「わたしだよ――その――待合所であんたと話したのは」

「まさか、あんたが？」明らかに疑いを抱いているように御者が言った。「あんただとは思わなかったな。だが、あんたがそう言うなら本当だろう。それで、何の用だい？」

「われわれが頼みたいのは」とソーンダイクが言った。「一つ、二つ、質問に答えてもらうことなんだ。一つめの質問。きみは酒を一滴も飲まない信条でもあるのかい？」

そう問いかけながら、ソーンダイクがデキャンタを取り出すのを見て、御者の威厳がいくぶん緩んだ。

「そんな狭い考えは持ち合わせてないね」彼は答えた。

「じゃ、座ってグロッグ（ラム酒の水割り）を作るといい。ソーダ割りのほうがいいかい？　それとも普通の水？」

「どうせなら、あるものは全部入れてもらおう」御者はいかにも酒にうるさいらしい態度で椅子に座ってデキャンタに手を伸ばした。「旦那、あんたがソーダを入れてくれないかね、慣れてるだろうから」

こうして肝心の話の前にあれこれ準備しているうちに、ポルトンはそっと居間を抜け出し、客がずいぶんと濃い水割りをひと口飲んで活力を得たところで、審問が開始した。

「きみの名前だが、たしかウィルキンズだったね?」ソーンダイクが言った。

「そうだよ、旦那。サミュエル・ウィルキンズってんだ」

「それで、仕事は?」

「辛い仕事さ、しかも見合うだけの金はもらえない。おれは辻馬車の御者をやってるんだ、旦那。そうさ、四輪のやつだ。そして、えらく実入りの少ない仕事だよ」

「ひと月ほど前の、霧がひどく濃かった夜のことは覚えているかい?」

「覚えてるなんてもんじゃないよ、旦那! 閉じ込められたような霧だったな! 水曜だった、三月十四日だ。日付まで覚えてるのは、共済組合がおれのところへ遅れていた支払い分を取り立てに来た日だからだ」

「その日の夕方六時から七時のあいだに何があったか、教えてくれないか?」

「いいとも、旦那」御者はそう答えると、大仕事の前の景気づけとばかりにタンブラーの中身を飲み干した。「六時ちょっと前のことだ。おれはキングスクロス駅のグレート・ノーザン鉄道の到着プラットホーム側で客待ちをしていたんだが、そこへある紳士と淑女が出てきた。紳士は通りの左右を見渡しておれを見つけ、馬車に近づいて扉を開けると、女が乗り込むのに手を貸した。それからおれにこう言った。『ニュー・インを知っているかね?』生まれも育ちもドルリー・レーン、ホワイトホース・アリーの、このおれに向かってだぜ。

おれは『乗りな』と言ってやった。

『目指す家へは、ウィッチ・ストリートの門から入ってくれ』とやつは言った。ヒュートン・ストリートを通って、階段を降りなきゃならない道を指示するんだからな。『ニュー・インを入って、一番奥の建物まで頼む。大きな真鍮の看板がついている入口が目に入るはずだ。その前で降ろしてくれ』男はそう言うと、さっと乗り込んで窓を上げたんで、おれは馬車を出発させた。

あの霧の中、ニュー・インに着くまで三十分以上はかかった。なにせ、途中で御者台を降りて、馬を引いてやらなきゃならなかったからね。門のアーチをくぐったとき、管理人室の時計が六時半を指していたのが見えた。ニュー・インの一番奥まで進み、玄関に大きな真鍮の看板がついている建物の前で馬車を停めた。三十一番と書いてあった。すると紳士がゆっくりと馬車を降りて、おれに五シリング――半クラウン銀貨を二枚――渡し、女が降りるのを手伝って、二人そろって玄関のほうへのそのそと歩いていった。そいつらが階段をえらくゆっくりとのぼっていくのを見たよ――まるで『天路歴程』（バニヤンによる寓意物語。山頂にある〝天の都〟を目指して旅する男の話）みたいだったよ。二人を見たのは、それきりだ」

ソーンダイクは自分の質問とともに御者の証言を一言一句漏らさずに書き留めてから、再び質問をした。

「その紳士の特徴は説明できるかい？」

「その紳士か」ウィルキンズが言った。「とても立派そうだったが、ちょっとウィスキーでも引っかけているようにも見えた。あんな天候の日にゃ、誰だって飲みたくなるだろうがね。だが、酔った様子はなかったし、霧の夜ってことを踏まえて運賃をはずんでくれたのは、そこらの人間よりまともだったってことだ。歳はとっていたな。六十歳ぐらいで、眼鏡をかけていたが、それでもほとんど見えていないようだった。見た目はおかしかったよ。亀みたいに背中を丸めて、ガチョウのように首を突き出して歩いていた」

「どうして酒を飲んでるんじゃないかと思ったんだ？」

「そうだな、立っているとき、少しよろけていたからだ。だが、酔ってたわけじゃない。足元がちょっとふらついていただけで」

「女性のほうは？　外見はどんなだった？」

「女はほとんど見えなかった。頭にすっぽりとヴェールのヴェールか何かをかぶっていたから。だが、若くはなかった。男と同じぐらいの歳だったと思うが、断言はできない。女のほうも、ちょっとばかり足元が危なっかしかった。実のところ、あれは風変わりなカップルだったね。二人がよたよたと舗道を渡って階段をのぼるのを見ていたが、男は眼鏡越しに見えにくそうに、女はヴェール越しに目を凝らしながら、互いに摑まるように歩いていたんで、おれはあの二人がちゃんとした御者のちゃんとした馬車を捕まえられて、そのおかげで無事に家に帰ってこられてよかったなって思ってたんだ」

「女性の服装は？」

「あまり覚えてないな、専門家じゃないんでね。薄い布で包んだプディングみたいに、頭にヴェールをかぶって、その上から小さな帽子をかぶっていた。こげ茶のマントのへりにぐるっとビーズ飾りがついていて、黒いドレスを着ていた。駅で馬車に乗り込むとき、穿いていたストッキングがまるでコンサーティナ（アコーディオンに似た楽器）の蛇腹みたいになってたのには気づいたけどな。おれに言えるのはその程度だ」

　ソーンダイクはその最後の返答を書き留め、それまでの供述をすべて声に出して読み返すと、客人にペンを差し出した。

「今読んだのが全部正しいと認めてくれるのなら、一番下にきみの名前を書いてもらいたいんだ」

「供述書の内容がすべて真実だって、宣誓もしたほうがいいか?」ウィルキンズが尋ねた。

「いや、大丈夫だ」ソーンダイクが答えた。「もしかすると、きみを法廷に呼んで証言をお願いしなきゃならないかもしれないから、そのときには宣誓してもらうことになるがね。そうなった場合には、出廷してくれた報酬が支払われる。だが当面は秘密厳守で、ここへ来たことは誰にも話さないでもらいたい。ほかにも聞き取りをしたい相手がいて、この調査のことが知られてしまうとまずいんだ」

「わかったよ、旦那」ウィルキンズはそう言って、供述書の一番下にたどたどしく名前を書き込んだ。

「ほかの連中に自分の手の内を見られたくないんだな。心得たよ、旦那。おれのことなら信用してくれていい。おれは抜け目ないんだ、本当だぜ」

「それはありがたいな、ウィルキンズ」ソーンダイクが言った。「さて、今日わざわざ来てもらった礼は、いかほど差し上げればいいだろう?」

「金額はまかせるよ、旦那。あの情報の価値はあんたが一番よくご存じのはずだ。だが、半ポンドぐらいはもらってもかまわないんじゃないかな」

ソーンダイクがテーブルの上に一ポンドのソブリン金貨を二枚置くと、御者の目が輝いた。

「きみの住所はわかっているからね、ウィルキンズ」ソーンダイクが言った。「目撃証人としてきみに出廷してもらうことになったら連絡する。もし呼ばないことになっても、今日から二週間後にさらに二ポンド払わせてもらうよ。ただし、今夜のこのちょっとした審問のことを誰にも漏らしていなければね」

ウィルキンズは嬉しそうに戦利品を掻き寄せた。「おれのことなら信用していいって、旦那、口は堅いんだ。パンのどっち側にバターが塗ってあるかは、ちゃんと見分けがついてる。それじゃ、おやすみ、旦那がた」

そのまとめの挨拶を最後に御者は出口へ向かい、勝手にドアを開けて出ていった。

「さて、ジャーヴィス。今の証言をどう思った?」きしむような御者の足音が徐々に小さくなるのを聞きながら、ソーンダイクが訊いた。

「どう考えればいいか、よくわからないな。話に出た女性はこの事案じゃ新しい要素で、それをどう受け止めればいいのかがわからないんだ」

「まったく新しいわけじゃないよ」ソーンダイクが言った。「ジェフリーの寝室で見つけたビーズを覚えているだろう?」

「ああ、覚えているとも。だがあのビーズは、いつかはわからない時期に、誰かはわからない女性があの寝室にいたらしいこと以外には、何も示していないと思っていたんだ」

「そうだ、あのビーズからわかるのはその程度だったと思う。だが今は、ある特定の女性が、ある特定の時間にあの寝室にいたことを教えてくれている。以前に比べて、はるかに重要な意味を持つ」

「そうだね。どうやらジェフリーが死んだときに、その女もその場にいたと考えられる」

「ああ、どうやらそのようだ」

「ところで、あのビーズの色については、きみの言うとおりだったね。それに、何に使われたビーズかという点も」

「何に使われていたかについては、単なる当て推量にすぎなかったが、たまたま当たっていたらしい。あのビーズを見つけられてよかったよ。たとえ小さな情報しか得られないとしても、調査を一歩進める役割は果たしてくれるのだから」

「どうやって？」

「つまり、今の御者の証言からは、その女があの建物に行ったことしかわからない。だがあのビーズのおかげで、彼女が寝室にまで入っていたことがわかるんだ。きみの言うとおり、それは彼女をジェフリーの死と繋げているようにも見える。もちろん、必ずそうだとは限らない。単なる仮説だ。だが、こういう奇妙な状況においては有力な仮説だよ」

「それでも、この新しい要素は謎を解く鍵にはほど遠いように思えるよ。さらに深い謎に、新しい材料を提供するだけなんじゃないか。審問会での管理人の証言によれば、ジェフリーが自殺を考えていたことは確実で、彼が前もって準備したものを見る限り、自分でその特定の夜を選んで自殺することにしたことがわかる」

「たしかに。管理人の証言は、その点に関して実に明白だった」

「そうなると、この女性がどう関わっているのかがわからなくなるんだ。彼が自殺しようとしているときに、あんな奇妙で人目を避けるような状況で、あの建物に、特に彼の寝室にまで入っていたということには、何か邪悪な意図を感じる。と言っても、彼女があの悲劇とどんな関わりがあるのか、さっぱりわからない。ひょっとすると、結局彼女は何の関係もないのかもしれない。ジェフリーが午後八時頃に管理人室へ行ったのは覚えているだろう？　家賃を払いに行って、しばらく管理人とおしゃべりをしていた。そのときまでに彼女が帰ったからだとは思わないか？」

「そうだね」ソーンダイクが言った。「だが反対に、ジェフリーが帰りの辻馬車について管理人に話した内容は、今ウィルキンズから聞いた話とはどこか一致しない気がする。そこから――ウィルキンズの話全般に言えることだが――女性が部屋を訪ねてきたことを秘密にしていたと推定される」

「その女性が誰なのか、きみは知っているのかい？」わたしは尋ねた。

「いいや、わからない。何者なのかを突き止める自信はあるんだが、それについては追加情報を待っているところだ」

「その自信は、きみが何か新しい発見をしたことから発生しているのか、それともすでにぼくにもわかっている事実からも推理できるものなのか、どっちだい？」

「たぶん、ぼくの知っていることはすべてきみも知っていると思う。ただしこれまでに一度だけ、ぼくが強く疑っていた点がさらなる調査の結果によって確実になったことはあったがね。それでもあの女性が何者なのかは、きみにも推理ができるはずだと思うよ」

「でも、これまでこの事案の中には、女性なんて一人も出てきていないじゃないか」

「そうだね。それでもやはり、きみはこの女性の名前を言い当てることができるはずだ」

「できるはず？　それじゃきっとぼくは法医学に携わる才能がないらしい。なにせ、そんな推理ができそうな気配はまったく感じないからね」

ソーンダイクは情け深い笑みを浮かべた。「そう気を落とすなよ、ジャーヴィス。きみが病院で回診を始めた頃にも、自分は医学の才能がないんじゃないかと自信をなくしたんじゃなかったか？　ぼくがそうだった。特殊な仕事をするためには、特別な知識と、それを実行する能力を身につける必要がある。医学部の二年生が患者の胸部に小さな大動脈瘤を見つけたら、どんな行動を起こすと思う？　胸部の解剖学は熟知している。正常な心音と、濁音の聞こえる部位についても、ようやくわかりかけてきたところだ。それでも彼にはそのさまざまな知識を繋ぎ合わせて考えることができない。そこへ経験豊かな内科医がやってきて、一切診察することもなく、ただ患者の話し声か咳の音を聞いただけで完璧な診断をくだす。その内科医が患者について知っている事実は医学生とまったく変わらないのだが、何らかの機能の異常と、それと相関性のある解剖学的変化とを瞬時に繋ぎ合わせる能力が身についているのだ。要は、経験の差なんだよ。だから、きみもこれまでの訓練を活かせば、その能力はすぐに身につくさ。すべてを観察するようにしてごらん。何ひとつ見逃しちゃいけない。それから、繋がりのまったくなさそうなさまざまな事実や出来事のあいだに、常に繋がりを見つけようとするんだ。これがぼくからきみへのアドバイスだよ。きみにこれを捧げたところで、ブラックモアの調査はここまでにして、今日の仕事を終わりにしよう」

第十四章　ソーンダイク、爆弾を仕掛ける

わたしにとってミスター・サミュエル・ウィルキンズから得た情報は、ブラックモアの一件に覆いかぶさる雲を追い散らすにはほど遠いどころか、ますます真相を見えづらく包んでしまったように思えた。ソーンダイクから新たに解くよう指示された課題は、ほかのどんな問題よりも難しいものだった。彼は、あの謎の女の正体と名前を突き止めろと言った。だが、どうやったらわかるのだろう？ミセス・ウィルソンを除けば、この事案に関連する女性の名前は一人も挙がっていない。この新しい登場人物《ドラマティス・ペルソナ》は突然どこからともなく降って湧いたと思ったら、ジェフリーの寝室で拾った二、三粒のビーズを除いて、跡形もなく消え去ったのだ。

それに、彼女がこの悲劇の中でどんな役を演じていたのか、そもそも出演していたのかさえはっきりしない。事実だけを見れば、彼女が登場する以前と変わらず、あれは単純な自殺だったとしか思えない。ジェフリーは何度も自殺を仄めかしていたし、あれほど意味ありげな準備までしていた点は、彼が誰かに殺されたのではないかという疑いをすべて打ち消すものだ。とは言え、その女性がちょうど同じ頃に寝室にいたことや、顔を隠すようにこっそりとニュー・インへやって来た様子は、その後に起きた恐ろしい出来事に何かしら関わっていたことを強く匂わせる。

とは言え、自殺に何かしら関わるとは、どういうことが考えられるだろう？　彼女がジェフリーに

注射器と毒を準備してやったのかもしれないが、それならわざわざ一緒に部屋まで行く必要はあるまい。誘導や催眠による暗示という考えがふと頭に浮かんだ。が、それでは説明がつかないし、医者にとって催眠術を使って犯罪を起こさせるアイディアは説得力に欠ける。次に思いついたのは、何かしら不名誉な秘密をネタにした脅迫だった。たしかにこれまでの中では見込みのありそうな推理ではあったものの、ジェフリーの年齢や性格を考えればあまり現実味がなかった。

わたしの憶測のどれもこれもが、肝心な質問を解くためには、何の足しにもならなかった。つまり〝あの女は何者か？〟という疑問だ。

二日経っても、ソーンダイクはブラックモアの件については一切触れなかった。ほとんど出かけたきりだったのだが、彼がどこで何をやっているのかはわたしにはわからなかった。それ以上に異例だったのは、ポルトンが研究室をすっかり放り出して外出ばかりしていたことだ。この機会にわたしに研究室を任せるつもりなのだろうと思ったが、サミュエル・ウィルキンズとの接触がおそらくそうだったように、ソーンダイクに内密に頼まれてどこかで調査活動をしているんじゃないかと、わたしは何となく推察していた。

二日めの夜、明らかに上機嫌で戻ってきたソーンダイクが真っ先に取った行動に、わたしはわくわくしながら好奇心を掻き立てられた。彼はまっすぐ戸棚に向かい、トリチノポリの両切り葉巻の箱を出してきたのだ。トリチノポリ葉巻はソーンダイクの唯一の楽しみであり、めったにない特別な祝いのときにだけ味わうものだ。仕事に関することで言えば、何か重要な裁判に勝ったか、異常なほど難解な問題に答えを見つけたといった機会だ。だからこそ、わたしは興味津々で彼の様子に見入っていたのだ。

「この〝トリチー〟がひどく有毒な代物だなんて、実に残念だな」彼は葉巻を一本取り出して、そっとその香りを嗅ぎながら言った。「こんな葉巻はほかにないよ、完全に自暴自棄な喫煙者にとってはね」彼は葉巻を箱に戻して話を続けた。「今夜は夕食後に一本吸うことにしようかな、お祝いに」

「お祝い？」わたしは尋ねた。

「ブラックモアの件を解決したんだよ。これからマーチモントに、遺言書の差し止め請求を出すよう勧める手紙を書くつもりだ」

「それじゃやっぱり、あの遺言書に何か不備を見つけたんだね？」

「不備だって！」彼は声を上げた。「親愛なるジャーヴィス、あの二通めの遺言書そのものが偽造されていたんだよ」

わたしは驚き、あっけにとられて彼を見つめた。わたしには彼の言葉が、まったく意味不明なものにしか聞こえなかったからだ。

「だって、そんなことはあり得ないよ、ソーンダイク」わたしは言った。「証人の二人は自分たちの署名が本物だと、ペンキ職人なんて汚れた指紋までが自分のものだと認めたし、そのうえ二人は遺言書を読み返して、内容を確認したじゃないか」

「そうだ、そこがこの事案の興味深いところなんだ。実に厄介な問題だね。きみにこれを解く最後のチャンスをあげよう。ぼくは明日の夜にすべてを説明しなくちゃならないから、きみが取り組めるのはあと二十四時間ということになる。そして今夜はきみをぼくのクラブに夕食へ連れ出すつもりだ。そこならミセス・シャリバウムにも見つからないだろうからね」

彼は腰を下ろし、見るからにひどく短い文面の手紙を書き、封筒に宛名を書いて切手を貼ると、出かける準備を始めた。

「行こうか」彼は言った。「さあ〝陽気で浮かれた場所、目もくらむほどまぶしい広間〟（アメリカの小説家、H・S・ヴァンダイクの言葉より）へ出かけよう。途中でフリート・ストリートの郵便ポストへ寄って、この爆弾を投函していくぞ。マーチモントの事務所で爆発する場面に立ち会いたいものだな」

「それなら、きっとここにいても爆音ははっきりと聞こえてくるだろうよ」

「ぼくもそう思う」ソーンダイクが言った。「それで思い出したが、明日は朝からずっと出かけなきゃならないから、もしマーチモントが訪ねてきたら、何が何でももう一度夕食後に出直してくれるように説得してくれ。そのときは、できたらスティーヴン・ブラックモアも連れてきてほしいってね。スティーヴンには是非いてもらいたいんだ。さらなる情報を聞き出し、いくつかの事実について確認してもらいたいからね」

わたしは自分の説得力をいかんなく発揮して、今夜ミスター・マーチモントに来てもらうと約束した。それは自分の好奇心を満たすためでもあった。と言うのも、いくら考えてもわからなかった問題にソーンダイクが答えを導いたという――そして今はまったく語るつもりのない――説明を、わたし自身、聞きたくてたまらなかったからだ。そしてどれだけ直接的に頼もうと、さりげなく仄めかそうと、その夜のうちにソーンダイクからその話題を引き出すことはできなかった。

ミスター・マーチモントの行動はまったく予想通りだった。翌朝、ソーンダイクが事務所を出て一時間もしないうちに、ノッカーがいつもより強く打ちつけられ、わたしがドアを開けると、ミスター・マーチモントと、彼より年配の男性とが一緒に立っているのが目に入った。ミスター・マーチモントがいくぶん不機嫌なのに対して、同伴している男性は明らかに抑えきれないほど苛立っていた。

「お邪魔するよ、ドクター・ジャーヴィス」マーチモントはわたしの招きに応じて中へ入りながら言った。「きみの友人は、今は留守なのだろうね？」

「ええ。夜にならないと帰ってきません」

「ふむ、残念だな。是非会いたいと思ったのだが。こちらはわたしの事務所のパートナー、ミスター・ウィンウッドだ」

もう一人の紳士がぎこちなくお辞儀をすると、マーチモントが話を続けた。

「ソーンダイク博士から手紙をもらってね。それが、まあ言ってみれば、実に興味深い手紙なんだ。いや、きわめて奇妙な手紙と言うべきか」

「狂人の書いた手紙だ！」ミスター・ウィンウッドが低い声で怒鳴った。

「いやいや、ウィンウッド。そんなことはない。頼むから落ち着いてくれ。だがね、実のところ、かなり理解に苦しむ手紙ではあるんだよ。亡くなったジェフリー・ブラックモアの遺言書に関するものだが――きみも大まかな事実は知っているだろう。彼の手紙は、その事実とそぐわない内容なんだよ」

「これがその手紙だ」ミスター・ウィンウッドは大声で言って、札入れから手紙を引っぱり出し、テーブルの上に叩きつけるように置いた。「この事案の調査について知っていると言うのなら、これを読んであなたはどう思うか、ご意見を伺いたいものだ」

わたしは手紙を手に取り、声に出して読んだ。

「故人、ジェフリー・ブラックモアの一件につき。

〝親愛なるミスター・マーチモント――

本件を詳しく調査した結果、二通めの遺言書が偽造されたものであると確信しました。おそらく警察による犯罪捜査は避けられないでしょうが、同時に遺言書の差し止め申請を出されるのが賢明かと存じます。

明日の夜わたしの事務所を訪ねていただけるなら、そのときに詳しく説明しましょう。そのとき、ミスター・スティーヴン・ブラックモアを連れてきてもらえたらありがたい。この件に関する出来事および関連する人物について、彼が個人的に知っている情報から、まだ曖昧になっている細かな点を解明するのに役立つはずですから。

ジョン・イヴリン・ソーンダイク
C・F・マーチモント様〟」

「ほらな！」ミスター・ウィンウッドが大声を上げ、恐ろしい目つきでわたしを睨みつけた。「この博学の弁護士の意見について、あなたはどう思うんだね？」

「ソーンダイクがこのような内容の手紙をあなたがたに書いたことは知っていました」わたしは答えた。「ですが、正直に言いますと、わたしにはさっぱりわけがわからないのです。彼のアドバイス通りに差し止め請求は提出したのですか？」

「まさか！」短気な弁護士が叫んだ。「わたしたちがそんな法廷の笑い者になるようなことをするとでも思っているのか？　偽造だなんてあり得ない――ばかばかしいほど不可能な話だ！」

「不可能ではありませんよ」わたしはミスター・ウィンウッドの態度にむっとして、少し堅い口調で言った。「そうでなければ、ソーンダイクがそんな手紙を書くはずはありません。たしかに彼の結論は、あなたと同様、わたしにとっても不可能に思えます。ですが、わたしはソーンダイクを完全に信頼しています。彼があの遺言書が偽造だと言うのなら、あれが偽造だということに何の疑いも持ちませんよ」

「だが、いったいどうしてそんなことがあり得るんだ？」ウィンウッドが吠えた。「あの遺言書が作成された状況は知っているのだろう？」

「知っています。ですが、ソーンダイクもそれは知っているんです。そして彼は、重要な事実を見過ごす男ではありません。わたしといくら議論をしても無駄ですよ。わたし自身、この事案については完璧に霧の中をさまよっているも同然なのですから。ソーンダイクの言うとおり、今夜もう一度ここへ来て直接彼とお話しされるのがいいと思いますよ」

「今夜は都合がつかないのだ」ミスター・ウィンウッドが不満そうに言った。「二人とも市内で夕食の約束がある」

「そうだね」マーチモントが言った。「だが、今夜はこちらへ来るしかあるまい。ドクター・ジャーヴィスが言うように、ソーンダイクは何かしら確かな根拠があってあの結論に至ったはずだ。初歩的な過ちを犯すような男じゃない。それに、もし彼が正しいとしたら、たしかにミスター・スティーヴンの立場はがらりと変わることになる」

「ふざけたことを！」ウィンウッドが大声を上げた。「何かの勘ちがいに決まっている。それでもまあ、彼の説明を聞いてみる価値はあるだろう」

「ウィンウッドの言うことは、気にせんでいいからな」マーチモントが申し訳なさそうな口調で言った。「短気で口の悪いやつだが、悪気はないんだ」その言葉にウィンウッドは同意した――あるいは反論したのかもしれない。と言うのも、彼の長い唸り声からはどちらとも判定しがたかったからだ。

「では、今夜お待ちしています」わたしは言った。「八時頃でかまいませんか？　それから、できたらミスター・スティーヴンも連れてきていただけますね？」

「わかった」マーチモントが答えた。「きっとスティーヴンも同行してくれるはずだ。すでに来てくれと電報は打っておいた」

そう言って二人の弁護士は帰っていき、一人残されたわたしはソーンダイクの驚くべき発言について考えるしかなくなった。そして実際、わたしはほかの仕事をそっちのけにして、懸命に考えたのだった。ソーンダイクがその見解を立証できるであろうことは、まったく疑っていなかった。それでも彼の意見が、ミスター・ディック・スウィヴラーが〝まったくの謎〟と呼ぶ（チャールズ・ディケンズの『骨董屋』より）性質のものである可能性は否めなかった。

ソーンダイクが帰ってくると、わたしは二人の友人が訪れたことを報告し、彼らがどんな感想を抱いていたかも伝えた。それを聞いて、ソーンダイクは黙ったまま面白そうに微笑んだ。

「あの手紙を出せば、きっとすぐにマーチモントが飛んでくることは予想していた。ウィンウッドまで来たのか。会ったことはないが、マーチモントの言うとおり〝気にせんでいい〟相手のようだね。ぼくは一般的に、ほかの人間が縛りつけられているルールを自分だけは免除しろと、それとなくごねる人間が嫌いなんだ。だが、せっかく寄席芸人の〝追加出番〟よろしく再登場してくれると言っているのだから、せいぜい利用して議論を戦わせてもらうとしよう」

そう言うと、ソーンダイクはいたずらっぽい笑みを浮かべ――その笑顔の意味は、夜になってからわかるのだが——わたしに尋ねた。「あの事案について、きみ自身はどう考えたんだい？」

「降参だ。ぼくの麻痺した脳みそにとって、ブラックモアの一件はまるで狂った数学者から出された終わりのない代数の問題みたいなものだよ」

ソーンダイクはその比喩に笑い、わたし自身もなかなか適切なたとえだったと自画自賛した。

「さあ、夕食に出かけよう」ソーンダイクが言った。「ワインのボトルを開けようじゃないか。ウィンウッドがどれだけ軽蔑するように顔をしかめようとも、ぼくたちが前向きでいられるように。クラブへ行くより、ホーボンの〈ベル〉のほうが今夜にはぴったりだな。古いタバーンには、何とも陽気で賑やかな雰囲気があるからね。だが、ミセス・シャリバウムが現れないか、警戒だけは怠るなよ」

こうしてわたしたちは出かけた。一週間近く閉じ込められていたわたしは、これでようやく心やすいロンドンの通りや、華やかな灯りに照らされた店のウィンドーや、ひっきりなしに舗道を行き交う気さくそうな見知らぬ人々を再び目にすることができたのだった。

第十五章　ソーンダイク、爆弾を炸裂させる

事務所に戻って何分もしないうちに、内扉の小さなノッカーが呼びつけるように続けざまに鳴った。ソーンダイクが自らドアを開け、予想通りの三人の客人がドア口に立っているのを見つけると中へ招き入れ、表の〝外扉《オーク》〟を閉めた。

「ほら、ご招待を受けてそろってやって来たぞ」そう言ったマーチモントは少し落ち着きがなく、不安そうだった。「こちらはわたしの事務所のパートナー、ミスター・ウィンウッドだ。たしか、まだ会ったことはなかったんじゃないかな。とにかく彼も一緒に、きみの口からいくつか説明を聞かせてもらいたいと思ってね。なにせ、きみからの手紙ではさっぱり要領を得なかったので」

「わたしの出した結論が」とソーンダイクが言った。「ちょっと予想とはちがっていたからでしょうか？」

「そんな生易しいものじゃないだろう」ウィンウッドが大声で言った。「この件に関する事実とは一致しないし、常識的に考えても物理的に不可能じゃないか」

「一見しただけなら、たしかにそう見えるでしょうね」ソーンダイクが同意した。

「よく見ても、わたしにはそう見えるよ」ウィンウッドは、急に顔を真っ赤にして怒りだした。「これだけは言わせてもらうが、あんたがまだ母親の腕に抱かれていた赤ん坊だった頃から、わたしはす

でに事務弁護士として活躍していたんだ。あんたはそんなわたしたちに、この遺言書が偽造だとおっしゃっている。真っ昼間に、まったく申し分のない二人の証人が同席する中で遺言者によって署名がされ、また証人が二人とも自分たちの署名と遺言書の内容だけでなく、付着した指紋についても本物だと宣誓している、そんな遺言書だぞ。あの指紋までが偽造されたとでも？　指紋の調査や分析までしたのか？」

「してませんよ」ソーンダイクが答えた。「実のところ、そんなものはどうでもいいのです。わたしは証人の署名の真偽を争っているわけじゃありませんから」

その答えを聞いて、ミスター・ウィンウッドは苛立ちのあまり飛び跳ねんばかりだった。

「マーチモント！」彼は叫んだ。「こちらの紳士がどういう方か、きみはよく知っているんだろう。教えてくれ、彼は悪い冗談を言うのが趣味なのか？」

「なあ、ウィンウッド」マーチモントがうんざりしたように言った。「頼むから――このとおりだ、落ち着いてくれ。もちろん――」

「うるさい！」ウィンウッドが怒鳴った。「きみだって、今自分の耳で聞いただろう。この男は遺言書が偽造だと言ったくせに、署名の真偽を争う気はないと言ったんだ。そんな話は」とウィンウッドはテーブルに拳を振り下ろしながら結論を述べた。「まったく馬鹿げている」

「一つ提案があるのですが」とスティーヴン・ブラックモアが口を挟んだ。「今夜はソーンダイク博士からの手紙の説明を聞きに来たんです。おっしゃりたいことがあるのなら、博士の話をすっかり聞かせてもらった後にしませんか」

「まさしく、まさしく」マーチモントが言った。「ウィンウッド、どうかこの件に関するわが博学の友人の解説を辛抱強く聞いて、話が終わるまでは邪魔をしないでくれないか」

「やれやれ、わかったよ」ウィンウッドはむっつりと答えた。「何も言うまい」

いかにも鍵をかけて自分の内側に引きこもったといった態度で、ウィンウッドは椅子にどさりと腰を下ろした。そしてそのままずっと——時おり溜め込んだ苛立ちが限界に近づいた機会を除いて——説明が繰り広げられるあいだ、まるで〈強情〉というタイトルの座像になったように、口を閉ざし、身動きせず、感情を押し殺して座っていた。

「察するに」とマーチモントが口を開いた。「きみはわたしたちの持っていない新しい事実を手に入れたんだね？」

「そうです」ソーンダイクが答えた。「新しい事実が手に入ったし、古い情報についても新しい意味が出てきたのです。しかし、どういう順序でわたしの見解を話せばいいでしょうね？　まずは一連の出来事についてのわたしの推論を述べて、その後でそれを立証すればいいですか？　それとも、調査を進めた過程を再現しながら、入手した新事実を挙げていきましょうか？　わたしがそれぞれを入手し、推理を導いていった順番に」

「たぶん、まずはその新事実を教えてもらうのがいいんじゃないかな」マーチモントが言った。「そこから導かれる結論がわたしたちにとって充分納得のいくものでなかった場合には、その後にきみの解説を聞かせてもらおう。それでかまわないか、ウィンウッド？」

ミスター・ウィンウッドは一瞬体を起こしかけたものの、「事実を」と怒鳴っただけで、すぐにまた殻に閉じこもってしまった。

「では、新事実だけを話せばいいわけですね？」ソーンダイクが言った。

「そうしてもらえるか。事実のみを聞かせてくれ、とりあえず今のところは」

「わかりました」ソーンダイクが言った。そのときわたしは彼の目がいたずらっぽくきらめくのを見て、その意味をはっきり理解した。なぜなら、わたし自身はその事実のほとんどをすでに知っているのだが、この二人の弁護士がそれを教えてもらったところで、どうせそこから何も導き出すことなどできないとわかっていたからだ。ソーンダイクの予告通りに、ウィンウッドには〝せいぜい議論を戦わせてもらう〟ことになりそうだ。

テーブルの脇には、小さな紙の箱とファイルに綴ったメモが並べて置いてあったが、ソーンダイクはミスター・ウィンウッドのほうをちらりと見てから話を始めた。

「最初にいくつか新事実が手に入ったのは、あなたがこの事案について相談を持ち込んだその日でした。あの夜あなたが帰った後で、わたしはミスター・スティーヴンの寛大な誘いを受けてニュー・インの彼の叔父さんの部屋を見に行ったのです。できれば故人がそこに住んでいるあいだの生活習慣を確認したいと思ったのでね。ドクター・ジャーヴィスとともに到着すると、ミスター・スティーヴンがすでに来ていて、故人が本格的な東洋学の研究者だったこと、彼が楔形文字に非常に造詣が深かったことを教えてもらいました。さて、ミスター・スティーヴンと話しているうちに、非常に興味深いものが目に留まったのです。暖炉の上の壁に、額縁に入った大型の写真が飾ってあったのですが、それは楔形文字で書かれた古代ペルシャの碑文でした。そして、その写真は上下逆さまに飾ってあったのです」

「上下逆さまですって！」スティーヴンが大声を上げた。「でもそんなの、おかしいじゃないですか」

「そう、実におかしなことだね」ソーンダイクが同意した。「それに、非常に重要な意味を含んでいそうに思えました。どうして逆さまに飾られることになったかは明白で、そこにも何か重要な意味がありそうでした。明らかにその写真はもう何年も前から額に収まっていたものの、ごく最近まで壁に掛けたことはないようでした」

「そうです」スティーヴンが言った。「どうしてあなたにそれがわかったのかは謎ですが。以前叔父が住んでいたジャーミン・ストリートのアパートでは、その写真は炉棚に立てかけてあったんです」

「実は」とソーンダイクが話を継いだ。「額縁の製造者の名前の入ったラベルが額縁の裏に貼ってあったのですが、額縁を掛けたときにはそのラベルは正しい向きになっていました。どうやら額縁を壁に掛けた人物は、そのラベルの向きを頼りに写真の上下を決めたらしいですね」

「それは何ともおかしな話です」スティーヴンが言った。「写真の正しい向きなら、叔父に尋ねればよさそうなものですが。それに、この何ヵ月ものあいだ叔父がそれに気づかないまま、ずっと逆さまに飾ってあったなんて、とても信じられません。きっと叔父はほとんど目が見えていなかったのでしょうね」

それまで眉を寄せてじっと考え込んでいたマーチモントの顔が、そのとき突然ぱっと明るくなった。

「なるほど、ソーンダイク、きみの言いたいことがわかったよ。つまり、もしもジェフリーがそれほどまでに目が悪くなっていたのだとすれば、誰か別の人物が偽の遺言書を本物とすり替えることができたわけだ。ジェフリーはきっとすり替えられたことに気づかずに署名をしてしまったのだろう」

「たとえそうでも、遺言書が偽造されたことにはならない」ウィンウッドが低い声で言った。「ジェフリーが署名したものなら、ジェフリーの遺言書と認められるんだ。騙されたことが証明できるなら有効性は争えるだろうが。だが、彼は自分で『これはわたしの遺言書だ』と言ったんだぞ。そして二人の証人がその遺言書を読み、まちがいないと確認した」

「その二人は声を出して読んだんですか?」スティーヴンが尋ねた。

「いいや、声には出さなかった」ソーンダイクが答えた。

「こっそりすり替えられたことは証明できるのか?」マーチモントが尋ねた。

「わたしはすり替えられたなんて言っていませんよ」ソーンダイクが答えた。「わたしが言いたいのは、あの遺言書が偽造されたということです」

「いいや、偽造されていない」ウィンウッドが言った。

「今は議論するのはやめておきましょう」ソーンダイクが言った。「碑文が逆さまに飾ってあったという事実はよく覚えておいてくださいね。それからわたしは、あの部屋の壁に高価な日本の多色刷り版画が何枚か飾ってあるのを見て、そこに最近ついたばかりの濡れたしみの跡があることに気づきました。居間にはガスストーブがあり、キッチンにはほとんど食料品の買い置きも食べ残しもなく、ごく簡単な料理をした形跡もほとんどありませんでした。寝室では、六分の一ポンドサイズの固形ステアリン蠟燭が大量に入っていたと思われる箱を見つけたのですが、中身はほとんど空っぽでした。故人の死亡時の着衣も調べてみました。ブーツの底には渇いた泥が付着しており、それは砂利の混じったニュー・インの中庭を歩いたわたしやジャーヴィスのブーツについている汚れとはちがっていました。故人の穿いていたズボンの両脚に、まるで脛の中ほどまで裾を折り上げたような折りじわが一本ずつついていることにも気づきました。それから、ベストのポケットの中から、短くなった〈Contango〉製の鉛筆を見つけました。寝室の床の上に、楕円形のガラスが割れた欠片が落ちていました。懐中時計かロケットのカバーに使うような形状のガラスなのですが、縁に両側から面取り加工がされていました。ドクター・ジャーヴィスとわたしはほかに、丸ビーズを一粒か二粒、そして筒形ビーズを一つ見つけました。どれもこげ茶色のガラス製でした」

そこでソーンダイクが口をつぐんだので、驚きを深めながら彼を見つめていたマーチモントは、不安そうに言葉を挟んだ。

「その——うん。実に興味深いね。きみが——その——発見したものは——」

「——これで全部です。ニュー・インでは、ほかに何も見つけられませんでした」

二人の弁護士は互いに顔を見合わせ、スティーヴン・ブラックモアは暖炉前に敷いた絨毯の一点をじっと見ていた。やがてミスター・ウィンウッドが顔を歪めて、引きつったような苦々しい笑みを浮かべた。

「ほかにいくらでも見つかったはずだろう。ちゃんと観察さえすれば。たとえば、ドアを観察すれば、そこに蝶番がついていることや、ペンキが塗ってあることを発見できただろうし、煙突の中を見上げれば、内側が真っ黒なことに気づいたはずだ」

「よせ、ウィンウッド」パートナーが次に何を言い出すのか、不安に苛まれているようにマーチモントが抗議した。「本当に頼むから——その——黙って——その、つまりミスター・ウィンウッドが言いたいのはだね、ソーンダイク博士——その——わたしたちには、きみの発見したものに——その——この案件との関係性がわかりづらいということだ」

「そうでしょうね」ソーンダイクが言った。「ですが、その関連性は後からわかりますよ。今はひとまずこれらの事実をしっかり心に留めておいてください、後で立証するときにすんなり話を進められるように。

次に一連の情報を入手したのは、その夜のことでした。ドクター・ジャーヴィスが自分の身に降りかかった不思議な冒険談について、こと細かに説明してくれたのです。その詳細についてはあなたたちを疲れさせるだけなので割愛しますが、かいつまんで話しておきましょう」

そう言うとソーンダイクは、わたしがミスター・グレーヴズを訪問した一件にまつわる出来事について順を追って話し、登場人物、特にあの患者の特徴について長々と描写し、ミスター・ヴァイスがかけていた非常に珍しい眼鏡についても忘れずに説明した。それから軌跡図の作図法について簡単に解説し、実際に書いた図面を聴衆にじっくり見せた。この独演会を、三人の客人は困惑しきった様子で聞いており、それはわたしも同じだった。なぜならそのわたしの冒険談が、いったいどうしたら亡くなったミスター・ブラックモアとわずかなりとも関係するのか、わけがわからなかったからだ。それはミスター・マーチモントもほとんど同じ考えだったらしく、軌跡図を手渡されたときに生じた沈黙を捉えて、こわばった様子で言葉を差し挟んだ。

「ちょっと訊きたいんだが、ソーンダイク博士、きみが話してくれているこの奇妙な物語は、わたしたちが興味を向けている事案と何らかの関係があると推定していいんだろうね？」

「その推定は正しいですよ」ソーンダイクが答えた。「この話はその件にたいへん関係があるんです、今にわかると思いますが」

「ありがとう」マーチモントは諦めたようにため息をついて、再び椅子に深くもたれた。

「数日前に」とソーンダイクはさらに話を押し進めた。「ドクター・ジャーヴィスとわたしはこの図面の情報を頼りに、彼が往診に呼ばれた家を突き止めました。前の賃借人は慌てて転居したばかりで、家は空き家になっていました。そこで、ほかに捜査のしようがなかったため、わたしたちは鍵を借りて、敷地内を調べてみました」

　そこで彼はわたしたちの訪問と、そこで見た部屋の様子を手短かに話した。火格子の下で見つけたものをいちいち挙げていこうとしたとき、ミスター・ウィンウッドが椅子から立ち上がった。

「いい加減にしてくれ！」彼は声を上げた。「もうたくさんだ！　わざわざ約束を変更してまでここへ来たのは、そのゴミ山にあったすべてのゴミの一覧表を読み上げるのを聞くためだったと言うのか？」

　いたずらっぽく微笑んだソーンダイクと目が合うと、わたしにはまたしても彼の瞳が楽しそうにきらめいているのが見えた。

「どうぞ座ってください、ミスター・ウィンウッド」ソーンダイクは静かな口調で言った。「あなたがここへいらしたのはこの事案にまつわる事実を知るためで、わたしはそれを今こうして伝えているのです。不必要に遮って時間を無駄にするのはやめていただきましょう」

　ウィンウッドは数秒間、恐ろしい形相でソーンダイクを睨みつけていた。やがてソーンダイクの落ち着き払った態度に少しばかりうろたえ、鼻を鳴らすように挑戦的なひと言を投げつけると、どさりと椅子に座ってまたもや殻に閉じこもった。

「さて次は」とソーンダイクは、まったく動じることもなく平然と続けた。「これらの遺物についてさらに詳しく検討してみましょう。初めはこの眼鏡から。これは左目が乱視を伴った近視、右目がほぼ失明に近い人間の眼鏡です。この特徴は、ドクター・ジャーヴィスの描写した病人とぴたりと合致します」

　彼はしばらく口を閉ざしてから、誰も発言しないのを見てさらに続けた。

「次に、この小さな葦でできた製品ですが、ミスター・スティーヴン、おそらくあなたには、これが日本の筆の残骸だとわかるんじゃないかな。書道に使うか、ちょっとした絵を描くときに使うものです」

彼はまたここで口を閉ざし、聴衆の誰かが何か言うのを待っているようだったが、誰も口を開こうとしないため、さらに続けた。

「次は、この舞台用鬘《かつら》メーカーのラベルがついた広口瓶です。かつてこの中に入っていたのは、顎髭《あごひげ》や口髭《くちひげ》の付け髭《ひげ》か作り物の眉毛を顔に貼りつけるための接着剤です」

彼はまたしても口を閉ざし、反応を期待するように聴衆を見回したものの、ひと言も声を上げる者はいなかった。

「たった今説明し、実物をお見せしたこれらの物は、あなたたちにとって何の意味も示さないと言うんですか?」彼はひどく驚いたような口調で問いかけた。

「わたしには何も伝わってこないね」マーチモントがそう言ってパートナーのほうをちらりと見ると、ウィンウッドは落ち着きのない馬のように首を横に振った。

「きみも何も感じないのかい、ミスター・スティーヴン?」

「何も」スティーヴンが答えた。「今見せられた限りでは、どんな論理的なヒントも伝わってきませんね」

ソーンダイクは、何かを言ってしまおうかと迷うように言葉に詰まっていた。やがて軽く肩をすくめ、メモの紙をめくって話を再開した。

「次の一連の新事実は、ジェフリーの最近の小切手の署名に関するものです。われわれはその署名を写真に撮り、互いに比較、分析する目的で並べてみました」

「署名の真偽について争うには、根拠が薄いと思うぞ」ウィンウッドが言った。「署名については高度な専門家の見解が示されており、たとえわれわれが反論したところで、法廷で即刻却下されるだろう。そもそも、反論するつもりもないが」

「そう」マーチモントが言った。「彼の言うとおりだ。署名は本物だと受け入れるべきだよ。なにせあの遺言書の署名が、まったく疑いの余地なく本物だと証明されているのだから」

「よくわかりました」ソーンダイクが同意した。「では、署名の調査については飛ばすことにしましょう。次はあの眼鏡に関する追加証拠ですが、これはわれわれが導いた結論を立証するものとなりました」

「どうだろうか」マーチモントが言った。「それもついでに飛ばしてもいいのでは？　どのみち、われわれはどんな結論も導いていないのだから」

「仰せのとおりに」ソーンダイクが言った。「重要な内容を含んではいるのですが、後で立証する段階まで取っておいてもかまわないでしょう。さて、その次の事項はきっとあなたたちも興味を示してくれるはずですよ。これはサミュエル・ウィルキンズによって内容が確認され、署名も入った供述書です。ウィルキンズというのは、故人が亡くなった夜、自宅まで帰ってきたときに乗っていた辻馬車の御者です」

ソーンダイクの言うとおりだった。実体をもった目撃証人の署名入りの実際の書類がある、しかもその証人は今後、法廷に呼んで宣誓のうえで証言させることもできるとあって、二人の弁護士の注目が注がれた。さらにソーンダイクが御者の供述を読み上げたとき、注目を示していた彼らの表情は、隠しようのない驚きへと一変した。

「なんと、これは実に謎めいた出来事じゃないか」マーチモントが大声を上げた。「その女性というのはいったい何者だろう？　そしてそのタイミングでジェフリーの部屋で何をしていたのだろう？何か思い当たることはあるかい、ミスター・スティーヴン？」

「いいえ、まったくわかりません」スティーヴンが答えた。「わたしにとっては完全な謎です。叔父のジェフリーは独身主義者で、女性嫌いではなかったものの、好きな研究に没頭していたため、女性と接触する機会からは遠く離れていました。わたしの知る限り、女性の友人は一人もいなかったはずです。姉のミセス・ウィルソンとさえ親しく交流していませんでした」

「それは興味深い」マーチモントが考え込んだ。「実に興味深いことだ。だが、ソーンダイク博士、きみならわかるんじゃないのか？　その女性が何者なのか」

「次の証拠を見てもらえれば」とソーンダイクが言った。「おそらく、あなたたちにもそれが誰なのかが推理できると思いますよ。わたしもまだ昨日手に入れたばかりなのですが、おかげで事件の全容がわかったので、早速あなたに手紙を書いたわけです。ジョセフ・リドリーという男の供述書です。彼も辻馬車の御者なのですが、残念ながらウィルキンズとはちがって、ぼんやりとした、観察力の鈍い男です。役に立つ情報はほとんど持っていなかったのですが、訊き出せすことのできたわずかな話というのが、非常に重大なものでした。ここに彼の供述書があります。わたしが証人となり、本人が署名したものです。

『わたしの名前はジョセフ・リドリーです。四輪の辻馬車の御者をしています。三月十四日、ひどく濃い霧が出た日に、わたしはボホール駅で客を降ろし、新たに客待ちをしていました。午後五時頃、ひとりの女性がやって来て、アッパー・ケニントン・レーンまで人を迎えに行きたいと言いました。

中背の女でした。霧を避けるために頭からすっぽりと、何やら毛糸で編んだようなヴェールをかぶっていたので、年齢や外見はまったくわかりません。どんな服を着ていたか、全然覚えていません。彼女は馬車に乗り込み、わたしはアッパー・ケニントン・レーンまで馬を引きました。レーンをさらに少し進んだところで、彼女は車両の前方のガラスを叩き、わたしに止まるよう指示しました。

彼女は馬車を降りて、そのまま待っているようにと言いました。それから馬車を離れ、霧の中へ消えました。やがて彼女が行ってしまった方向から男女二人組がやって来ました。女はさっきの女のようでしたが、そうだったかははっきり言えません。頭は同じようなヴェールだかショールだかにくるまれていて、縁にビーズ飾りがついている黒っぽいマントを着ているのに気づきました。

男性のほうは髭《ひげ》がなく、眼鏡をかけていて、ひどい猫背でした。目がよく見えていたのか、見えていなかったのかはわかりません。その男性は、女性が馬車に乗り込むのに手を貸して、わたしにキングスクロスのグレート・ノーザン鉄道の駅へ行くように言いました。それから自分も乗り込み、わたしは馬車を出しました。五時四十五分頃に駅に到着し、二人は馬車を降りました。男性が運賃を払い、二人はそろって駅に入っていきました。そのどちらについても、おかしいと気づくようなことは何もありませんでした。二人がいなくなってすぐに新しい客が来たので、馬車を走らせてその場を離れました』

以上がジョセフ・リドリーの供述です」とソーンダイクが締めくくった。「さっき、あなたたちに検討してほしいと挙げたいくつもの新事実も、この証言によって意味を持つはずです」

「それはどうかな」マーチモントが言った。「すべてがあまりにもひどく謎めいている。きみがどんな推理をしたかは、もちろんわかるよ。その女がミセス・シャリバウムなんじゃないかと、そう言いたいんだろう！」

「全然ちがいますよ」ソーンダイクが答えた。「わたしの推理では、その女はジェフリー・ブラックモアだったのです」

死んだような沈黙がしばらく流れた。わたしたちは雷にでも打たれたようなショックを受け、あまりの驚愕に座ったまま口もきけず、ただあっけにとられてソーンダイクを見つめていた。やがて――ミスター・ウィンウッドがまさに椅子から跳び上がった。

「だが――そんな――まさか――きみ！」彼は金切り声を上げた。「ジェフリー・ブラックモアはそのとき、その女と一緒にいたじゃないか！」

「当然ながら」とソーンダイクが答えた。「わたしの推理では、その女と一緒にいたのはジェフリー・ブラックモアではありません」

「一緒だったじゃないか！」ウィンウッドが怒鳴った。「管理人が見たんだ！」

「管理人は、彼がジェフリー・ブラックモアだと思った人物を見たんです。その思い込みがまちがっていたと、わたしは言っているんですよ」

「そこまで言うなら」とウィンウッドは鋭く切り返した。「そうだと立証できるんだろうな。そんなことができるとは思えないが、きっとできるんだろう」

彼は再び椅子に座り、挑むような目でソーンダイクを見つめた。

スティーヴンが口を開いた。「先ほどのお話の中で、病気のグレーヴズとかいう男と、わたしの叔父とのあいだに、何か関連性があるようことを仄めかしていらっしゃるように思えました。お話を聞きながらそう感じてはいたものの、そんなはずはないと内心で打ち消していたのですが。わたしの勘は当たっていたのですか？　あなたは本当に二人に関連があると仄めかしていたのですか？」

「ぼくが仄めかしたのは、単なる関連じゃない。同一性だ。ぼくの見解では、病人のグレーヴズときみの叔父さんとは同一人物なんだ」

「ドクター・ジャーヴィスが描写された特徴を伺った限りでは」とスティーヴンが言った。「その方は叔父と非常に似通っているようでした。二人とも右目がほとんど見えないうえ、左目の視力も非常に弱かった。それに、さっき見せていただいたような筆を、たしかに叔父は日本語の文字を書くときに使っていました。わたしは叔父がそういうもので書をしたためているところを、感嘆しながら見ていましたから。でも――」

「でも」とマーチモントが言った。「それには絶対に打ち負かすことのできない反論がある。つまり、その男がケニントン・レーンで病に伏せっていたのとまさに同じ頃、ミスター・ジェフリーはニュー・インで生活していたということだ」

「その証拠は？」ソーンダイクが尋ねた。

「証拠だって！」マーチモントが苛立たしそうに声を上げた。「そんなこと、言うまでもなく――」

彼はそこで急に口を閉じて身を乗り出すと、今までにはなかった驚きの表情でソーンダイクを見つめた。

「つまり、きみが言いたいのは――」マーチモントが言いかけた。

「わたしが言いたいのは、ジェフリー・ブラックモアがニュー・インで生活したことなどまったくないということです」

マーチモントはしばし、あまりの驚きに体が麻痺したようだった。

「信じられない意見だ！」彼はようやくそう叫んだ。「だが、まったくあり得ないわけじゃない。たしかに言われてみれば、彼を以前から知っている者は――兄のジョンを除いて――誰ひとりニュー・インに彼を訪ねてこなかった。そこにいるのが本物かどうか、一度も問題にならなかったんだ」

「いや」ミスター・ウィンウッドが言った。「死体があるじゃないか。あれはまちがいなくジェフリー・ブラックモアの死体だった」

「ああ、そうだった。たしかに」マーチモントが言った。「そのことを忘れていた。あの死体は疑いの余地なく本人と確認された。きみはあの死体が別人だったと争うつもりじゃないだろうね？」

「もちろん、そんなことはしません」ソーンダイクが答えた。

それを聞いて、ミスター・ウィンウッドは両手で自分の髪を摑んで両膝に肘をつき、一方のマーチモントは大きなハンカチを取り出して額の汗を拭った。スティーヴン・ブラックモアは弁護士二人の顔を見比べながら、どちらかが口を開くのを待っていたが、ついに自分で切り出した。

「一つ提案してもいいですか。ソーンダイク博士から、こうしてパズルのピースを見せていただいたのですから、博士にはさらにそれを繋ぎ合わせて、わたしたちに示してもらいませんか？」

「そうだな」マーチモントが同意した。「それが最善の策だ。説明を聞かせてもらおうじゃないか、博士。それに、もしほかに追加証拠があるなら、それも」

「説明しろとおっしゃるなら」とソーンダイクが言った。「話はかなり長くなりますよ。なにせ情報はひどくたくさんあるし、立証するにあたっては、詳しいところまで述べなければならない部分もありますからね。コーヒーでも飲んで、脳を活性化させましょう。その後で、ずいぶん長ったらしいとうんざりされるはずの解説に、辛抱強くお付き合い願います」

第十六章　解説、そして悲劇

「あなたたちは不思議に思われたかもしれませんね」コーヒーを注いだカップがみなに行き渡ると、ソーンダイクが言った。「どうしてわたしが、一見してこれほど単純でわかりやすい案件の、取るに足りないような調査を引き受けようと思ったのかと。まずはその説明から始めて、この調査の本当のきっかけがどこにあったのかをわかってもらったほうがいいでしょう。

ミスター・マーチモントとミスター・スティーヴンの二人がこの事案をわたしのところへ持ち込んだとき、わたしは話を聞きながら、述べられた事実をごく短い要約《プレシー》に書き留めていたのですが、すぐにそのうちの一つ、二つの点に関心を引かれました。まずは、あの新しい遺言書です。あれは遺言書にしては非常に奇妙でした。まったく不必要なものだからです。新しい内容は何ひとつ加えられていない。遺言者が伝えようとする意思も、以前のものとまったくちがわない。遺言者を取り巻く状況が変わったわけでもない。ひと言で言えば、あれは新しい遺言書などではなく、以前のものを表現を少し変えて、より不適切な文言にした焼き直しに過ぎない。変更点と言えば、最初の遺言書にはなかったある曖昧な部分を入れたことだけ。つまり、遺言者の知らない、また予測し得ない、ある特定の条件が満たされた場合には、ジョン・ブラックモアが主たる受取人になる可能性を発生させるもので、それは遺言者自身の明白な意思と反するものでした。

次にわたしが関心を持った点は、ミセス・ウィルソンの死因です。彼女は癌で亡くなりました。癌に侵された人間というのは、ある日突然、予期せぬ最期を迎えるわけではありません。この恐ろしい病には、ほかのほとんどの死に方とは大きくちがう点があります。自分に遺された時間が予測できる点です。手の打ちようのなくなった癌患者は、確実に自分の死を予期し、その時期までをも非常に狭い範囲まで絞り込むことができるものです。

さて、この癌の特性を踏まえて見直すと、一連の偶発的な出来事がどう見えてくるか、今一度検討してみましょう。ミセス・ウィルソンは今年の三月十二日に亡くなった。ミスター・ジェフリーが二通めの遺言書に署名したのは、去年の十一月十二日。言うなれば、ちょうどミセス・ウィルソンの担当医が癌を見つけ、彼女の体調についてその医者に問い合わせる親戚がいたとすれば、病名が伝わったと考えられる時期です。

次に、ミスター・ジェフリーの生活習慣が著しく変わった時期が、実に奇妙なことに、偶然この時期と重なることに注目してください。ミス・ウィルソンの癌は、早ければ昨年の九月に発見できたでしょう。実のところ、それは彼女が自分の遺言書を作成した時期なのです。ミスター・ジェフリーは、昨年の十月初めにニュー・インに入居しました。そのときから彼の生活習慣が一変したのですが、それと同時期に彼の署名の筆跡が変わった――徐々にではなく、突然変わってしまった――ことも、証拠によって示すことができます。

端的に言えば、これらの奇妙な一連の出来事のすべて――ジェフリーの生活習慣の変化、彼の筆跡の変化、そしてあの奇妙な遺言書の作成――は、ちょうどミセス・ウィルソンが癌に侵されていることが伝わり始めた時期に起きているわけです。

これは裏に何かがありそうだと、わたしは強く感じました。

さらに、ミスター・ジェフリーが亡くなったのが、奇妙なまでに絶妙のタイミングでした。ミセス・ウィルソンが亡くなったのが三月十二日。ミスター・ジェフリーが亡くなっているのを発見されたのが三月十五日で、その前日に元気な姿を目撃されていたため、亡くなったのは十四日とされました。もしも彼の死があと三日早ければ、ミセス・ウィルソンよりも先に亡くなったことになり、そもそも彼女の遺産を受け取る資格は発生しませんでした。一方で、もう一日か二日長く生きていれば、姉が死んだという知らせが彼の元に届いたはずで、そうなればまちがいなく彼女からの遺産も含めた財産を甥に遺すよう、自分の遺言書を作り替えるなり、補足条項を足すなりしていたにちがいありません。

要するに、こうした出来事のすべてが、まるで企んだかのような極めて珍しい偶然の一致によって、ジョン・ブラックモアの優位に働いたわけです。

でも、偶然はこれだけじゃありません。ジェフリーの死体は、運よく死んだ翌日には発見されました。ひょっとすると何週間も、あるいは何ヵ月も発見されなくてもおかしくないにもかかわらずです。長く放置されていればきっと、ミセス・ウィルソンの遺産相続順位二位の親戚が、ミセス・ウィルソンよりもジェフリーのほうが先に亡くなっていたのではないかと疑い、ジェフリーの遺産を受け取ろうとするジョン・ブラックモアに対して異議を申し立て、たぶん認められていたでしょう。ところが、彼の死亡時期の不確かさは回避されました。ミスター・ジェフリーが自ら家賃を払いに――しかも期日よりも早く――三月十四日に管理人室を訪れたことで、まちがいなくその日までは生きていたと証明されているからです。そのうえ、万が一管理人の記憶があやふやで、証言内容が信用できないと判断された場合に備えて、ジェフリーは日付と署名入りの証拠品――家賃の小切手――まで残している。それは彼がその日までは生きていたという、異議申し立ての余地さえない確実な証拠として法廷で認められるものです。

これらの証拠から導かれる結論をまとめてみましょう。ここに遺言書がある。これによってジョン・ブラックモアは、まちがいなく自分に財産を遺す意思のなかった人間から遺産を受け取ることができた。その遺言書の文言は、ミセス・ウィルソンの病気の特徴に合わせたような内容だった。そして遺言者の死亡は、その遺言書の文言にぴたりと当てはまるような特殊な条件を満たしていた。あるいは言い換えるなら、遺言書の文言と、遺言者の死亡日時、死因、そして死亡状況のすべてが、ミセス・ウィルソンのおおよその死亡時期が数ヵ月も前に予測できていたという事実とぴたりと一致するのです。

ある一つの結果――ジョン・ブラックモアが莫大な財産を受け取ること――を狙ったかのように、これらの偶発的な出来事が複雑に重なって起きるなんて、かなり異常なことです。あなたたちもそう認めるでしょう？　たしかに現実において、偶然はよく起きるものです。しかしそれがあまりにも一度に重なると、偶然としては受け入れられません。わたしから見ればこの件には偶然が多すぎて、徹底的に調査をせずにはとうてい受け入れられなかったのです」

ソーンダイクはそこで一旦口をつぐみ、それまで熱心に耳を傾けていたミスター・マーチモントが、黙ったままのパートナーのほうを見てうなずいた。

「ソーンダイク、きみは驚くほど明確にこの件を解説してくれたよ」マーチモントは言った。「そして、正直に言うが、きみが挙げたいくつかのポイントを、わたしは見逃してきたようだ」

「わたしが真っ先に考えたのは」とソーンダイクはまた口を開いた。「ジョン・ブラックモアが、アヘンの常習によって弱った弟の精神状態を利用して、この遺言書をジェフリーに口述筆記させたのではないかということでした。その考えから、ジェフリーの部屋の中を調べさせてほしいとお願いしました。ジェフリーがどういう人物だったのかを現場で感じ取り、その部屋がアヘン依存者に特徴的な、汚れて散らかった状態なのかどうかを見たかったのです。ところが、シティへ歩いて行く途中でこの事案のことをじっくり考えているうちに、この仮説では事実とまったく辻褄が合わないことに気づきました。そこで、どうにか別の説明ができないかと考えてみました。自分の取ったメモを読み返すと、検討してみる価値のありそうなポイントを二つ見つけました。一つは、遺言書の証人の二人が、ジェフリー・ブラックモアと近い関係ではなかったこと。二人とも彼にとっては赤の他人で、その男がジェフリーだと信じたのは、彼が自分でそう名乗ったからです。もう一つは、以前からジェフリーをよく知っている人間は、兄のジョンを除いて、誰ひとりニュー・インで彼に会っていないこと。

この二つの事実は何を意味するのか？　たぶん、何の意味もないのでしょう。それでも、そこからある疑問が提示されているのを感じました。つまり、あの遺言書に署名をした人物は、本当にジェフリー・ブラックモアだったのか、ということです。そうでなかったとしたら――誰かがジェフリーの名をかたり、偽造した遺言書に偽の署名をしたとするのは――特に死体が本人と確認されている以上、無茶で考えにくい話だと思えました。その反面、それが不可能であることを示す事実はありませんでした。そしてそれならば、さっきわたしが挙げたような、どうにも説明のつかない偶然の出来事にも、完全に理屈の通る説明ができるのです。

それでも、まさかこれが真相だなどとは一瞬たりとも思いませんでしたよ。ただ、常に頭の片隅に置いておいて、機会があればその可能性を試し、新事実を手に入れたときには照らし合わせてみようとは思いました。

予想以上に早く、その新事実が手に入りました。あの日の夜のうちに、わたしはドクター・ジャーヴィスと一緒にニュー・インを訪れて、そこでミスター・スティーヴンズに会いました。そして彼から、ジェフリーは博識の東洋学者であり、楔形文字についてかなり造詣が深いことを教えてもらいました。ちょうどその話を聞いている最中に、ふと横を見ると、壁の楔形文字の碑文が上下逆さまに飾られているのに気づいたのです。

さて、そのことについては、理屈の通る説明は一つしか考えられません。上下を確認もせず、あるいは上下逆さまと知りながら、額縁に金具を取りつける人間はいないという考えは抜きにしても、上下をまちがえたまま飾られている碑文を、あのジェフリーが見過ごすことなど絶対にあり得ません。視力はかなり悪かったにしろ、まったく見えないわけではありませんでした。額縁は長さ三十インチで、それぞれの文字は一インチ近くありました――スネレン指標で言えば〝D一八〟の文字サイズに当たり、普通程度の視力の人間が五十五フィートの距離から読める大きさです。もう一度言いますが、ここで理屈の通る説明は一つしかありません。つまり、あの部屋に住んでいたのは、ジェフリー・ブラックモアではなかったのです。

この結論は、わたしが後になって手に入れたある事実によって大きく支えられるのですが、先にそのことに触れておきましょう。故人が履いていた靴底を調べると、その辺の道にあるような成分しか検出されませんでした。わたしやジャーヴィスのブーツにくっついていた特殊な砂利の混ざった泥、ニュー・インの中庭の泥は見つからなかったのです。ところが管理人は、故人は家賃を払った後、中庭を横切って帰っていったと明確に証言しています。それであれば、彼の靴に付着していたのは中庭の泥だったはずです。

そう考えていると、わたしの頭の中にある非常に可能性の高い、とんでもない憶測が瞬間的に浮かんだのです。

ミスター・スティーヴンが帰ってしまうと、ジャーヴィスとわたしはアパートの中を徹底的に調べて回りました。すると、またある興味深い事実を見つけました。壁には繊細な日本の多色刷り版画が何枚も飾られていたのですが、そのすべてにじっとりと湿ったような新しいしみがついていたのです。さて、これらの貴重な美術品を集めるのに大変な労力と財産を費やしたはずのジェフリーが、まさかすぐ目の前の壁にかかっている絵を腐るにまかせるはずがないのは当然で、そこにある疑問が浮かびました。この絵はどういうわけでこんなに湿ってしまったのか？　部屋の中にあるのはガスストーブで、ガスストーブは少なくとも部屋の空気を乾燥させる役には立ちます。冬の寒い時期ですから、当然ストーブはほぼつけっぱなしになっていたはず。では、どうして壁が湿っていたのだろう？　考えられる答えは、ストーブはほぼつけっぱなしになっていなかった、ということです。ストーブはたまにしかついていなかった。ほかの部屋も調べていくうちに、わたしはその考えに至りました。キッチンには食料の買い置きはほとんどなく、独身男の簡単な料理さえできないほどに調理器具が少なすぎました。寝室も同じようなありさまでした。洗面台の石鹸は乾いてひび割れている。脱いだ後の下着はどこにもない。引き出しに収納されていたシャツは、たしかに清潔ではあったものの、長らく袖を通さない木綿の衣類に見られるような、妙に黄ばんで古ぼけた色合いを帯びている。ひと言で言えば、どの部屋にも生活感がまったくなく、誰かが時おり訪れている印象しかなかったのです。

とは言え、その印象に反する証言がありました。夜間当直の管理人が午前一時にジェフリーの居間に明かりがついているのをしばしば見ており、その後に明かりを消したと思われると証言したのです。たしかに人のいない部屋に明かりをつけておくことはできても、その後消えているということは、誰かが部屋の中にいて自ら消したことを意味しています。定められた時刻に自動的に明かりを消すような装置でもあれば話は別ですけどね。そのような装置――たとえば目覚まし時計のようなものに適当な仕掛けをするとか――を作るのはさほど難しくはないのですが、ニュー・インの部屋の中を探したときにはそんなものは出てきませんでした。ただ、寝室の引き出しを調べていると、固形ステアリン蠟燭が大量に入っていたと思われる大きな箱を見つけました。ほんの数本しか残っていなかったのですが、底の平らな蠟燭立てと、そこにくっついていた大量の蠟燭の芯の燃えかすから、残りの蠟燭がどうなったかはわかりました。

この蠟燭によって、難問が解決したと感じましたよ。けっして日常的な照明として使われていたわけではありません。三つの部屋のすべてにガス灯が設置されていましたからね。では、いったい何の目的で、しかもそんなに大量に使われたのか？　わたしは後日、同じブランドの蠟燭を取り寄せ――六分の一ポンドサイズの〈プライス〉社製のステアリン蠟燭です――それを使って実験してみました。それぞれの蠟燭は、本体部分の長さが七と四分の一インチで、無風状態で火をつけたままにしておくと、一時間当たり一インチ強ずつ燃えることがわかりました。室内ならこの蠟燭一本で六時間少し燃え続けることになります。これなら住人が午後七時にあの部屋を出ていっても、出がけに蠟燭に火をつけておけば午前一時まで燃え続けた後、勝手に火が消えるのです。もちろん、これは単なる推測でしかありませんが、それでも当直の管理人の証言に象徴されるものはこれで打ち壊せるわけです。

では、あそこに住んでいたのがジェフリーでなかったとしたら、いったい誰だったのか？

その質問の答えは簡単です。こんな偽造行為までするような強い動機を持つ人間は一人しかいないし、それができた人間も一人しかいません。その人物がジェフリー本人でないとしても、ジェフリーに非常に似た男にちがいありません。ジェフリーと見まちがうような体つきをしていたはずなのです。なぜなら、この計画の中でジェフリーの死体の発見は重要な要素であり、初めからその点は慎重に練られていたにちがいないからです。そしてその条件を満たすのが、ジョン・ブラックモアです。

ミスター・スティーヴンの話では、ジョンとジェフリーの兄弟は最近でこそ外見がすっかりちがっていたものの、若い頃にはそっくりだったとのことでした。若いときにそっくりだった兄弟が歳を経て似なくなった場合、往々にしてそのちがいはあくまでも表面的なものでしかなく、基本的には似たままであることが多いものです。この二人の場合でも、ジェフリーは髭《ひげ》を生やしておらず、目が悪く、眼鏡をかけていて、歩くときにはひどい猫背だった。ジョンは顎髭《あごひげ》と口髭《くちひげ》を生やし、目はよく見え、眼鏡をかけておらず、背筋を伸ばしてきびきびと歩いていた。しかし、仮にジョンが髭《ひげ》を剃り落とし、眼鏡をかけ、背中を丸めて歩いたとしたら、表面的に目立つこうした相違点は消え去り、元からの共通点が再び見えてきたでしょう。

もう一つ考えるべき点があります。ジョンはかつて役者をしており、それもかなり舞台で経験を積んでいます。さて、少しばかりの繊細さを持って訓練を重ねれば、どんな人間でも変装することはできるものです。でも、それを見破られないようにするうえで非常に難しいのは、その変装に合わせた身のこなしと声色なのです。ところが、経験豊かな役者には、この難関はないも同然です。役者なら、他人を真似るのはお手のものですから。そして何よりも、そもそも変装したり、他人になりすましたりするという発想こそ、まさしく役者ならではのものなのですよ。

この点に関連する小さな証拠品があります。あまりに小さく、証拠品と呼んでいいかどうかわからないほどですが、注意を向ける価値はあります。亡くなったジェフリーが着ていたベストのポケットの中から、わたしは〈Contango〉製の短い鉛筆を見つけました。この鉛筆は、証券の仲買人やブローカー用に売られているものです。さて、ジョンは無認可の証券ブローカーで、その鉛筆を使っていた可能性が高い一方、ジェフリーは証券市場とまったく関係がなく、そのような鉛筆を持っていた理由は特に考えられません。もっとも、この事実はあくまでも暗示的で、証拠能力があるとは言えません。

より重要な推理は、ジェフリーの署名のサンプルから導けます。彼の署名の特徴の一、二ヵ所が去年の九月に突然変わってしまったこと、またその結果、署名が二種類あり、その二つが混ざり合った中間に当たるものは一切ないことは、さっきお話ししたとおりです。このことだけをとっても、際立って疑わしいと言えるでしょう。ですが、今問題になっている点について、ミスター・ブリトンが実に貴重な証言をしてくれました。彼は、署名の特徴には何らかの変化は見られるものの、書き手特有の、個人的な筆跡の特徴は変わらないと認定したのです。これは非常に重要な証言です。なぜなら筆跡というものは、この場合がそうであるように、書き手の人格の延長線上にあるからです。人は誰も家族内の同化によって近い肉親とは人格が似てくるものですが、それと同様に近い親族とは筆跡もなんとなく似るものです。わたしにも経験があるのですが、奇妙なことに、一般的に兄弟間の筆跡はなんとなく似通うもので、それはあなたたちも気づいたことがあるんじゃないでしょうか。それなら、ミスター・ブリトンの発言から推定されるのは、もしも遺言書の署名が偽造されたものであるとすれば、それはおそらく故人の親戚によるものだということです。そして今回の場合、それは兄のジョンにほかなりません。

以上のことから、すべての事実は、ニュー・インを借りていたのがジョン・ブラックモアであることを指しており、わたしはそれを暫定的な仮説として捜査を進めることにしたわけです」

「だが、何もかも完全な憶測じゃないか」ミスター・ウィンウッドが異議を唱えた。

「憶測じゃありませんよ」ソーンダイクが言った。「仮説です。科学的な研究ではよく用いる帰納的推論なんですよ。まずは、あの遺言書に署名をした人物がジェフリー・ブラックモアではなかったという、完全に暫定的な仮説を立てるのです。わたしがしたようにね。ついでに言えば、その時点ではこの仮説を信じているわけではなく、検証してみる価値がありそうな推論の一つとして取り入れただけでした。次にその仮説を元に、すべての新事実に対して〝当てはまる〟か〝当てはまらないか〟の二者選択で考えてみました。ところが、新事実のすべてに〝当てはまる〟と出る一方、完全に〝当てはまらない〟と言えるものは一つもなかったのです。この仮説の可能性は、等比数列のようにみるみる高まっていきました。可能性どうしが掛け合わされて、ますます大きくなっていく。これは完全に理論的な方法です。なぜなら、もしもある仮説が正しいのであれば、いずれ必ずそれが正しいことを立証する決定的な事実にたどり着くことは、誰もが知っているからです。

根拠の説明に戻りましょう。現段階でわれわれは、ジョン・ブラックモアこそがニュー・インの真の賃借人であり、ジェフリーになりすましていたという前提に立っています。それを元に論理的に推理を広げ、どこへたどり着くか見てみましょう。

もしもニュー・インの賃借人がジョンであるなら、ジェフリーはどこか別のところにいたはずです。

ジェフリーをニュー・インの部屋に隠匿するのは不可能ですからね。とは言え、そう離れてもいなかったはずです。なぜなら、ミセス・ウィルソンが死亡したとわかったら、すぐにジェフリーの死体をニュー・インに置いてこなければならないからです。いつでも死体を部屋に運び込めるということは、ジェフリーの身柄はジョンの所有下もしくは管理下にあったにちがいありません。誰かに見られたり、知人に見つかったりする可能性がある以上、ジェフリーが自由に出歩けたはずがありません。他人との接触が持てるような施設や環境にもいなかったはずです。ということは、何らかの形で軟禁されていたにちがいないのです。でも、普通の住宅で成人男性一人を軟禁するのは難しい。誰かに見つかるかもしれないという大きなリスクを伴うし、暴力を使えば体に跡が残り、検視審問の際に発見されて記録に残ります。では、ほかにどんな方法が考えられるでしょう?

一番いい方法は、囚人をベッドから起きられないように衰弱させておくことです。しかし、それほどの衰弱状態を生み出すには、断食させるか、食餌制限をするか、慢性の中毒を起こすしかありません。この選択肢のうち、中毒を起こすのが最も正確で予測しやすく、管理が効きます。つまり慢性中毒を選ぶことで、成功の可能性が高くなるわけです。

ここまで来たところで、わたしはジャーヴィスに教えてもらったある特殊な事案、慢性中毒の一例と思われる事案を思い出しました。帰宅するとすぐに彼にその件にまつわる事実をより具体的に尋ね、その患者と彼を取り巻く環境について詳細にわたる説明を聞かせてもらいました。その結果にはひどく驚きましたよ。それまでは、あくまでも参考になる事例として、何かしら推理のヒントを得られないかと思いながら話を聞いていたのです。ところが、彼の説明を聞いていくうちに、慢性中毒という共通点以上に、その話には何かがありそうだと疑い始めました。聞けば聞くほど、彼が診たミスター・グレーヴズという患者が、実はジェフリー・ブラックモアではないかと思えてきたのです。

二件の一致度には目を見張るものがありました。その患者の外見は、ミスター・スティーヴンが描写した叔父のジェフリーとぴたりと合致したのです。中毒患者のほうは右目に虹彩振盪があり、明らかに水晶体の脱臼を起こしていました。一方、ミスター・スティーヴンから、叔父さんが突発的に右目を失明したのは落馬事故によるものだと聞いていたわたしは、ジェフリーもきっと水晶体脱臼を起こし、そのせいで右目に虹彩振盪が見られたのだろうと考えました。患者のグレーヴズは左目の視力が弱く、それは耳の裏に眼鏡の巻きツルの跡があったことからも証明されていました。なぜなら、巻きツルは、日常的にかけっぱなしで使用する眼鏡にしかつけないからです。一方のジェフリーも左目の視力が弱く、常に眼鏡をかけていました。最後に、患者のグレーヴズは慢性モルヒネ中毒の症状に苦しんでおり、ジェフリーの体内からもモルヒネが検出されました。

またしても、あまりにも偶然が重なり過ぎるとわたしは感じました。

グレーヴズとジェフリーが同一人物ではないかという疑問は、比較的簡単に反証できるはずです。と言うのも、もしもグレーヴズがまだ生きているのなら、彼はジェフリーであるはずがないからです。これは非常に重要な疑問であり、すぐにでも確認しようと決心しました。その夜、ジャーヴィスとわたしは軌跡図を描き起こし、翌朝目的の家を突き止めました。ところが、すでにそこには誰もおらず、新たな借主を募集していました。逃げた鳥がどちらへ飛んでいったかさえわからないのです。

それでも、わたしたちは家に入って中を探ってみました。さっき話したとおり、寝室のドアや窓で見つけた重々しい閂や留め具の跡は、その部屋が牢獄として使われていたことを物語っていました。また、火格子の下から発見した遺留品についても、さっき話したとおりです。あの日本の筆と〝スピリット・ガム〟と呼ばれる舞台用接着剤の広口瓶については、今は説明を省きましょう。ですが、あの壊れた眼鏡については、是非話を聞いてもらいたいのです。なぜなら、さっきも言ったように、理論的な帰納的推論はすべて、いずれ必ずそれが正しいことを立証する決定的な事実にたどり着くのですが、これこそがその決定的な事実だからです。

発見した眼鏡は、かなり特徴のあるデザインでした。フレームはムーアフィールズのミスター・ストプフォードが発案したタイプで、彼の名前がつけられています。右目のフレームには、すでに失明して何も見えない目のために、平らな板ガラスがはめられていました。すっかり砕け散っていましたが、その特徴は明白でした。左目のガラスはより分厚く、幸運なことに右目ほど割れていなかったので、レンズの屈折率を正確に調べることができました。

事務所へ帰ると、壊れた眼鏡の部品を元通りの位置に並べて、フレームの大きさを慎重に測り、左のレンズを測定し、眼科医が眼鏡屋に出すのとまったく同じような処方箋を書いてみました。これです。どうか注意深く見ていただきたい。

『常用眼鏡。スチール製のフレーム。〈ステプフォード〉様式。巻きツル。金の裏張りの幅広ブリッジ。瞳孔間距離、六・二センチメートル。巻きツルの長さ、最長十三・三センチメートル。

右目、度のない平面ガラス。

左目、球面度数、五・七五

乱視度数、三・二五、乱視軸、三十五度』

その眼鏡は、ごらんのとおり、非常に珍しい特徴のあるもので、うまくいけば特定できるのではないかと思いました。たしかロンドンで〈ストプフォード〉のフレームを製造販売している眼鏡屋は一軒しかないはずです。リージェント・ストリートの〈パリー&カクストン〉です。そこでわたしは知人でもあるミスター・カクストンに手紙を書き——これがその手紙のコピーです——故ジェフリー・ブラックモアの眼鏡を作ったかどうかを問い合わせました。さらに、もしもそこで作ったのであれば、その眼鏡の詳しい特徴と、処方箋を書いた眼科医の名前を教えてもらえないかと。

わたしが出した手紙と一緒に留めてあるのが、彼からの返事です。それによると、四年ほど前にミスター・ジェフリー・ブラックモアの依頼で眼鏡を作ったことがあり、その詳細は次のように書いてあります。〝常用目的の眼鏡との注文で、巻きツルつきのスチール製〈ストプフォード〉様式のフレームを作った。先のフック部分を含めたツルの長さは十三・三センチメートル。ブリッジは幅の広い金の裏張りプレートを使用し、処方箋に描かれていた略図のとおりに成形した。その略図のトレースも同封しておく。瞳孔間距離は六・二センチメートル。

右目、度のない平面ガラス。

左目、球面度数、五・七五。乱視度数、三・二五、乱視軸、三十五度。

なお、眼鏡の処方箋を書いたのは、ウィンポール・ストリートのミスター・ヒンドリーだ〟

もうおわかりでしょうが、ミスター・カクストンが教えてくれた眼鏡の特徴は、わたしが書いたものとまったく同じでした。それでもさらに確認を取るために、今度はミスター・ヒンドリーに手紙を書いたところ、わたしからの質問に対してこんな返事がありました。

『お尋ねのとおりです。ミスター・ジェフリー・ブラックモアは右目に虹彩振盪があり（右目はほとんど失明状態でした）、それは水晶体の脱臼によるものでした。瞳孔はかなりの大きさがあり、けっして収縮してはいませんでした』

つまり、このことから三つの重大な事実がわかりました。一つめ、ケニントン・レーンの空き家で見つかった眼鏡はまちがいなくジェフリーのものであること。なぜなら、まったく同じ眼鏡がほかに存在するというのは、ジェフリーとまったく同じ顔が存在するのと同じぐらい考えにくいからです。二つめ、ジェフリーの外見の特徴が、ドクター・ジャーヴィスが描写したあのグレーヴズという病人の特徴とぴたりと一致すること。そして三つめ、ジェフリーがミスター・ヒンドリーの検眼を受けたときには、モルヒネ依存症になっている様子はまったく見られなかったこと。このうちの一つめと二つめの事実は、二人の男が同一人物だったことを完全に証明しているものだと、あなたたちもそう認めてくださいますね？」

「そうだな」マーチモントが言った。「同一人物だったという結論が、相当な可能性で示されているのは認める。が、その証拠は医学的には顕著でも、法律的にはそうとは言えないな」

「次に示す証拠については、そうやってけちをつけることもできないはずですよ」ソーンダイクが言った。「なぜなら、ほかならぬ弁護士の魂に訴えかける性質のものですからね。数日前に、わたしはミスター・スティーヴンに手紙を書いて、ジェフリー叔父さんの最近の写真を持っていないかと問い合わせました。彼は持っていると答え、一枚送ってくれました。わたしはそのポートレート写真をドクター・ジャーヴィスに見せ、これまでにその人物を見たことはあるかと尋ねました。彼はその写真を注意深く眺めた後、わたしが何のヒントも出していない状況で、それが病人のグレーヴズだと断言したのですよ」

「本当か！」マーチモントが大声を上げた。「これは非常に重要な証言だ。ドクター・ジャーヴィス、宣誓の元に人物認定の証言をすることはできるかね？」

「まったく疑いの余地なく確信を持って言えます」わたしは答えた。「あのポートレート写真に写った人物はミスター・グレーヴズです」

「すばらしい！」マーチモントは嬉しそうに両手をこすり合わせながら言った。「これなら陪審員に対して説得力がある。早く話を続けてくれ、ソーンダイク」

「以上をもって」とソーンダイクが言った。「わたしの調査の前半は終了です。これでわれわれは確固とした、証明可能な事実に到達したのです。そしてその事実は、ご承知でしょうが、ただちに主たる疑問――あの遺言書が本物かどうか――に答えを出しています。なぜなら、もしもケニントン・レーンにいた病人がジェフリー・ブラックモアだったとすれば、ニュー・インにいた男は彼ではなかったからです。ところが、遺言書に署名をしたのは、後者だった。よって、あの遺言書はジェフリー・ブラックモアによって署名されていない。つまりは、偽造されたものなのです。民事手続きの面においては、この事案はこれで解決するはずです。ここから先のわたしの調査は、刑事事件の起訴という避けて通れない目的に関連するものとなります。このまま話を続けますか、それともあなたたちの興味はあくまでも遺言書の無効請求に限定されたものですか？」

「遺言書なんてどうでもいいですよ！」スティーヴンが叫んだ。「かわいそうなジェフリー叔父さんを殺した悪党どもを、どうやって捕まえるつもりなのか、わたしは是非聞かせてもらいたい――だって、あなたは叔父が殺されたと思っているのでしょう？」

「疑いの余地はないと思う」ソーンダイクが答えた。

「それなら」とマーチモントが言った。「解説の続きを聞かせてくれ」

「わかりました」ソーンダイクが言った。「これまでの証拠によって、ジェフリー・ブラックモアがケニントン・レーンで囚われの身になっており、誰かがニュー・インで彼になりすましていることが証明されました。その誰かというのが、ほぼ確実にジョン・ブラックモアであることも示されました。ここからは、ヴァイスという男について考えなければならなりません。ヴァイスとはいったい何者なのか？　彼をニュー・インと繋げることはできるのか？

ついでに言えば、ヴァイスは彼の馬車の御者を同一人物だったと考えられます。二人は同時に姿を見せたことがないのです。ヴァイスが現れているうちは、御者は、たとえば解毒剤を手に入れるという緊急性を帯びた使いさえ命じられることがありませんでした。ヴァイスはいつもジャーヴィスが家に到着した少し後に出てきて、彼が帰る少し前にいなくなっていました。どちらの場合も、変装を替えるのに充分な時間です。とは言え、この点については無駄な労力をかけたくありません。最重要事項ではありませんからね。

ヴァイスの話に戻りましょう。彼はまちがいなく大がかりな変装をしていました。それは彼が、蠟燭の灯りの中にさえ姿を見せたがらなかったことからわかります。ですが、単なる暗示とはちがって、重要なのはこの点についての完全な物的証拠があることです。ヴァイスがかけていた眼鏡ですよ。ジャーヴィスの説明を聞いていたでしょう？　光学という観点から、その眼鏡にはとても奇妙な特性がありました。眼鏡の内側から見ると、単なる板ガラスの特徴を示す。眼鏡の外側から見ると、レンズのように見える。ところが、そんな特性を兼ね備えているガラスは一つしかありません。つまり、それはいわゆる〝時計皿〟で、両面が平行するように、均一の厚みでカーヴしているのです。でも、いったい何の目的で〝時計皿〟の眼鏡などかけるのでしょう？　視力を矯正する目的でないのは明らかです。そうすると、残った答えは変装目的しかありません。

この眼鏡の特性によって、この事案に非常に面白く興味深い側面が見えてきます。大半の人間にとって、変装とか、誰かになりすますために眼鏡をかけるのは、非常に単純で簡単なことだと思われるでしょう。ところが、正常な視力の人間には難しいものなのです。なぜなら、遠視用の眼鏡をかければ、何ひとつはっきりとは見えないし、凹レンズ、つまり近視用の眼鏡をかければ、レンズ越しに焦点を合わせようと目に大変な負担と疲労がかかり、やはり非常に見えづらいからです。これが舞台上であれば、単に平らな板ガラスの眼鏡を使うことで問題は解決するのでしょうが、現実ではそうはいきません。〝小道具〟の眼鏡だとすぐに見破られ、疑いを招いてしまうからです。

その結果、誰かになりすまそうとする人間はジレンマに陥るわけです。本物の眼鏡をかければ、うまく見えない。板ガラスの眼鏡をかければ、おそらく変装を見破られる。この難問を解く方法は一つしかなく、それはあまり満足のいく方法ではありません。が、ミスター・ヴァイスはほかに方法が見つからず、それを採用したようですね。つまり、さっきわたしが説明したような時計皿の眼鏡を使うことです。

さて、この非常に特殊な眼鏡から何がわかるのか？　まずは、ヴァイスが変装をしていたのではないかという見解を裏付けしています。が、非常に薄暗い部屋の中であれば、通常の舞台用の眼鏡であっても問題はなかったでしょう。そこで二つめに言えることは、その眼鏡がより条件の厳しい明かりの元――例えば屋外――で使用するために用意された可能性です。そして三番めに、ヴァイスは視力の正常な人間であることがわかります。もし目が悪いのであれば、自分の目に合わせた本物の眼鏡をかければよかったわけですから。

ちなみに、この三つの点は後でまた検討することになるかもしれません。ですが、この眼鏡からは、さらにもう一つ重要なことがわかります。わたしはニュー・インの寝室の床の上で、踏みつけられたようなガラスの欠片を見つけました。そのいくつかを繋ぎ合わせてみたところ、元のガラスの形にどんな特徴があったのかが解明できました。わたしの助手——以前は時計職人でした——は、それが婦人用腕時計の薄いクリスタルガラスのカバーであると断定し、たしかジャーヴィスも同じような意見でした。ですが、割れる前の縁に当たる部分を含む小さな欠片から、それが時計のカバーガラスでないことを証明する二つの特徴が見つかりました。一つめは、その縁の輪郭を丁寧にトレースしたところ、その曲線が楕円の一部だとわかったことです。一方、現代の時計のカバーガラスは例外なく真円です。二つめに、時計のカバーとしての時計皿であれば、縁の片面だけに面取り加工がなされ、時計のベゼル、つまり枠にはめられるようになっています。ところが、その欠片の縁は両面に面取り加工がされていたのです。これは眼鏡のレンズに見られる加工法で、フレームの溝にぴたりと入り、ツルを留めるネジで固定されます。このことから必然的に導かれる結論は、そのガラスが眼鏡に使われていたということです。でもそれなら、ミスター・ヴァイスが変装の小道具としてかけていたものと同じということになります。

この結論の重要性は、ミスター・ヴァイスの眼鏡が類を見ないほど珍しい特徴を備えていたことを考えればよくわかるでしょう。単に奇妙だとか、目を引くというだけではありません。おそらく、唯一無二のものなのです。この世の中に同じ眼鏡が見つかる可能性は限りなく低いでしょう。つまり、そのガラスの欠片を寝室で見つけたということは、非常に高い確率でミスター・ヴァイスが、どの時点でかはわかりませんが、ニュー・インのあの部屋にいたことになるのです

さて、今この解説が何を問題にしていたかを思い出してください。ヴァイスという男の正体です。

彼はいったい何者なのか？

まず彼は、ジョン・ブラックモアただ一人が利益を得るような犯罪行為をこっそり行なっていた。これは、彼がジョン・ブラックモアだという立証に充分な一応の証拠《プリマ・ファシエ》だと解釈できます。

次に、彼は視力が正常でありながら、変装目的で眼鏡をかけていた。われわれがかなりの確率でジョン・ブラックモアであろうと疑っている――そして今はそれがジョン・ブラックモアであったという前提で話を進めている――ニュー・インの住人も、正常な視力を持ちながら、変装目的で眼鏡をかけていた。

ジョン・ブラックモアはニュー・インに住んではいなかったが、すぐに駆けつけられるほど近い場所にいた。一方のヴァイスは、ニュー・インにほど近いところに家を借りていた。

ジョン・ブラックモアはジェフリーを幽閉し、管理下に置いていたと考えられる。一方のヴァイスはジェフリーを幽閉し、管理下に置いていた。

ヴァイスは珍しい、おそらく唯一無二の特徴のある眼鏡をかけていた。一方、それと同じ特徴を持つ眼鏡のガラスの欠片がニュー・インの部屋の中で見つかった。

これらのことから、圧倒的に高い確率で、ヴァイスとニュー・インの住人とは同一人物です。そしてその正体はどちらも、ジョン・ブラックモアだったのです」

「今のは、実にもっともらしい説明だ」ミスター・ウィンウッドが言った。「だが、その論法では媒概念が不周延だぞ（三段論法において、結論の主語と述語をつなぐ概念が、全体の一部にしかかかっていないということ）」

ソーンダイクはにこやかに微笑んだ。たぶん、そんな発言をしたウィンウッドのことを許してやろうという笑みなのだろう。

「そうです」ソーンダイクは言った。「たしかにおっしゃるとおりです。そしてそのために、この解説が絶対的であるとは言えません。しかし、論理学者たちがしばしば見過ごしがちな点を、われわれは忘れてはなりません。〝不周延な媒概念〟が、たとえ絶対的な証拠とは呼べなくても、ほぼ確実に近い確率でそれに一致する可能性があることを。ベルティヨン（十九世紀フランスの警察官僚。身体計測など数値化したデータから個人を特定するシステムを作った）の編み出したシステムも、イギリス式の指紋照合システムも、媒概念が不周延な論証を用いています。それでも実践においては、可能性が非常に高いということが確実にそうであるのと同等のものとして受け入れられているのですよ」

ミスター・ウィンウッドは渋々認めるかのように低い唸り声を立て、ソーンダイクは説明に戻った。

「これで三人の人物の正体について、かなり結論のはっきりした証拠を提供しました。つまり、病人のグレーヴズがジェフリーであること。ニュー・インの住人がジョン・ブラックモアであること。そしてヴァイスと名乗っていた男もジョン・ブラックモアであることです。次に示さなければならないのは、ジョンとジェフリーが、ジェフリーの死んだ夜にニュー・インの部屋に一緒にいた事実です。

ケニントン・レーンからニュー・インへ二人の人間がやって来たこと、またその二人以外にはいなかったことは、すでにお聞きいただいたとおりです。そのうちの一人はニュー・インの賃借人――つまり、ジョン・ブラックモアでした。では、もう一人は誰でしょう？　ジェフリーがケニントン・レーンに幽閉されていたことはすでにわかっています。が、彼の死体はその翌日、ニュー・インの寝室で発見されました。ケニントン・レーンから来た三人めの人間はいません。排除によって導かれるのは、その二人めの人間――謎の女性――がジェフリーだったという結論なのです。

思い出してみてください。ジェフリーはジョンによってケニントンからニュー・インへ連れて来られた。でもそのジョンはジェフリーになりすまして、彼によく似た変装をしていた。もしもジェフリーがそのままの姿でいたら、二人の男はほぼそっくりに見えたでしょう。それはどんな状況でもかなり目立ち、その後片方が死んだとわかればすぐに疑いを向けられてしまいます。そこでジェフリーには何か別の変装をさせなければならなかったわけですが、さっきわたしが説明したような恰好をさせる以上に有効な変装はあるでしょうか？

覚えておられると思いますが、あの夜ジェフリーがニュー・インへ帰ってきたとき、彼が一人でなかったことは、必ず誰か――辻馬車の御者――に目撃されてしまいます。その事実が漏れて、ジェフリーを部屋へ連れ帰った男がいたと知られれば、疑念が持ち上がったかも知れず、弟の死によって直接利益を得る立場にあったジョンに目が向けられたでしょう。でも、もしもジェフリーが女性と一緒に帰ってきたという話が伝わったら、そこまで疑わしく思われずに済み、疑いがジョン・ブラックモアに向けられることもないのです。

ですから、一般的に見ればこれらの検証結果から、あの女性がジェフリー・ブラックモアだったという仮説が正しいことが示されるのです。さらに、この仮説を強力に支持する物理的な証拠が一つあります。故人の衣類を調べていたとき、ズボンの両裾が脛の辺りまで折り上げられたような水平方向のしわが一本ずつついているのを見つけました。このしわは、ズボンの上からスカートを穿いて、スカートの裾からズボンが見えてしまわないように折り上げたのだと考えれば説明がつきます。そうでなければ、なかなか理解に苦しみますね」

「だが、おかしくないか？」マーチモントが言った。「ジェフリーはただ黙ってそんな異常な格好をさせられていたと言うのか？」

「いえ、おかしくありませんよ」ソーンダイクが言った。「自分がどのような格好をさせられているかを本人が理解できていたと考える理由はありません。彼の意識状態については、あなたもジャーヴィスの話を聞いていたでしょう？　何でもされるがままになっていたのですよ。眼鏡なしではほとんど何も見えないはずなのに、彼の眼鏡がケニントン・レーンの家で発見されたということは、そのときには眼鏡をかけていなかったのです。おそらく頭を例のヴェールですっぽりとくるまれ、その後からスカートやマントを着せられたのでしょう。もっとも、いずれにしてもあの状態では意思の力はほぼ奪われていたでしょうね。謎の女がジェフリー・ブラックモアだと立証する証拠はこれで全部です。たしかに絶対的な結論は証明しきれていませんが、ジョン・ブラックモアの刑事告訴にはそこまでの証明が求められていない以上、充分な説得力を持ったものだと思います」

「博士のおっしゃる刑事告訴というのは、殺人容疑なんですね？」スティーヴンが言った。

「そのとおりだよ。気づいていると思うが、ジェフリーだと思われていた男が管理人に向かって自殺を仄めかす発言をしていた事実が、今度はこちらの重要な証拠になるんだ。われわれが知っていることに照らして見れば、自殺の意図を予告していたのは、つまりは意図的な殺人の予告だからね。その言葉は彼が証明したかったこと、つまりジェフリーが自らの命を絶ったこととの反証になるんだよ」

「ええ、よくわかりました」スティーヴンはそう言って、少し間を置いてから尋ねた。「ミセス・シャリバウムが何者なのかはわかったんですか？　彼女については何もおっしゃいませんでしたが」

「彼女はぼくの調査対象に入っていないんだ」ソーンダイクが言った。「あの女は共犯者であって、ぼくの狙いはあくまでも主犯だからね。だがもちろん、捕まるときは彼女も一緒だろう。ジョン・ブラックモアを有罪にする証拠は、彼女の有罪も証明する。だから彼女の正体を探ることに手をわずらわせる必要はないんだよ。もしもジョン・ブラックモアが結婚しているのなら、きっとあの女が妻なのだろう。きみはジョンが結婚していたかどうかは知ってるのかい？」

「結婚していますよ。でも、ミセス・ジョン・ブラックモアはミセス・シャリバウムとは全然ちがいますよ。左目に斜視があること以外は。伯母は色黒の、非常に眉の濃い女性でした」

「言い換えれば、彼女はミセス・シャリバウムの特徴のうち、人工的に変えることのできるさまざまな点ではちがっていて、どうしても変えられない唯一の特徴が同じということだね。ひょっとすると、彼女のクリスチャン・ネームはポーリーンではないのかい？」

「そうです。旧姓はミス・ポーリーン・ヘイゲンベック、アメリカの劇団の女優でした。どうしてそれを？」

「うまく舌が回らなかった哀れなジェフリーがどうにか口に出した名前が〝ポーリーン〟に一番発音が近いように思えたのでね」

「わたしには気になる、些細な点が一つあるんだが」マーチモントが言った。「あの管理人がジェフリーの死体と、普段から見知っていた男とのちがいに気づかなかったのはおかしくないか？　普段から知っていたなら、いくら何でも別人だとわかるだろうに」

「いい質問ですね」ソーンダイクが言った。「それはまさしく調査を始めた当初のわたし自身にとっても、かなりの難問でした。でもじっくり考えていくと、二人の男に共通点が多かったせいで、誰もが日常的にやるように、先入観が働いたのだという結論に至りました。あの管理人になったつもりで、当時の彼の考えをたどってみましょう。ミスター・ブラックモアの寝室のベッドに男の死体があると知らせが入る。当然ながらそれはミスター・ブラックモアだと――彼は前夜、自殺まで仄めかしていましたね——そう決めつけてしまう。その先入観を抱いたまま部屋に入り、ミスター・ブラックモアのベッドの上に、ミスター・ブラックモアの衣服を着た、ミスター・ブラックモアによく似た男が横たわっているのが目に飛び込んでくる。その死体が別の人物ではないかという考えなど、まったく頭に浮かばなかったことでしょう。もしもどこか外見がちがうような気がしても、死体とはそんなものだと思ってしまう。死んだ人間が生きているときとは若干ちがって見えるのは、誰でも知っていますからね。そこまで考えに入れていたとは、ジョン・ブラックモアがかなり頭が切れる証拠ですよ。なぜなら、管理人の思考回路を予測しただけでなく、管理人がそう判断をくだせば、それに従って誰もが誤った論理を展開していくことまで計算ずくだったのですから。なにせ、死体そのものは本物のジェフリーだったうえに、管理人によってその部屋の住人だと確認がされた以上、ほかの人間はそれがニュー・インの住人であるジェフリー・ブラックモアだということに疑問を抱くわけがないからです」

短い沈黙が流れた後で、マーチモントが尋ねた。

「これできみの解説はすべて終わったと考えていいのかね？」

「ええ。わたしが挙げたい証拠は以上です」

「この情報を警察には知らせたんですか？」スティーヴンが勢い込んで尋ねた。

「知らせたよ。あのリドリーという御者の証言を聞いたとき、これで刑事告訴に持ち込めると確信し、ロンドン警視庁を訪ねて警視監に面会してきたんだ。この事件はすでに犯罪捜査局のミラー警視が捜査を開始している。非常に頭の鋭い、エネルギッシュな警察官だよ。いつもなら、ぼくが持ち込んだ事件の捜査状況を几帳面なほど細かく報告してくれるので、そろそろ逮捕令状が執行された知らせが入るんじゃないかと待っているんだが。明日にはまちがいなく報告があるだろう」

「それなら、この事案はすでにわれわれの手を離れたわけだな」マーチモントが言った。

「それでも、あの遺言書の差し止め請求は出しに行くぞ」とミスター・ウィンウッドが言った。

「もうその必要はないんじゃないか」マーチモントが反論した。「今聞いた話だけで刑事告訴には充分だし、警察が捜査を進めればさらに証拠が出てくるだろう。遺言書の偽造と殺人で有罪となれば、当然あの二通めの遺言書は無効となる」

「それでも、あの遺言書の差し止め請求は出しに行くぞ」とミスター・ウィンウッドは同じ台詞を繰り返した。

パートナー同士で議論を始めそうな気配にソーンダイクは、その件なら今後の成り行きを見てから後でゆっくり話し合ってはどうかと提案した。その言葉が会のお開きを暗示しているのを感じ——時刻は午前零時に近くなっていた——訪問者たちは帰り支度を始めた。ちょうどドアに向かっているところで呼び鈴が鳴った。ソーンダイクが勢いよくドアを開け、来客が誰だかわかると、明らかに満足そうに出迎えた。

「ああ、ミラー警視！　ちょうどあなたの話をしていたところだったんですよ。こちらの方々はミスター・スティーヴン・ブラックモアと、彼の弁護士のミスター・マーチモントとミスター・ウィンウッドです。ドクター・ジャーヴィスには会ったことがありましたよね？」

ミラー警視は一同に会釈をしてから口を開いた。

「どうやらちょうどいいタイミングで伺ったようですね。あと数分遅ければ、こちらの方々とは行きちがいになっていたでしょうから。わたしが持ってきた報告を、みなさんはいったいどう受け止められることか」

「まさか、あの悪党を逃がしてしまったんじゃないでしょうね」スティーヴンが大声で言った。

「それが」と警視が言った。「彼はもうわたしやあなたの手の届かないところへ行ってしまったのです、あの女と一緒に。初めから説明したほうがいいでしょうね」

「そうしていただけますか」ソーンダイクは彼に椅子を勧めた。

警視は、いかにも長く苦悩に満ちた一日を過ごしてきたように椅子に腰を下ろすと、すぐに話を始めた。

「きみから情報をもらってすぐに二人の逮捕状を取り、警部補のバジャーと巡査部長を一人連れてやつらのアパートへ向かったのです。そこの管理人から、二人は留守にしていて翌日の正午頃までは戻らないと言われました。そこでアパートを見張り続け、日が変わって今日の正午が近づいた頃、二人によく似た外見の男女が歩いて来ました。彼らを追ってアパートに入ると、ちょうどエレベーターに乗るところでした。われわれも乗り込もうとしたところで男がロープを引き、エレベーターが動きだしてしまいました。なすすべもなく、慌てて全速力で階段を駆け上がりましたよ。だがようやく駆けつけてみると、先に上階に到着したふたりが部屋に駆け込み、ドアを閉める姿がちらりと見えました。とは言え、これで逃げ場のないところへ無事に閉じ込めてやったと思いました。あの高さでは、窓から飛び降りるわけにもいきませんからね。そこで、ドアの錠をこじ開けるか、ドアを壊すかしようと、連れていた巡査部長に鍵屋を呼びに行かせ、わたしとバジャーは呼び鈴を鳴らし続けました。

巡査部長が去って三分ほどした頃、たまたま階段口の窓から下を覗くと、アパートの前に辻馬車が停まるのが見えました。わたしが窓から身を乗り出して見たところ、なんと、その馬車にあの二人が乗り込もうとしていたのです。どうやらそのアパートの建物にはキッチンに繋がる小型のエレベーターが別にあって、そこから一人ずつ順に下へ降りていたらしい。

もちろんわたしたちも、まるで大道芸人のようにまた階段を駆け降りたのですが、下へ着いた頃には馬車はとっくに走りだしていました。ヴィクトリア・ストリートまで追いかけ、馬車が通りの中ほどを、古代の戦車レースのように勢いよく走っていくのを見つけました。わたしたちも別の辻馬車を捕まえることができたので、御者に前の馬車を見失うなと伝え、それこそ二台の馬車で戦車レースのごとく走り続けましたよ。ヴィクトリア・ストリートからブロード・サンクチュアリへ、パーラメント・スクエアを渡ってウェストミンスター・ブリッジを越え、ヨーク・ロードを駆け抜けました。前方の馬車から常に目を離さず、だがその距離を一インチも詰められずに。やがてウォータールー駅に入り、スロープを上がっていると、前から一台の辻馬車が降りてくるのに会いました。その御者が自分の手にキスをして、こちらを見て微笑んだので、われわれが追ってきた馬車の御者にちがいないと思いました。

しかし、彼を問いただしている暇はありません。あの駅は変わった造りで、出口も複数個所にあり、獲物はもうどこかへ逃げてしまったかに思われました。が、わたしはチャンスに賭けてみることにしました。たしかサウスハンプトン行きの急行がそろそろ発車する時刻だと思い出し、その出発プラットホームまで近道をしようと線路をまたいで走ったのです。ちょうどバジャーと一緒に端にあるプラットホームに着いて、列車の最後尾まであと三十ヤードというところで、われわれの前を走っている男女の姿が目に入りました。すると車掌が笛を吹き、列車が動き始めました。男女はどうにか最後のコンパートメント車に滑り込むことができたらしく、わたしはバジャーと狂ったようにプラットホームを走り続けました。ポーターの一人がわれわれを止めようとしたのですが、バジャーが彼をなぎ倒し、わたしたちがさらにスパートをかけて走って最後尾の車掌車のステップに飛び乗ったところで列車が速度を上げ始めました。車掌はわたしたちを降ろすわけにもいかず、車掌車に入れてくれました。これは好都合で、車掌車の窓から、隣の客車の中央通路やその両側の様子がよく見えました。こうしてわたしたちはやつらを見張り続けたのです。これは絶対にまちがいありません。なぜなら、前方の車両にいた犯人たちと一度目が合ったからです。ちょうどわたしたちが車掌車のステップに飛び乗ったとき、男が隣の車両の窓から頭を出してこちらを見ていたのです。

それでも、列車がサウサンプトン・ウェスト駅に到着するまでは何も起きませんでした。言うまでもないでしょうが、駅に着くとわたしたちはすぐに車掌車を飛び降りました。絶対にあいつらも列車を降りて逃げるにちがいないと思っていたからです。バジャーはプラットホームを見張り、わたしはやつらが列車の反対側から線路を越えて逃げないように見張りました。ところが二人は一向に姿を見せません。そろそろと客車に近づき、やつらが飛び乗ったコンパートメント車に乗り込みました。すると、中に二人の姿がありました。右の窓際の角の席に座って、眠っているように見えました。男は座席に背をもたれて口を開け、女は男にもたれかかるように彼の肩に頭を載せて。コンパートメントに入っていくと、女の姿を見て跳び上がるほど驚きましたよ。と言うのも、彼女は目を半分閉じていたのに、ぞっとするような恐ろしい表情でわたしにギョロッと目を向けたように見えたからです。後でわかったのですが、こちらに目を向けたようなおかしな目つきは、斜視によるものだったようです」

「二人は死んでいたんですね？」ソーンダイクが言った。

「そうです。完全にこと切れていましたよ。そして車両の床に、これが落ちているのを見つけました」

彼は小さな黄色いガラス管を二本差し出した。どちらにも〈注射錠　アコニチン硝酸　六百四十分の一グレイン〉というラベルが貼ってあった。

「ふん！」ソーンダイクは声を上げた。「この男はよほどアルカロイド系の毒薬に詳しいと見える。そして、どうやら緊急時の準備もしっかりしてあったらしい。このガラス管には、それぞれ二十錠、つまり合計三十二分の一グレインが入っていたはずですから、通常の投与量の十二倍ほどを飲み込んだものと推定されます。数分のうちには絶命したことでしょうね。やすらかな死に方で」

「やすらかな死を迎える資格なんかなかったのに」スティーヴンが大声で言った。「かわいそうなジェフリー叔父さんに強いた惨めさや苦しみを思えば。あいつらを絞首刑にしてやりたかった」

「これでよかったのかもしれませんよ」ミラー警視が言った。「こういう事態になったので、もう検視審問で細かく調べられることもないのですから。殺人事件として裁判になっていれば注目を浴びて、きみには不愉快な経験になったでしょう。ドクター・ジャーヴィスが初めにあの警官でなく、わたしに相談してくださっていれば。あの無知で慎重すぎる――いや、同僚を悪く言うべきではありませんね。それに、すべてが終わった後からなら、いくらでも賢い発言ができるというものです。

ではみなさん、今夜はこれで失礼します。こんな思いがけない幕切れになりましたが、あの遺言書に関するみなさんの役割は終わったわけですね？」

「そのようですな」ミスター・ウィンウッドが言った。「それでも、あの遺言書の差し止め請求は出しに行くぞ」

訳者あとがき

R・オースティン・フリーマンが生み出した、おなじみソーンダイク博士は、法医学者であると同時に法廷弁護士でもあり、二十世紀初頭に早くも〝科学捜査を用いた探偵〟として人気を博したキャラクターだ。ほぼ同時代に活躍した、かのシャーロック・ホームズが主に鋭い観察眼と推理を得意としていたのに対して、ソーンダイクは科学捜査と論理を使って一つしかない真実を導いていく。

今回の『ニュー・イン三十一番の謎』はソーンダイクが登場する長編としては第三作にあたり、医学校時代の旧友ジャーヴィスが、ついに不安定な代診医暮らしに見切りをつけて、ソーンダイクの元で働く決心を固める。本著の中にも何度か話題にのぼるのがシリーズ第一作となった『赤い拇指紋』（東京創元社、一九八二年）の事件で、偶然ソーンダイクの事務所の近くで再会した二人は、ジャーヴィスが当時無職だったこともあり、その事件の捜査に関して一時的な協力関係を結んだのだった。その依頼人のルーベン・ホーンビイの伯母がミセス・ホーンビイであり、彼女の養女ジュリエット・ギブスンはジャーヴィスと恋に落ち、婚約するに至る。この二人は本著にも名前が出てくるので、読んでいらっしゃらない方のために念のため簡単に補足させていただいた。

また、第二作の『オシリスの眼』（筑摩書房、二〇一六年）で登場した弁護士のマーチモントも本著で再登場する。いや、正確には、『オシリスの眼』の中に、本著のブラックモア事件をソーンダイクが解決し、マーチモントも弁護士として関わっていたという記述が出てくるので、話の時系列としては本著の事件のほうが先に起きていたことになる。当時出版された順番では、本著は『オシリスの眼』よりも後に出たわけで、どうして入れかわったのかについてはさまざまな事情があるのだろうが、実際にはどうであれ、たとえばソーンダイクの事件の数々を書き記しているとされるジャーヴィスが本著の冒頭で言っているように、後年になって当時を懐かしく思い出しながら、ただ思いつくままの順番で書いていると考えてもいいのかもしれない。

さて、タイトルにもある〝ニュー・イン〟とは何か、ソーンダイクたちの事務所のある〝キングズ・ベンチ・ウォーク〟も含めて触れておこう。ロンドンには〝法曹院〟と呼ばれる組織が四つある。十五世紀ごろから続く、法廷弁護士の教育と資格取得を目的とした機関だ。まとまった敷地の中に、学校や住居はもちろん、図書館や食堂、広い中庭や教会といった施設が集約されて〝法曹院（イン・オブ・コート）〟を作り上げている。そうした四つの法曹院は、グレイズ・イン、リンカーンズ・イン、インナー・テンプル、そしてミドル・テンプルと呼ばれている。それぞれの敷地内に〝チェンバー〟と呼ばれる事務所や住居が複数入った大きな建物が何棟もあって、ソーンダイクの事務所が入っているキングズ・ベンチ・ウォークは、このうちのインナー・テンプルにある。一六八〇年に建てられた建物は現存し、今も主に弁護士事務所として使われている。一方の〝ニュー・イン〟は、ミドル・テンプルにあったチェンバーの名前だ。残念ながらこの一角はすでに今はなくなっており、すっかり様変わりしてしまった。位置関係で言うなら、ミドル・テンプルとインナー・テンプルは隣接しており、大まかに、西側にあるミドル・テンプルの西の端に〝ニュー・イン〟が、東側にあるインナー・テンプルの東の端に〝キングズ・ベンチ・ウォーク〟があるイメージだ。直線距離だと五、六百メートルほど離れているだろうか。

そのニュー・インでジェフリー・ブラックモアの死体が発見され、なぜか最近新しく書き換えた遺言書が波乱を呼ぶ。以前の遺言書とほとんど内容はちがわないはずなのに、わざわざ作り直したせいで、今回の依頼人のスティーヴンは受け取れたはずの遺産のほとんどを失ってしまったからだ。ここまでは医学的、科学的な要素はなく、ソーンダイクの出番はなさそうに見えるのだが、はたして――。

なお、本作の中には日本に関する描写が数ヵ所か出てくる。ある登場人物が東洋学を研究していたという設定なのだが、日本人のわたしたちには疑問が残る部分もある。だが、そこは二十世紀初頭のロンドンに生きたフリーマンのこと、日本についての情報は想像に頼る部分も大きかったのだろうと、彼のイメージのままに訳させていただいた。謎解きやストーリーには大した影響はないと思われ、さらりと流していただければ幸いだ。

最後に、本著に出てくる乗り物について簡単に補足させていただきたい。現在も〝ダブルデッカー〟として有名なロンドン名物の真っ赤な二階建てバスだが、かつて乗合馬車だった時代から、車両の中だけでなく、屋根の上にも席が設けられていた。車体の外階段から屋根にのぼると、落下防止の柵と座席があるだけの、屋根も窓もない二階席に座ることができた。また、まだ蒸気機関車が走っていたこの時代に、地下鉄があったのかと驚かれた方もいらっしゃるかもしれないが、本著に出てくるシティー&サウス・ロンドン鉄道線は現在のノーザン線にあたり、今より短いルートながら、すでに一八九〇年には開業していたのだ。一方ではのんびりと馬車に揺られ、もう一方では地下トンネルを電車が駆け抜ける。〝法医学探偵〟ソーンダイクが活躍した時代を象徴しているようでもある。

〔著者〕
オースティン・フリーマン
本名リチャード・オースティン・フリーマン。別名義にクリフォード・アシュダウン。英国、ロンドン生まれ。1880年にミドルセックス病院付属医科大学に入学。その後、王立外科医科大学などで働く。デビュー作は、アフリカのガーナに植民地付医師補として赴任した際の探検を本にまとめたTravels and Life in Ashanti and Jaman（1898）。科学者探偵ソーンダイク博士シリーズは、第一作『赤い拇指紋』（1907）をはじめとして、長編21作、短編40作以上を数え、「シャーロック・ホームズのライヴァルたち」の代表格とされている。

〔訳者〕
福森典子（ふくもり・のりこ）
大阪生まれ。通算十年の海外生活の後、国際基督教大学卒業。訳書に『消えたボランド氏』『ソニア・ウェイワードの帰還』『盗まれたフェルメール』『間に合わせの埋葬』（論創社）など。

ニュー・イン三十一番《さんじゅういちばん》の謎《なぞ》
――論創海外ミステリ　225

2019年1月25日　初版第1刷印刷
2019年1月30日　初版第1刷発行

著　者　オースティン・フリーマン
訳　者　福森典子
装　丁　奥定泰之
発行人　森下紀夫
発行所　論 創 社

〒101-0051　東京都千代田区神田神保町2-23　北井ビル
TEL:03-3264-5254　FAX:03-3264-5254　振替口座　00160-1-155266
WEB:http://www.ronso.co.jp

印刷・製本　中央精版印刷
組版　フレックスアート

ISBN978-4-8460-1795-8